W0309681

ORDONNE-MOI !

VOLUME 2

CHLOE WILKOX

ORDONNE-MOI !

VOLUME 2

Éditions A Addictives

TABLE

« La nuit est tombée et j'ai été forte toute la journée.
Il ne faut pas que je faiblisse,
seulement parce que c'est la nuit
et que je suis fatiguée. »

Anaïs Nin,
Journal de l'amour

I

MANHATTAN TRANSFER

1
HAUTE TENSION

Je jette un dernier coup d'œil aux murs qui m'entourent et quitte l'enceinte de Columbia où j'avais rendez-vous avec le doyen. J'ai l'impression que notre entretien s'est bien passé. En tout cas, il m'a laissée repartir en me confiant que son université serait enchantée de m'accueillir. Je n'arrive pas à croire que je vais peut-être suivre ma troisième année d'études ici ! Cet endroit est si prestigieux ! Je hèle un taxi en regardant ma montre ; je n'ai aucune envie d'être en retard. Je ne veux pas perdre une minute de ce tête-à-tête avec David. J'ai hâte de lui raconter cette entrevue en détail !

Je donne au chauffeur l'adresse du restaurant. Il acquiesce et allume son autoradio. Des notes de musique classique s'échappent des enceintes. Je soupire, épuisée par ma matinée mais surtout, par cette dernière semaine. Je voulais vivre une grande histoire d'amour, riche en sensations fortes ? On peut dire que j'ai été servie !

Je palpe ma poche pour sentir l'enveloppe qui s'y trouve : mon ordonnance de pilule et surtout, les résultats de mon test de dépistage. Les événements récents nous ont prouvé, à David et à moi, que nous pouvions désormais nous faire confiance : ce midi, lorsque nous aurons comparé nos résultats, nous serons officiellement un couple monogame. Je n'en reviens pas moi-même.

Je tente de me remémorer l'enchaînement des faits : tout a été si vite que c'est parfois confus pour moi. Je dois me concentrer pour remettre les événements dans l'ordre.

Tout a commencé au sommet de l'Empire State Building, lorsque David est venu me rejoindre et m'empêcher de rentrer à Paris. Quand à 23 heures j'ai entendu sa voix s'élever derrière moi alors que j'étais à deux doigts de perdre espoir et de me résoudre à gagner l'aéroport, l'émotion a été si forte que j'ai eu peur que mes jambes ne me portent plus. Il s'est avancé vers moi et m'a enfin demandé que nous soyons ensemble :

– Plus l'heure avançait, plus le fait de te laisser partir me semblait le meilleur choix pour toi. Mais c'était me condamner au malheur, et je ne veux plus être malheureux, Louisa. Je veux revenir dans le monde des vivants. Sourire, rire, ressentir… Alors me voilà, humble, devant toi, en train de te demander de me faire ce cadeau : me rendre heureux.

Je me suis précipitée dans ses bras et nous nous sommes embrassés avec passion. Je sentais mon cœur battre à tout rompre ! Mais ce bonheur parfait a été de courte durée : durant notre étreinte, le téléphone de David n'a cessé de vibrer. Je l'ai convaincu d'écouter ses messages. Sans doute ai-je eu un sombre pressentiment. En tout cas, j'ai bien fait, car un inspecteur de la NYPD, Gus Stinson, tentait désespérément de le joindre : un colis piégé qui lui était destiné venait d'exploser dans le hall de son immeuble ! David devait se rendre d'urgence au commissariat de la 5e avenue.

J'ai été surprise et rassurée lorsqu'il m'a proposé de l'accompagner.

– Je te l'ai dit, Louisa : je ne veux plus rien te cacher. Il est hors de question que des secrets continuent de nous éloigner l'un de l'autre.

Ça m'a étonné que nous nous rendions sur place en taxi et non en limousine, mais je me suis dit que David ne voulait peut-être pas inquiéter Gary.

Au commissariat, le sympathique inspecteur Stinson, un homme d'une cinquantaine d'années à la moustache blanche, nous a fait asseoir à son bureau et nous a servi un café. Il a commencé à expliquer les faits à David avant de le questionner.

– Ce colis vous était personnellement adressé. Mes hommes sont en train d'inspecter la bombe pour voir s'il est possible de relever des empreintes mais je pense que c'est peine perdue : l'explosion a tout détruit. C'est le registre de la réception indiquant sa place qui nous a appris qu'il était pour vous.

– Y a-t-il eu des victimes ?

– Fort heureusement, aucune. La chance a voulu que le détonateur se déclenche aux environs de 22 h 30. La réceptionniste de l'immeuble était déjà rentrée chez elle. Le groom, quant à lui, était en pause. C'était une explosion destinée à tuer à courte distance. Le souffle ne s'est pas propagé et n'a fait que peu de dégâts matériels. Vous pourriez même rentrer chez vous ce soir si vous le vouliez. Quoique je vous le déconseille…

– Vous pensez que je suis en danger ? Que la personne qui a fait ça va encore tenter de m'atteindre ? Mais enfin, c'est absurde ! Qui pourrait me vouloir du mal ?

– C'est justement la question que j'allais vous poser. Vous ne vous connaissez pas d'ennemis ?

J'ai observé la réaction de David. Une heure plus tôt, après avoir écouté le message de Mr Stinson, il me disait craindre que cet attentat ait un rapport avec le livre qu'il est en train d'écrire…

– Non, inspecteur. Personne en tout cas qui pourrait vouloir ma mort !

– Bien. Je vous promets que mon équipe et moi-même allons tout mettre en œuvre pour trouver les coupables. Je vous appellerai dès que j'aurai du nouveau. Je vous suggère de descendre à l'hôtel le temps que l'enquête soit résolue pour que nous puissions garantir votre sécurité.

David y a consenti, mais à contrecœur, et uniquement pour ma propre sécurité. Je tremble en songeant qu'au moment où je serai chez moi, il regagnera son penthouse : que risque-t-il alors de lui arriver ? Est-ce que les responsables de cet affreux attentat ne vont pas essayer de frapper de nouveau ?

Nous avons donc quitté le commissariat et gagné le *Four Seasons*. Heureusement, la suite royale était libre ! Après toutes les émotions que nous venions de vivre, il nous fallait un endroit où nous reposer et nous sentir en sécurité. Et puis, j'avoue m'être habituée au standard de vie de David…

– Nous passerons demain matin à ton hôtel récupérer tes affaires.

David, me voyant acquiescer gravement, a voulu détendre l'atmosphère.

– Je crains, Louisa, que d'ici là, tu ne sois contrainte de garder ta jolie robe rouge ou, pire encore, de vivre nue…

J'ai ri de sa plaisanterie, mais ça sonnait faux. L'angoisse était trop forte, David l'a senti.

– Tu sais, Louisa, moi aussi je suis inquiet, je ne veux pas te mentir. Mais nous ne pouvons rien faire à part attendre les résultats de l'enquête. D'ici là, il faut que tu te montres forte. Je te jure que je ne laisserai rien t'arriver.

Tu me fais confiance ?

Il m'a ouvert ses bras et je m'y suis lovée.

– Je te fais confiance, David. Mais ce n'est pas pour moi que j'ai peur, c'est pour toi. Je ne pourrais pas supporter de te perdre.

– Tu ne me perdras pas, Louisa. Désormais, nous sommes ensemble, tu comprends ? Quand je suis venu te rejoindre au sommet de l'Empire State Building, j'ai pris un véritable engagement envers toi. Je ne t'ai rejoint qu'après avoir décidé que…

David s'était interrompu.

– Je vais me servir un verre. Tu veux quelque chose ?

– Oui, je crois qu'un remontant me ferait du bien.

– Dirty Martini ?

– Parfait.

David a préparé mon cocktail avant de se servir un scotch. Il m'a tendu mon verre et a solennellement déclaré :

– Il faut que je te parle de certaines choses, Louisa. Je sais que la soirée a déjà été longue, mais je ne veux pas différer plus longtemps les révélations que j'ai à te faire. Ce n'est pas honnête de ma part : tu dois savoir ce dans quoi tu t'engages en acceptant notre relation.

– David, tu peux tout me dire. Rien ne me fera douter de mon amour pour toi. J'aurai peut-être peur, mais je ne me détournerai pas.

– Ce que je vais te raconter là est un secret absolu. Il est important que tu le comprennes et que tu ne parles à personne de ce que je vais te dire.

J'ai acquiescé, et David a commencé son récit…

2
LES ENFANTS PERDUS

– Je vais te raconter une histoire, Louisa. Une histoire d'amour. Celle d'un homme d'origine modeste qui était prêt à tout pour conquérir la femme qu'il aimait. Elle était noble, d'une grande famille italienne malheureusement désargentée. Ses parents, soucieux de sauver les apparences, l'avaient tout de même envoyée étudier à New York. C'est dans cette ville qu'il la rencontra, et pour lui ce fut le coup de foudre. Il l'aperçut alors qu'elle traversait Central Park un matin. Son air timide, un peu perdu, le fit immédiatement chavirer. Elle avait l'air seule, esseulée, même. Alors il prit son courage à deux mains et alla lui parler : de ce jour, ils devinrent inséparables.

Pourtant, les premiers temps, elle ne s'intéressa pas à lui – pas de manière sentimentale en tout cas. C'était une jeune fille sérieuse, comme on dit. Elle n'avait pas encore connu d'homme et elle se réservait pour celui que son père lui choisirait comme époux. Elle avait l'âme romantique mais le sens des réalités : elle avait depuis longtemps fait une croix sur ses rêves d'amour. Cependant, son courtisan finit par l'attendrir. Elle se laissa séduire par sa galanterie, son bon cœur, mais aussi ce qu'elle appelait « ses manières d'Américain ». Il aimait les voitures, la vitesse, les grands espaces. Il lui fit découvrir les *diners*, le cinéma en plein air, les clubs où danser toute la nuit. C'était la fin des années 1970. Le monde devenait de plus en plus cynique, gouverné par l'argent, mais lui demeurait un idéaliste. C'est pour cela qu'elle finit par l'aimer. Néanmoins, elle avait peur. Elle craignait que son père ne désapprouve cette liaison, et l'union qui devait en découler. Jamais sa famille n'accepterait qu'elle épouse un petit juriste de rien du tout.

Alors le jeune homme étudia. Nuit et jour. Afin de se hisser socialement et de se montrer digne d'elle. Car il avait depuis toujours un rêve, et l'amour lui donna les moyens de l'accomplir : devenir procureur.

Il obtint son diplôme et gravit rapidement les échelons. En 1982, il finit par être nommé à la Cour suprême à Washington. Il en profita pour faire sa demande, et le père de la jeune fille l'accepta.

Deux ans plus tard, un enfant naquit de leur mariage. C'était un petit garçon joyeux, avec un bon fond, mais un peu facétieux. Il faisait de nombreuses bêtises. Ses parents s'en amusaient. On peut dire que pendant les huit premières années de sa vie, cet enfant fut sans doute l'un des plus heureux du monde.

Tout s'effondra pour lui un jour d'avril 1992, lorsque ses parents décédèrent dans un accident de la route. Le petit garçon était désormais orphelin. Il fut placé en foyer. Heureusement, il avait à New York un oncle, une tante et un cousin qui l'aimaient tendrement. Le jour de l'enterrement de ses parents, alors qu'il s'appliquait à ne pas pleurer – il voulait montrer à quel point il était courageux – son oncle le serra fort contre son cœur et lui murmura :

– Nous allons te sortir de cet endroit. Tu viendras vivre avec nous, ta famille. Je ferai tout pour te rendre heureux, absolument tout, tu m'entends ? C'est une promesse.

Sauf que personne ne vint. Les semaines, les mois passèrent, et le petit garçon resta dans son foyer. Il pleurait ses parents, il pleurait son oncle qui n'avait pas tenu sa promesse. On lui expliqua qu'il fallait qu'il s'habitue : c'était ici, à Brooklyn, parmi d'autres orphelins comme lui, qu'était désormais sa vie. Alors le petit garçon sentit gonfler en lui une colère immense : Dieu lui avait retiré ses parents, et la seule famille qui lui restait l'avait trahi. Il ne pouvait avoir confiance en personne. Il se mit à haïr tous ceux qui l'entouraient, avec une force que tu ne peux pas concevoir Louisa, pas de la part d'un enfant aussi jeune. Personne ne pouvait l'approcher. Il était méchant, parfois même violent : il mordait, frappait les murs. Nul ne savait comment réagir face à sa brutalité.

Un jour qu'il était dans la cour – il devait avoir onze ans – un ballon de basket rebondit dans sa direction pour achever sa course à ses pieds. Il regarda d'où venait le ballon et vit un petit groupe, deux filles et un garçon d'environ son âge. Le garçon avait des cheveux bruns, tout comme l'une des filles. L'autre était rousse. La brunette lui faisait signe de ramasser le ballon et de le leur renvoyer, mais il ne bougea pas. Elle insista : il ne cilla pas. Alors elle s'approcha de lui.

– Qu'est-ce qui se passe, tu ne sais pas lancer ? Je peux t'apprendre si tu veux. Moi, c'est Sacha. Elle, là-bas, c'est Judith. Et lui, c'est mon frère Gary – on est jumeaux mais on ne se ressemble pas, pas vrai ?

Le petit garçon sentit son souffle se suspendre. Voilà près de trois ans que personne ne lui avait parlé d'une manière aussi simple et directe. Les gens avaient pris l'habitude de le craindre et de l'éviter.

– Qu'est-ce qui se passe, t'as perdu ta langue ? Allez, viens jouer avec nous, on va faire un deux contre deux. C'est simple : tu dribbles, tu fais la passe à ton équipier, tu lances le ballon dans le panier. T'en fais pas : on n'est pas pointilleux sur la technique et les règles.

Le garçon fut tout de suite émerveillé par le langage de la petite Sacha : franc, effronté même. Pourtant, la fille était loin d'être un garçon manqué. Elle était même sacrément jolie. Or, notre petit bonhomme était en train de grandir et de commencer à s'intéresser aux jolies filles. Alors il se laissa faire : Sacha le prit pas la main et l'entraîna à l'autre bout de la cour, à côté du panier.

Le temps s'écoula avec cette lenteur caractéristique de l'enfance. En un an, il se passa tant de choses que le garçon eut l'impression d'avoir vécu mille vies. Il devenait maintenant un adolescent, tout comme ses trois camarades. Le petit groupe était inséparable. Ils avaient renoncé à l'espoir d'être un jour adoptés, ils étaient bien trop vieux pour ça. Mais ensemble, oui, ils devinrent une famille. Judith et Gary, sans doute les plus mûrs du groupe, tombèrent amoureux l'un de l'autre. Quant au garçon… Eh bien, y avait-il eu un seul jour, depuis ce fameux match de basket, sans qu'il adore son amie Sacha ? Elle aurait pu le mener à la baguette si elle l'avait voulu, mais elle n'était pas ce genre de fille. Elle était généreuse, insolente mais drôle, brusque mais bienveillante. En un mot : elle l'émerveillait. Et il aurait tout donné pour être toujours avec elle.

Pourtant, alors que tous grandissaient et que Judith et Gary devenaient un « couple », jamais le jeune homme n'osa avouer ses sentiments à Sacha. Il se contentait de l'admirer, à la fois proche et distant. Il lui offrait des cadeaux, surtout des livres – il adorait les livres. Il lui lisait ses passages préférés.

« S'il te plaît, apprivoise-moi, dit le renard au Petit Prince. »

La vie aurait pu continuer ainsi durant des années, il aurait été heureux. Mais ce ne fut pas le cas : le garçon, semblait-il, avait été maudit.

À la fin de l'année 1997, Sacha commença à changer. Finie, la jeune fille impétueuse et excentrique : elle était maintenant taciturne et maussade. Elle maigrissait à vue d'œil. Elle avait les traits tirés. Elle riait de moins en moins et dissimulait, hiver comme été, son corps sous d'amples vêtements qui la couvraient entièrement. Ses amis tentèrent de comprendre ce qui se passait. Celui qui l'aimait, plusieurs fois, l'interrogea : elle lui fit alors un faible sourire et lui répondit des choses énigmatiques. « C'est les ombres qui me rendent malade », ou encore « Je suis en train de disparaître, voilà ce qu'il y a. » Une nuit, elle vint le trouver dans sa chambre. Ils avaient alors quinze ans. Elle se glissa sous les couvertures et pleura longuement contre son torse. À un moment, elle se redressa et plongea ses grands yeux tristes, des yeux de chat, dans les siens. Ce regard sembla durer des heures. Ils étaient seuls au monde. Alors le garçon se pencha sur elle et l'embrassa.

Sans qu'ils comprennent comment, la fièvre les gagna. Leurs baisers se firent intenses, profonds. Leurs mains s'aventuraient sous leurs vêtements, cherchant leurs corps avec passion. À un moment, le garçon enleva le pull de Sacha et découvrit sa peau nue. Ce qu'il vit le stupéfia. Elle était couverte de brûlures, de bleus, de cicatrices. Il resta un instant interdit devant ce corps en souffrance. Sacha rougit, se couvrit et prit la fuite. Ce genre d'épisode ne se reproduisit plus jamais. À partir de ce jour-là, elle l'évita. Et le garçon, sans doute dépassé par les événements, peut-être par lâcheté, certainement par immaturité, n'osa pas la questionner.

Quelques semaines plus tard, un autre événement eut lieu : cet oncle, que le garçon avait presque oublié, se manifesta soudain. Il avait décidé de le récupérer. Que l'adolescent devait vivre avec lui, sa femme et son fils, dans leur appartement de l'Upper East Side. Or, si le garçon avait gardé contact avec sa tante et son cousin, il n'avait jamais pardonné à cet homme de l'avoir trahi. Mais il était encore mineur : il ne pouvait s'opposer à la volonté des adultes.

Il partit donc, la mort dans l'âme, se promettant de revenir pour Sacha. Pour comprendre ce qui lui arrivait. Pour la sauver. Mais avant qu'il ait le temps d'honorer ce serment, Sacha disparut. On ne retrouva d'elle qu'une note annonçant son intention d'en finir. La police ne retrouva jamais son corps.

Les années passèrent, le garçon devint un homme, ou presque. Il en avait l'allure, la voix, la stature, mais il lui manquait une chose essentielle : l'âme. En disparaissant, Sacha avait emporté son humanité. Il avait gardé contact avec Judith et Gary, mais les délaissait le plus clair de son temps pour se dédier à son travail. Il écrivait, inventait des mondes peuplés de mystères, de complots et d'énigmes. La plupart des écrivains se servent de la littérature pour ressusciter des émotions disparues. Pour lui, les livres servaient au contraire à oublier. Jamais il n'aurait écrit la moindre romance : il voulait effacer Sacha.

Judith, quant à elle, travaillait maintenant dans l'édition. Elle était lectrice et se rêvait agent. Elle avait lu un des manuscrits de son ami d'enfance. Elle croyait en son talent. Alors elle déroba ce texte et le présenta à ses supérieurs : ils furent tellement emballés qu'ils décidèrent de lui confier la charge de ce jeune auteur.

La suite, Louisa, tu la connais, ou du moins, tu crois la connaître : le roman fut un succès aux États-Unis, puis dans le monde entier. On se l'arracha à des millions d'exemplaires. Il fut adapté : d'abord en téléfilm, puis au cinéma. À 19 ans, son auteur devint l'un des écrivains les plus riches au monde, sa fortune s'élevant à près d'un milliard de dollars. Un écrivain connu sous le nom de David Fulton.

Mais il existe une autre histoire, secrète celle-ci : tout ce temps, David, Judith et Gary ne crurent pas au décès de Sacha. Le suicide ? Ce n'était pas son genre. Elle avait peut-être changé, s'était renfermée, mais elle restait une force de la nature. Elle n'aurait pas baissé les bras devant l'adversité : elle se serait battue, quitte à faire des sacrifices et à y laisser des plumes. Et puis, jamais la police n'avait retrouvé son corps ; or, un cadavre ne s'évapore pas ! Sacha était bien vivante, quelque part, avec tous ses secrets.

Oui, nous n'avions jamais cru au suicide. Et nous étions déterminés à enquêter dans l'ombre pour retrouver Sacha. Il faut que tu comprennes, Louisa, que mon succès a tout changé pour nous. Il a fait de Judith une femme de pouvoir, indépendante et libre de ses mouvements. Il m'a permis d'embaucher Gary et de travailler main dans la main avec lui sans éveiller les soupçons. De plus, nos fonds étaient devenus illimités. Alors notre quête frénétique de vérité a commencé, nous coupant définitivement du reste du monde. Et nous avons cherché, sans répit. Sans laisser personne s'interposer entre nous et notre objectif, sans devenir proches de quiconque dix ans durant ; parfois proches de la vérité, parfois si loin de comprendre…

Puis un jour, je suis allé à Paris pour raisons professionnelles. Je devais assurer la promotion d'un de mes romans, qui venait d'être traduit en français. À l'aéroport, une jeune femme m'attendait, qui m'a tout de suite troublé : c'était toi, Louisa.

Tu avais l'air gênée, embarrassée par ma présence. Tu n'étais pas tendre avec moi et ne tentais pas de me flatter, contrairement aux femmes que j'avais connues jusqu'alors. Ma présence t'importunait et tu n'arrivais même pas à feindre le contraire : j'ai été tout de suite attiré par ça. Ton caractère direct, ton absence de dissimulation. Ta sauvagerie, pourrait-on dire : tout cela m'a rendu fou de toi. Depuis dix ans, j'étais habitué à avoir toutes les filles que je voulais, mais je n'en désirais véritablement aucune. Elles étaient pour moi l'occupation d'un instant : tu as bouleversé cela. Tu m'as fait, pour la première fois depuis une éternité, oublier Sacha, cet amour d'enfance, si pur… Il m'est arrivé, je l'avoue, de t'en vouloir. Il m'est arrivé de vouloir m'éloigner de toi pour que Sacha ne s'évanouisse pas une seconde fois. Mais je n'ai pas pu, Louisa. Je ne pourrai jamais plus. Mon cœur était brisé, tu l'as réparé. Tu m'as fait renaître…

3
LES CONFIDENCES DE MRS CARLSON

Au souvenir des paroles de David, les larmes me montent aux yeux. Ce n'est pas seulement ses mots d'amour ou sa confiance qui me touchent autant : c'est de l'imaginer porter cette détresse seul ou presque pendant tant d'années. Aujourd'hui qu'il m'a tout dit, qu'il me laisse être dans sa vie, je veux le délester de ce poids qui pèse sur lui. Je ferai tout pour l'aider à retrouver Sacha, absolument tout.

La voix du chauffeur de taxi interrompt mes pensées. Nous voilà arrivés devant le restaurant où j'ai rendez-vous avec lui. Je tente de faire bonne figure et me précipite à l'intérieur : nous avons à peine plus d'une heure devant nous. Nous essayons de nous ménager du temps ensemble mais, entre mes démarches pour m'inscrire à la fac et le travail de David, ce n'est pas toujours évident.

Je l'aperçois, au loin, assis à une table. Il est penché sur un calepin qu'il examine en prenant des notes. Le voir ainsi, ne se sachant pas observé, me serre le cœur. Je croyais aimer David Fulton mais je ne savais rien de ce qu'aimer veut dire, absolument rien. Depuis qu'il s'est ouvert à moi, ce n'est plus son mystère qui m'attire : c'est lui tout entier, avec son passé, ses secrets, ses tristesses. Je ne l'ai jamais autant désiré que depuis ce moment-là, et jamais nos étreintes n'ont été plus brûlantes. Et puis cette histoire d'attentat nous a rappelé que la vie est parfois brève. Chacune de nos nuits n'en devient que plus urgente et plus précieuse.

J'avance vers lui, la démarche alerte, et accroche un grand sourire à mon visage.

– Excusez-moi, vous êtes bien David Fulton, le célèbre écrivain ? Il me semblait vous avoir reconnu. Je me présente, Louisa Mars, pour vous servir. Cette chaise est disponible ?

Il rit.

– Louisa... Comment s'est passée ta matinée ?

– On ne peut mieux. Le rendez-vous avec le doyen de Columbia s'est éternisé, excuse mon retard. Mais ça en valait la peine : je crois que c'est dans la poche !

– Vraiment ?

– Oui, il s'est montré « impressionné ». C'est le mot qu'il a employé. Il a examiné mes résultats à Henri-IV, puis à La Sorbonne, et m'a cuisinée durant un long moment sur mes aspirations. Il ne comprenait pas qu'en étant major en khâgne, je ne tente pas d'entrer à l'École normale supérieure. J'avoue avoir été un peu décontenancée par la question et surprise de sa connaissance impeccable du cursus français. J'ai tenté de lui expliquer que je ne me sentais pas une vocation d'enseignante, que ce que je voulais, c'était participer à la création littéraire actuelle et non transmettre la littérature du passé…

David me sourit :

– Fais attention, avec ce genre de discours, tu risques fort de te retrouver écrivain.

Je mime la contrariété et lui donne une tape sur l'épaule.

– Ne dis pas n'importe quoi. Si je me mets à écrire d'affreux poèmes, qui s'occupera de débusquer les auteurs talentueux qui se cachent en ce monde ?
– Combien de fois devrais-je te le répéter ? Tes poèmes sont magnifiques. Celui que tu m'as lu hier soir était tout simplement sublime ! Et ma foi… émouvant.

Il me lance un clin d'œil appuyé et je me sens rougir. C'est vrai que ce texte, qui m'a été inspiré par David, est assez… sulfureux. D'ailleurs, sa lecture a donné lieu à quelques débordements.

– Bon, et donc pour Columbia, tu auras la réponse bientôt ?
– Par lettre, dans les soixante-douze heures. Mais pour

tout te dire, le doyen m'a confié à la fin de l'entrevue que l'unniversité serait ravie de m'accueillir…

– Louisa, mais c'est formidable ! Il nous faut du champagne pour fêter ça ! Du Cristal. Où est le serveur ?

– Attends, attends, ne nous emballons pas. Pour moi, rien n'est tranché.

– C'est ta visite à NYU qui continue de te perturber ?

Je reste un instant songeuse. La veille, j'ai visité le campus de l'université de New York. Certes, cette fac ne fait pas partie de la prestigieuse Ivy League – le regroupement des plus grandes écoles américaines – mais il y a là-bas une telle énergie !

– Tu ne peux pas t'imaginer, David : à NYU, c'est comme si tout le monde avait le cerveau en ébullition. Dans les dortoirs, chaque soir, les étudiants se réunissent pour regarder des films : Bergman, Pasolini, Truffaut… Ils organisent aussi des lectures une fois par semaine. Ils sont engagés politiquement, ouverts sur le monde, curieux de ce qui se passe à l'extérieur des États-Unis. Ce ne sont pas des privilégiés comme à Columbia : la plupart des étudiants sont boursiers. Ils ont obtenu leur place grâce à leurs mérites.

David m'écoute avec attention.

– Je comprends ton enthousiasme mon ange, mais une fac de l'Ivy League, ça ne se refuse pas. Si tu es diplômée de Columbia, une fois sur le marché du travail, rien ni personne ne te résistera.

– Oui, mais je vais vivre sur ce campus, David. La manière dont je m'y sens compte énormément.

David se rembrunit. Je sais qu'il est contrarié à l'idée que j'ai choisi de vivre sur le campus. Il prend ma main dans la sienne et la presse fort.

– Louisa, je t'ai déjà dit que mon appartement est bien assez grand pour deux…

Je secoue la tête.

– Il est trop tôt, David. Tu dis ça aujourd'hui, mais rien ne nous garantit que tu le penseras encore dans un mois, ou dans un an. Je te remercie de tout cœur de vouloir te sacrifier pour moi, mais je refuse d'être une charge à tes yeux : je veux m'en sortir par moi-même, et pour moi-même.

J'ajoute, à voix basse, en me penchant vers lui :

– J'aime l'idée que l'on se voit par envie et non par obligation. Quand je pense à tous les rendez-vous que nous nous donnerons, toi et moi, et à tout ce que nous ferons lors de nos retrouvailles…

David frémit : je vois que cette perspective lui fait de l'effet.

– J'avoue que ton argument est… très convaincant.

Il esquisse une caresse du bout du doigt à l'intérieur de mon bras. Au contact de sa peau, le désir me submerge. Je voudrais quitter ce restaurant, rentrer chez lui et me laisser caresser par ses mains des heures entières. Malheureusement, il est trop tard pour ça : le serveur se dirige vers nous avec notre commande.

– Même si tu n'es pas décidée pour Columbia, rien ne nous empêche de trinquer. Je crois que nous avons d'autres bonnes nouvelles à fêter…

L'enveloppe !

Je la sors de la poche de mon trench et la fais glisser sur la table.

– Tu me montres la tienne et je te montre la mienne ?

Nous échangeons les documents. J'ouvre les résultats de son test. Négatif aussi ! Je pousse un soupir de soulagement.

– Santé.

Nos verres tintent.

– Je crois que c'est le terme approprié.

Il rit de ma plaisanterie, mais il a l'air ému. La vérité, c'est que c'est un immense événement pour nous. Le début d'une nouvelle étape dans notre relation. Il le sait, je le sais. Il me contemple d'ailleurs en ce moment avec ravissement, se penche au-dessus de la table, m'embrasse tendrement. Je garde un instant les yeux clos. J'imagine nos futures étreintes, sans aucune entrave : simplement nos deux corps se caressant l'un l'autre. Je frissonne. Mais nous sommes en public, il faut que je revienne sur terre.

– Et toi alors ? Comment a été ta matinée ? Tu as pu avancer sur ton roman ?

David hésite un instant avant de me répondre, ce qui me blesse. Je déteste sentir que ses réflexes de méfiance reprennent le dessus.

– Je n'ai pas eu l'occasion de travailler ce matin, Louisa. J'étais à Coney Island…

David boit une gorgée de Cristal.

– J'ai été contacté par Mrs Carlson, l'ancienne directrice du foyer qui a été limogée lors du « décès » de Sacha.
– Mais je croyais qu'elle avait refusé de te parler lorsque tu avais voulu l'interroger, il y a dix ans ?
– C'est vrai, mais la nouvelle de l'attentat dont j'ai été la cible l'a visiblement fait changer d'avis.

David me raconte l'entrevue en détail. Mrs Carlson l'a reçu autour d'un thé, dans son petit appartement de Coney Island.

– Elle n'a jamais réussi à quitter le quartier après… l'« événement », comme elle l'appelle. La culpabilité de ne pas avoir vu la détresse de Sacha ni pu la sauver la ronge depuis tout ce temps.

– Mais elle n'est pourtant pas responsable !

– Eh bien, c'est un peu plus compliqué que ça… Tu te souviens de la lettre qu'a laissée Sacha ? Dedans, elle y faisait mention de mauvais traitements qu'elle avait subis au foyer.

– Oui, je m'en souviens.

J'avais lu une coupure de presse à ce sujet, lorsque je menais moi-même ma propre enquête.

– Mrs Carlson, avant de la remettre aux enquêteurs, en a fait une copie. C'était notamment ce document, qui la désigne indirectement comme responsable, qu'elle souhaitait me remettre.

– Tu l'as sur toi ?

David hoche la tête et me tend le papier, dont je me saisis avec une grande prudence. Délicatement, je déplie cette photocopie ancienne et découvre une écriture déliée et penchée qui semble révéler un caractère romanesque.

– Tu vois le soin apporté au tracé des lettres ? Si tu décidais d'en finir, est-ce que tu prendrais le temps d'écrire comme ça ?

Je dois bien admettre que non. Si je devais trouver le courage de mettre fin à mes jours, je jetterais rapidement quelques mots sur le papier avant de…

– Lis à haute voix pour moi, Louisa.

Je m'éclaircis la gorge :

– « *Je ne sais à qui adresser cette lettre. Avant de partir, on songe généralement à sa famille, mais moi je n'en ai pas. J'avais des amis mais aujourd'hui, ils me semblent si loin… Certains ne sont plus à mes côtés et je me sens abandonnée. Depuis près d'un an, ma vie est devenue un cauchemar, et mes nuits sont sans repos. Il y a ici un homme qui cherche à me détruire et je crois qu'il y est enfin parvenu. Je ne peux plus vivre, plus dans ces conditions, la peur au ventre. Chaque jour, je m'éteins un peu plus. Je ne renonce pas à la vie : je suis déjà morte. Mon corps est meurtri et mon cœur brisé. Je quitte ce monde, certaine de trouver la paix dans l'au-delà. Dites à Judith qu'elle a été une sœur pour moi et que je l'en remercie. Dites à mon frère de ne pas me pleurer trop longtemps. Dites à David… Il y a trop à lui dire. Alors mettons seulement qu'avec lui, j'aurais aimé avoir plus de temps et l'occasion de grandir. Je suis soulagée de savoir que tout ça prend fin aujourd'hui. Sacha.* »

Ma voix est étranglée par l'émotion. Que doit ressentir David en ce moment ? Cette lettre me bouleverse tant ! Il a dû être dévasté en la découvrant ce matin. Je voudrais le prendre dans mes bras, que nous soyons seuls au monde en cet instant pour que je puisse le consoler.

– Comment vas-tu ? Comment as-tu réagi en la lisant chez Mrs Carlson ?

– Je connaissais déjà cette lettre, Louisa : j'ai des contacts dans la police. Ceci n'est pas la copie de Mrs Carlson mais la mienne.

Je m'étonne :

– Mais alors votre entrevue n'a rien donné ?

– Au contraire… Figure-toi que dans le dossier judiciaire se trouvait un autre élément sur lequel je n'avais jamais réussi à mettre la main : le journal intime de Sacha. Et pour cause ! Celui-ci avait été mystérieusement égaré peu de temps après le début de l'enquête. Ça fait dix ans que je remue ciel et terre pour le retrouver. Or, j'ai appris ce matin que c'est Mrs Carlson qui l'avait eu tout ce temps en sa possession !

– Comment ?

– En tant que responsable de l'institution, elle souhaitait se disculper. Découvrant les mauvais traitements dont Sacha a été la victime dans l'enceinte de son établissement, Mrs Carlson a décidé de faire disparaître ce carnet, de le subtiliser et de découvrir à qui Sacha faisait référence dans sa lettre. Elle n'arrivait pas à croire qu'il s'agissait d'un membre de son équipe. Mais une fois le journal en sa possession, elle a dû se rendre à l'évidence…

– D'où sa culpabilité tout ce temps… Je comprends mieux.

– Oui, en commettant cette faute, Mrs Carlson s'est rendue coupable d'entrave à la justice. Mais quinze ans ont passé, il y a maintenant prescription pour ce délit.

– Et ce journal, elle l'a encore ?

David brandit le carnet qu'il examinait à mon arrivée.

– Le voici, Louisa.

Je retiens mon souffle.

– Alors ? Sacha y donne le nom de son tortionnaire ?

David a soudain l'air abattu.

– Non, rien hélas. Elle y fait souvent mention, mais elle l'appelle « l'Ogre ». Regarde, ici par exemple…

David me montre un extrait.

« Ce matin, l'Ogre m'attendait à la sortie des douches. Il m'a dit que si je racontais à quiconque ce qui s'est passé cette nuit, il s'en prendrait à Judith. Pour être certain que je reçoive le message, il a éteint sa cigarette sur mon bras. Je ne sais plus quoi faire ! Je suis désespérée. Comment mettre fin à ce calvaire ? »

Je frissonne, épouvantée. David tourne les pages. Il veut m'en montrer plus.

– Regarde… Là également…
Je m'empare de ce petit carnet relié à la couverture en moleskine.

« Je ne suis pas certaine de pouvoir endurer ça plus

longtemps. Bientôt, David retournera vivre avec sa famille. Mais il reste Judith et Gary que je dois protéger : si je parle, l'Ogre s'en prendra à eux. »

Je lève vers David un regard embué. Quel calvaire cette jeune fille a dû vivre ! Je n'ose l'imaginer.

– Va à la fin du carnet, Louisa. À la dernière page…

Je m'exécute.

– Tu vois, cette liste de noms ?

Il y a en effet une dizaine de noms, tous à consonance russe. Trois d'entre eux sont suivis d'un point d'interrogation. L'un est même souligné : Igor Kanaïev.

– Très souvent, les initiales « I.K. » reviennent dans les dernières pages du journal. Regarde, ici par exemple. *« I.K. m'a contactée ce matin. Il dit qu'on va bientôt pourvoir agir. »* Mais qu'est-ce que ça veut dire, *« bientôt »* ? *« Les minutes, ici, sont des heures. »* Et regarde, là : encore les mêmes initiales ! *« I.K. est passé devant la grille tout à l'heure. Il m'a remis les papiers et demandé de me tenir prête. »* Louisa, cette page date de trois jours avant la lettre de suicide de Sacha. Je suis certain que ça a un rapport ! Je suis certain que « I.K. » désigne ce fameux Igor Kanaïev. Il faut que je retrouve cet homme à tout prix. Je n'ai jamais été aussi près du but !

– David… Tu devrais montrer ce carnet à l'inspecteur

Stinson. Je me trompe peut-être, mais j'ai un bon pressentiment à son égard : je suis certaine qu'il peut t'aider.

– Il s'agit d'une pièce à conviction que j'ai obtenue illégalement : si je la lui montre, il va me la confisquer ! Or, j'en ai besoin. Ce journal ne m'a peut-être pas encore révélé tous ses secrets…

4
LA BOÎTE DE JAZZ

David passe la journée du lendemain à éplucher le carnet de Sacha, assis sur le canapé du salon de notre suite. Il prend des notes, cherche à identifier certaines personnes sur le Net. Je sens bien qu'être dans cet hôtel cinq étoiles le met de mauvaise humeur, qu'il préférerait être chez lui, à son bureau.

– Il me faut mes dossiers ! Comment est-ce que je peux recouper les informations qui sont là avec celles que j'ai déjà collectées sans mes dossiers ?

Afin de ne pas le déconcentrer je me replie vers la chambre. Moi aussi j'ai à faire : je dois trancher entre NYU et Columbia. Les lettres d'acceptation devraient arriver demain, après-demain au plus tard. Je ne sais pas laquelle choisir. J'épluche le programme des cours pour faire un choix avisé. Tout est tentant. L'enseignement de Columbia me semble plus proche de celui de La Sorbonne : au moins, je ne serais pas perdue. D'un autre côté...

Je me prends de nouveau à rêver de NYU, de cours de *creative writing*, de dissertations sur les poèmes de T.S. Eliot, d'ateliers de dramaturgie... Bon, j'en ai marre, jamais je n'arriverai à trancher : je décide de remettre mon sort entre les mains de ma meilleure amie, Barbara.

J'ouvre mon ordinateur et me connecte à Skype. Heureusement, Barbara est en ligne ! Il doit être près de minuit à Paris, j'espère qu'elle va décrocher ! Je lance l'appel vidéo.

– Hello, Loulou !

– Salut Babs ! Comment vas-tu ?

– Oh ! ma belle, je suis é-rein-tée. J'ai enfin fini tes cartons aujourd'hui, j'expédie tout chez le transporteur vendredi. Il faut encore que j'organise le *dispatch* : ce qui part à New York, ce qui va chez tes parents... J'ai pris rendez-vous avec ton propriétaire pour l'état des lieux et ne t'en fais pas, je compte bien récupérer ta caution. Mais bon sang, je suis vannée. J'allais me faire un film, là, et m'endormir sur le canapé.

– Oh ! j'aimerais tellement être avec toi ! Tu regardes quoi ?

– *Quand Harry rencontre Sally*. On ne se lasse jamais des classiques.

– Tu me manques tellement, Babs ! Et tu ne peux pas imaginer à quel point je te suis reconnaissante de tout ce que tu fais pour moi.

– Hey, ne t'en fais pas Lou. Je le fais de bon cœur. Ça

m'empêche de trop penser au fait que tu vas me manquer.

– Tu viendras me voir ?

– À New York ? Un peu, que je vais venir te voir ! D'ailleurs, tu sais dans quelle fac tu vas aller ?

– Pour tout te dire, Babbie, c'est un peu pour ça que je t'appelle. J'aurais besoin de ta sagesse légendaire, une fois de plus.

– Ah, tu vois que même de l'autre côté de l'Atlantique, tu ne peux pas te passer de moi. C'est peut-être David l'homme de tes rêves, mais moi, je suis la femme de ta vie.

Je lâche un petit rire, mais des larmes d'émotion me montent aux yeux. Entendre sa voix me rappelle à quel point je l'adore.

– Bon, alors, dis-moi tout. Qu'est-ce qui te chiffonne ?

– Je ne sais tout bonnement pas quelle fac choisir ! Que ce soit à NYU ou à Columbia, j'ai eu l'impression que l'entretien n'était qu'une formalité…

– Tu m'étonnes ! Major en khâgne à Henri-IV, major à La Sorbonne : ils seraient fous de ne pas vouloir de toi !

– Le souci, c'est que les deux facs ont leurs avantages et, pour ainsi dire, aucun inconvénient !

– Ah oui, pour peser le pour et le contre, ce n'est pas facile, en effet.

Barbara observe un moment de silence.

– Bon, pour être honnête Loulou, à mon sens, la question ne se pose pas.

– Comment ça ?

– Tu sais, cette chose que je te dis souvent ? Que quelle que soit la décision que tu dois prendre, il faut écouter ce que te dicte ton cœur ?

– Oui, oui…

– Eh bien pour une fois, ne m'écoute pas.

On peut dire que Barbara sait ménager ses effets !

– En amour, ma biche, en amitié, dans son art, avec sa famille, il faut vivre dangereusement. Mais les études, c'est un sujet sérieux. C'est cinq à huit ans de ta vie, pas plus. Des années qui vont soit t'ouvrir des portes, soit les laisser fermées. Or, il n'y a pas plus grand sésame en ce monde qu'une fac de l'Ivy League. Franchement, quelles que soient les qualités de NYU, choisis Columbia !

– Mais j'ai l'impression que NYU me ressemble plus. Là-bas, je me dis que je pourrais m'épanouir.

– Tu veux t'épanouir ? Alors fais du yoga, mange bio, inscris-toi à un atelier de poterie et diminue ton empreinte carbone. Mais va à Columbia !

J'éclate de rire. Barbara ramasse une peluche sur son lit et la jette vers sa webcam en faisant mine de me viser.

– Cesse de te moquer et écoute-moi, andouille ! Tu as vingt-deux ans, ce qui fait de moi ton aînée et ton mentor. Alors ouvre bien tes oreilles et retiens ceci : tu as peut-être l'impression de savoir ce que tu veux aujourd'hui, mais tu vas avoir encore mille vies, Louisa Mars. Danseuse étoile, voleuse de chevaux, secrétaire d'État, pâtissière… Que sais-je encore ! Aujourd'hui, tu es convaincue que seule l'édition t'intéresse mais demain, tu préféreras peut-être travailler dans le commerce ou encore l'industrie. Tu ne sais pas de quoi ton avenir sera fait, et tu ne peux pas hypothéquer la femme que tu vas devenir. En allant à NYU, tu vas rester dans ta zone de confort. Tu vas écrire, tu vas lire, tu vas rencontrer des gens passionnants qui ont les mêmes centres d'intérêt que toi. Mais après ? Une fois que tu seras dehors, dans le *vrai* monde ? Avec Columbia sur ton CV, tu pourras faire tout ce que tu veux ou presque. Alors oui, selon moi, la question ne se pose pas.

J'écoute attentivement ce que me dit mon amie. Je crois qu'une fois de plus, elle a raison. Personne ne dit non à Columbia.

– Merci Babs. Je crois que c'est un bon conseil. Je vais le suivre. Et toi alors, comment vas-tu ?

– Arf, moi ? J'erre dans Paris à la recherche de quelqu'un pour te remplacer. Je traîne aux jardins du Luxembourg et aborde toutes les filles pâlottes qui lisent Proust sur un banc pour leur demander : « Excusez-moi, je m'appelle Barbara, je suis pédopsychiatre et je cherche actuellement une meilleure amie. Seriez-vous disponible ? »

– Arrête idiote, tu vas me faire pleurer.

– Bon, bon, OK… J'ai beaucoup revu Philippe ces derniers temps.

Tiens, tiens… Philippe, son ex.

– Il tente un come-back ?

– Je l'ignore. Il est toujours avec sa nouvelle copine, la grande asperge qui fait du 34, mais l'autre jour il m'a invitée à dîner.

– C'est que ça doit lui manquer, de voir une femme manger.

Barbara et moi gloussons de bon cœur.

– Oh ! Barbara… Ce que tu me manques… Je dois y aller…

Nous nous déconnectons en nous promettant des nouvelles et je m'aventure dans le salon pour annoncer à David que je suis enfin décidée. Il a l'air d'humeur encore plus sombre qu'il y a une heure. Dès qu'il m'aperçoit, il tend ses bras vers moi.

– Mon ange… Viens sur ce canapé, à côté de moi. Je crois que j'ai besoin d'une pause.

– Tu veux que je te masse les épaules ?

Il m'attire à lui et me fait basculer sur ses genoux.

– Je connais un autre moyen de me détendre…

Je fais mine de me débattre en m'exclamant :

– Vous n'y pensez pas ? Le personnel de chambre pourrait nous surprendre…

– C'est bien ce que j'espère.

Nous nous embrassons langoureusement. Je sens des frissons remonter le long de mon cou. Je caresse les épaules musclées de David. Avec ses bras autour de moi, j'ai l'impression d'être minuscule. Mes baisers redoublent d'ardeur. J'aurais envie de partir à la dérive… David me fait basculer sur le canapé et m'embrasse de plus en plus fougueusement. J'en oublie toutes nos obligations et me laisse aller…

Nous reprenons nos esprits une heure plus tard, allongés sur le sol du salon, l'un contre l'autre. Je m'étais assoupie, exténuée, mais David me réveille d'un baiser profond et brûlant. Mes lèvres collées aux siennes, avec une voix qui invite à tout sauf à la raison, je susurre :

– David… Je crains qu'il faille nous préparer à rejoindre ton cousin…

David se laisse retomber sur l'épaisse moquette et se passe une main sur le visage.

– Sandro… Je l'avais oublié.

Les relations entre David et son cousin ont été tendues ces derniers temps. David lui a beaucoup reproché de m'avoir laissée boire quasiment jusqu'au coma un soir où nous étions sortis en boîte. Mais depuis que Sandro m'a aidée à orchestrer ma petite mise en scène de l'Empire State Building, David a décidé de lui pardonner. Par contre, la perspective de dîner avec Chloe Armant, l'amie d'enfance de Sandro, ne l'enchante pas.

– Louisa, je suis à deux doigts d'annuler… Je n'ai pour l'instant trouvé aucun des noms sur cette liste…

Il me montre, désemparé, le journal de Sacha.

– Je t'assure : j'ai cherché sur le Web et rien. J'ai vérifié les casiers judiciaires auprès de mon contact à la police : rien. J'ai même piraté des listings de mutuelles : rien. Soit ces noms ont été inventés, soit ces types ne sont répertoriés nulle part.

– Comme des sortes d'espions ?

David acquiesce.

– OK, je comprends que tu sois frustré… Mais tu n'arriveras à rien de plus ce soir. Prendre l'air te fera du bien ! Et puis tu sais à quel point ça compte pour Sandro. Franchement, après tout ce qu'il a fait pour te prouver son attachement, ce serait cruel de le décevoir.

– Je suppose que tu as raison. Très bien, très bien… Où la femme de chambre a-t-elle rangé mon smoking, déjà ?

Lorsque je sors de la salle de bains, David émet un petit sifflement admiratif.

– Ma robe te plaît ? Elle vient de chez Bendel.

Il s'agit d'une robe bustier couleur tournesol. Je choisis de l'agrémenter d'un petit boléro en lapin blanc car les nuits commencent à se rafraîchir.

– Ce n'est pas la robe qui me fait cet effet, mais je dois bien admettre que tu ressembles à une véritable New-Yorkaise. Tu as l'air tout droit échappée de… Comment s'appelait cette série déjà ? Celle dont toutes les filles sont folles, avec les quatre copines obsédées par la mode ?

– *Sex and the city* ?

– Voilà, c'est ça.

Je fais un tour sur moi moi-même pour me laisser admirer, mais David m'attrape au vol et me soulève comme si je ne pesais rien. Il m'étreint.

– Tu es si belle… Cette robe n'a d'intérêt que pour le plaisir que je vais prendre à l'enlever…

Une fois de plus, je suis tiraillée entre mon désir pour David et mon sens du devoir. Si seulement nous n'étions pas attendus ! Garder la tête froide, quand il me dit ce genre de chose, est une torture. Mais nous sommes déjà terriblement en retard. Et puis dans le fond, l'idée de passer la soirée en public tout en sachant ce que David a véritablement en tête est assez excitante…

Nous appelons un taxi pour nous rendre à *Per Se*, le restaurant où nous avons rendez-vous.

– Tu ne te déplaces plus en limousine, David. Qu'est-ce qu'il y a ? Tu as peur à cause du colis qui a explosé ? Il y a un risque que quelqu'un tente de piéger ta voiture ?

– Ce n'est pas ça mais… j'ai préféré donner des congés à

Gary. Je t'expliquerai tout ça ce week-end, lorsqu'on sera à Nantucket. Sortons de la voiture et souris : la tornade Chloe fonce droit sur toi !

– Louisa, chérie… Ta robe est sublime ! Viens, nous sommes installés là-bas. Ça a été la guerre pour obtenir une table. Avec la Fashion week, la ville entière est envahie ! Les mannequins vont brûler leurs calories en club et les éditrices mode se consoler en mangeant : les restaurants sont as-sié-gés.

Alors que nous nous approchons de la table, Sandro se lève, les bras grands ouverts.

– Loulou ! Comment va mon étudiante préférée ?
– Eh bien, elle étudie, figure-toi. Elle étudie même avec le plus grand sérieux !
– Et qu'étudies-tu, belle enfant ?
– Les programmes de cours des facs que je vise. Mais dans l'immédiat, je vais oublier tout ça et étudier le menu.
– Sage décision !

Sandro serre David dans ses bras.

– Le champagne est déjà sur la table. Chloe et moi n'avons pas eu la patience d'attendre.

Chloe pousse un petit gloussement :

– J'espère que vous ne nous en voudrez pas ! J'ai insisté pour faire sauter le bouchon avant votre arrivée, j'avais besoin d'un remontant. Cette semaine est harassante. Moi aussi j'étudie : de défilé en défilé, je dois deviner ce qui rendra New York fou d'ici à l'été et évaluer le nombre de kilos que j'aurai perdus d'ici là, afin de passer commande. C'est un mélange tout à fait complexe de probabilités et de voyance. Mais le pire de tout, c'est qu'on me force à converser avec des créateurs. Vous connaissez plus déprimant qu'un créateur, vous ?

Ça y est, Chloe est lancée. Nous prenons place autour d'elle.

– Tous ces garçons mal dans leur peau qui idolâtraient leur maman lorsqu'ils étaient enfants, toutes ces filles ingrates à qui l'on refusait des vêtements de marque… Tous, sans exception, deviennent stylistes. C'est un métier *complètement* motivé par le ressentiment. Ça ne les rend pas très agréables à fréquenter…

Chloe pousse un soupir faussement exténué. David lève discrètement les yeux au ciel. Sandro coupe court : il commence à nous parler de ses projets pour l'année à venir.

– J'ai décidé d'étudier les mathématiques. Je ne peux pas rester oisif une année de plus. Je crois que j'aimerais bien marcher dans les traces de mon père, travailler dans la finance… Son pontage m'a vraiment fait réfléchir… Dans la vie, on ne sait jamais ce qui peut se passer. S'il lui arrive quelque chose, je veux être prêt à prendre sa suite.

Il me fait un clin d'œil.

– On va peut-être se croiser à Columbia, qui sait ?

Cette remarque semble déplaire à Chloe.

– Tu ne sais même pas si c'est là que Louisa va aller ! Les lettres d'admission ne sont pas encore arrivées, Sandro ! Et puis il n'y a qu'à connaître Louisa pour comprendre : elle est bien plus à sa place à NYU qu'à Columbia, c'est son côté hippie.

Euh… Alors ça, je ne sais pas comment je dois le prendre. C'est vrai que je suis plutôt fille de babas que fille à papa, mais je ne suis pas certaine que dans la bouche de Chloe cette remarque soit vraiment un compliment.

– Pour être honnête Chloe, le doyen m'a confié qu'il serait ravi de m'accueillir dans son établissement. Et je penche plutôt pour Columbia que pour NYU…

Sandro s'exclame avec enthousiasme :

– Super, on se croisera dans les couloirs alors ! Mon père fait partie des donateurs de la fac, je suis quasiment certain d'être admis moi aussi.

Cette remarque me gêne. Sandro est un garçon si sensible, si intelligent ! Quel dommage qu'il se sente obligé de faire jouer ses relations pour entrer à Columbia : je suis certaine que si le doyen le rencontrait, il aurait toutes ses chances d'intégrer le programme de sciences sans piston.

– Oh ! regardez !

Chloe nous interrompt et désigne du menton une femme qui vient d'entrer dans le restaurant. Elle doit avoir dans les cinquante ans mais c'est difficile à dire : malgré ses cheveux courts, elle cache son visage derrière d'énormes lunettes de star.

– C'est Angie Winter, la rédactrice en chef du magazine *Wave*... Sa spécialité, c'est de balancer des vacheries à tout le monde sur le ton du compliment. Une fois, je l'ai entendue dire à l'une de ses assistantes : « Tu es tellement admirable, tu sais, que tout le milieu tente de prendre exemple sur toi : c'est pour ça que les rondes reviennent à la mode. »

Je pouffe, à la fois ravie et horrifiée. J'adore ce genre de bons mots, c'est mon péché mignon.

– Tout à l'heure, à l'after-show du défilé Valencio, je l'ai distinctement entendue réclamer un verre d'eau car elle était, et je ne fais que la citer, « à deux doigts de la crise d'hypoglycémie ».

Cette fois c'en est trop : je pars dans un fou rire. David lance des regards inquisiteurs à Sandro.

– Je ne comprendrais jamais l'intérêt des femmes pour les potins de la mode. C'est tout de même étrange...

Sandro le rassure :

– Ne t'en fais pas, tout ce barnum prend bientôt fin pour toi. Vous partez quand à Nantucket ?
– Demain, dès que le jet sera prêt.
– Et vous restez combien de temps ?
– Juste le week-end.
– Tant mieux ! Cela veut dire que vous serez de retour pour ma petite sauterie.

Chloe tend l'oreille :

– Quelle sauterie ?
– J'organise une soirée pour célébrer le rétablissement de mon père. Buffet garanti sans cholestérol, quatuor à cordes, feu d'artifice tiré sur le toit. Ses associés seront là. Ça me ferait plaisir que vous veniez, les tourtereaux.

À ces mots, Chloe se décompose. C'est vrai que c'est un peu dur de la part de Sandro de parler de cette soirée devant elle sans même songer à l'inviter. D'autant que si les associés d'Emilio LaGuardia sont là et qu'on tire un feu d'artifice, ce n'est pas vraiment une fête de famille… Mais enfin, de là à blêmir à ce point ? Parfois, je me demande si elle n'en pincerait pas un peu pour Sandro…

Mais je n'ai pas le temps de m'attarder sur la réaction de Chloe, car celle de David m'interpelle plus encore. Son visage est de nouveau complètement fermé. Je ne l'avais pas vu dans cet état de tension depuis la nuit où il m'a enfin parlé de son terrible passé. Mais il faut dire que David n'a jamais pardonné à Emilio d'avoir mis tant de temps à lancer la procédure d'adoption. Et vu qu'entre eux, le sujet est complètement tabou, ça ne risque pas de s'arranger un jour ! Il va pourtant falloir qu'ils règlent leurs problèmes une bonne fois pour toutes. Sinon, David ne pourra jamais aller de l'avant. Je réponds donc à sa place :

– Nous en serions enchantés, Sandro.

David me lance un regard noir, mais mon sourire le désarme. Le dîner suit son cours, entre mets succulents et vins à tomber. Lorsque le dessert est terminé, Chloe propose d'aller en boîte. C'est une idée bizarre : elle sait que David déteste ce genre d'endroits où la musique est trop forte. D'ailleurs, il me jette un coup d'œil interrogatif : je lui fais comprendre, d'un battement de cils, que ça ne me dérange pas qu'il décline.

– Je suis désolé, Chloe, mais je suis épuisé et nous partons demain… Il vaut sans doute mieux que nous rentrions…
– Aucun problème David !

Je la crois sans peine : elle a l'air plutôt ravie à l'idée qu'on ne les suive pas. Sans doute a-t-elle envie de se retrouver en tête à tête avec Sandro. Oui, plus j'y pense, plus je me dis qu'elle a le béguin pour lui.

Le turbulent cousin de David s'exclame :

– Tu ne vas pas nous enlever Louisa ! Les soirées sont

toujours moins drôles sans elle. Et puis, sérieusement, tu as vu cette robe ?

Sandro imite la voix d'Angie Winter pour déclarer :

– La laisser dans son placard serait crimineeeel !

Il propose donc un compromis.

– Bon, le club, je comprends que ça ne vous tente pas... Mais je connais une boîte de jazz à trois blocs d'ici où la musique est divine et les cocktails à tomber. Ça vous tente ?

Un club de jazz, c'est beaucoup plus l'univers de David. Nous acceptons de bon cœur d'y passer.

Nous entrons au *Sunset* et constatons rapidement que Sandro n'a pas menti : on se croirait à Chicago dans les années 1920 ! La lumière tamisée, les boiseries, les fauteuils club... J'ai l'impression d'être dans les Années folles !

Le *Sunset* se trouve au sous-sol d'un immeuble d'apparence ordinaire. Il faut un mot de passe pour entrer. Tout ce mystère m'enchante. Vu que le lieu est privé, les gens s'autorisent à fumer. En temps normal, ça me gênerait, mais là, ça colle bien à l'ambiance. Je commande un Black Widow et vais m'asseoir à la table juste sous la scène pour écouter le trompettiste qui s'y produit en ce moment.

My Funny Valentine…

Les trois autres me rejoignent rapidement. Nous sommes saisis par le talent du musicien, suspendus à son souffle. Personne, à notre table, ne pipe mot. C'est pourquoi nous sommes tous choqués quand la femme derrière nous décroche soudain son portable. Avec une vulgarité inouïe, elle se met à pérorer au téléphone.

– Chiarrrroooo ! s'exclame-t-elle en roulant les « r » d'une façon exagérée.

Nous nous retournons comme un seul homme pour regarder dans sa direction. Chloe me chuchote à l'oreille :

– C'est Donna Albertini, la célèbre directrice de la maison Albertini.

Elle ? Cette brune vulgaire, défigurée par le botox et les injections de collagène, dirigerait la plus grande maison de couture italienne ? Je n'arrive pas à y croire !

Donna Albertini continue, sans se soucier de nos regards interloqués, sa petite conversation.

– Ma, tou sais bien che je né bois pas dé champagne après le défilé : ça n'a aucun intérêt, lé champagne gratouit. Si, si… Jé loui ai dit que sa collezione était laide, mais que le laid revenait à la mode, comme dans les années 1990 : il a eu l'air contente…

C'est insupportable. Les autres clients ne semblent pas s'en offusquer, mais comme elle est juste derrière nous, ça nous gâche tout le plaisir. Quel culot ! Pour un peu, je me sentirais d'humeur à faire un scandale ! Je me penche vers David.

– Je crois que j'en ai assez entendu pour ce soir. Revenons une autre fois au *Sunset*, d'accord ?

Il me prend la main et me sourit.

– D'accord, on rentre… Mais uniquement si tu me promets de garder tes talons aiguille une fois arrivés à l'hôtel.

5
DÉPART POUR NANTUCKET

Je me réveille et entends, au loin, David pianoter sur son ordinateur. Je sais maintenant distinguer les bruits qu'il fait lorsqu'il travaille : quand il tape lentement, c'est qu'il est en pleine recherche. Dès que le rythme s'accélère, comme ce matin, c'est qu'il écrit.

Je m'étire, mets de l'ordre dans mes cheveux, puis décroche le téléphone mural pour appeler le service de chambre.

– Oui, bonjour, ici Louisa Mars, de la suite royale. Je voudrais commander un petit déjeuner. Des toasts, votre œuf à la coque aux truffes noires, un bol de céréales, du Lapsang Souchong de chez Mariage Frères, une orange pressée… Ce sera tout merci.

En attendant que l'on m'apporte tout ça, j'ouvre mon ordinateur et me connecte au blog de John Doe. OK, je l'avoue :

depuis que j'ai découvert ses chroniques, suite au bal masqué du comte et de la comtesse de Valette, je suis devenue accro à ses récits des nuits new-yorkaises. La presse *people*, ce n'est pourtant vraiment pas mon truc mais là, il y a dans sa plume un mordant qui me séduit. Je ne cesse d'espérer que ce John Doe gagne un peu en profondeur : il ferait un écrivain fabuleux ! Du genre que j'adorerais publier. Le nouveau Truman Capote !

Un post en particulier attire mon attention : il est consacré à Donna Albertini. Je clique sur le lien et le texte s'ouvre en entier :

« Vue hier : Donna Albertini au "Sunset".

Les séjours de Donna à New York sont toujours pour moi un véritable événement et une grande source de joie. C'est en l'écoutant parler que j'ai l'impression de mieux cerner mon époque – il faut toujours écouter ses ancêtres. Et à l'écouter parler, hier, j'ai bien été forcé de le faire car cette grande dame de la couture a cru bon de passer sa soirée pendue au téléphone, recouvrant de sa voix nasillarde la musique du club.

De la gratuité du champagne au travail des enfants, tous les grands sujets de société ont été passés en revue. J'ai entre autres découvert que Donna va mal depuis qu'on la force à travailler avec des modèles de plus de douze ans. "Il faut tout refaire sur Photoshop, c'est une ignominie : la puberté est la première cause de graisse chez la femme." Nous voilà éclairés, Donna.

Également au "Sunset", j'ai pu apercevoir David Fulton, le célèbre écrivain, plutôt connu pour éviter les mondanités. Il faut dire que la Fashion week est pour lui une excellente occasion de renouveler son stock de petites copines mannequins. Est-ce la profession qu'exerce la jolie brune en robe jaune qui se trouvait à son bras ? Je l'ignore encore, chers lecteurs, mais je vais tout faire pour le découvrir... »

J'examine la photo prise sur le vif de David et moi en rosissant de plaisir, assez contente qu'on puisse me prendre pour un top model. Nous sommes tous les deux main dans la main, en train de marcher vers la sortie. Nous nous tournons vers Sandro, à qui je fais un petit signe de la main. Où donc pouvait bien être assis John Doe ? Pas loin de notre table, vu l'angle de la prise de vue. C'est sans doute pour ça que lui non plus n'a pas perdu une miette de l'insupportable conversation de Donna Albertini. En tout cas, je suis flattée d'être la cible de son intérêt. Peut-être que je commence à être à ma place, à Manhattan ?

C'est en tout cas ce que je me dis en terminant mon petit déjeuner et en préparant ma valise pour Nantucket. Petites robes, maillot de bain, capeline, crème solaire, serviette de plage... je sens que ce week-end va être fabuleux. « Il nous faut un endroit paisible, rien qu'à nous », m'a dit David en me montrant sur Internet les photos de la villa qu'il a louée. « L'hôtel, ça va bien deux minutes, mais tous ces gens dans les couloirs, ces femmes de chambres qui frappent aux portes de manière inopinée, ces voisins bruyants, ça manque un peu d'intimité. » Je vois ce qu'il veut dire. Ce n'est pas une question de vie privée, juste de se sentir chez soi quelque part.

David passe la tête par l'encadrement de la porte.

– Prête ?

Je hoche la tête. Il s'approche de moi, fait remonter sa main le long de ma cuisse découverte par mon microshort.

– Comment veux-tu que je me tienne tranquille dans l'avion si tu t'habilles comme ça ?
– Qui t'a parlé de rester tranquille ?

Je lui fais un clin d'œil.

– C'est bien un jet *privé* ?

Puis je passe devant lui et quitte la chambre en roulant exagérément des hanches.

Nous arrivons à l'aéroport et grimpons dans le jet. L'équipe commence à me connaître.

– Bonjour, mademoiselle Mars.
– Bonjour, Cindy.

Comme j'ai gagné en aisance depuis l'été ! Même si certains jours, il fait encore une chaleur torride à New York, on sent que l'automne gagne du terrain. Je me laisse tomber sur un fauteuil en cuir beige et sors de mon sac Hermès un exemplaire de *Wave*.

– « Test : êtes-vous faits l'un pour l'autre ? »… On le fait ?

David me sourit.

– Je n'ai pas besoin d'un magazine pour me dire que nous sommes des âmes sœurs, Louisa.
– Hum, ça c'est ce que tu penses… Voyons voir… Première question : « Votre avenir, vous l'imaginez plutôt : 1/ Avec une maison, un chien, des enfants ; 2/ À faire la fête aux quatre coins du monde ; 3/ À travailler la terre dans une communauté agricole de l'Ohio » ?
– J'adore les chiens et les enfants, la campagne ne me fait pas peur, je voyage déjà aux quatre coins de monde. Question suivante ?

Je fais mine de le frapper avec mon magazine roulé en cylindre.

– Tu ne prends pas ce test de compatibilité au sérieux !
– Au contraire ! Mais j'ai bien trop peur que *Wave* ne te fasse prendre conscience de la triste vérité : nous sommes destinés à nous séparer, tu es beaucoup trop bien pour moi.

Je glousse.

– Vil flatteur… Allez, joue avec moi !

Mais à peine avons-nous le temps d'oublier nos fausses chamailleries pour un tendre baiser que déjà le jet amorce sa descente. Après tout, Nantucket n'est qu'à 200 miles.

Lorsque nous arrivons à la Villa Dionis, il est seulement 11 h 30. Le chauffeur de taxi dépose nos valises dans l'entrée pendant que j'explore la maison. J'entre par le porche, traverse le hall et me retrouve dans le vaste salon au parquet blanc. La décoration épurée mélange mobilier vintage et industriel, si bien qu'on se croirait dans un loft de Brooklyn. La pièce est d'une superficie considérable, au moins 200 mètres carrés. Elle s'étale sur tout le rez-de-chaussée et contient un coin salon, un coin salle à manger et une cuisine ouverte.

À l'étage se trouve la chambre, immense et claire, bordée d'une large terrasse. Lorsque je franchis la porte, je ne peux cacher ma joie.

– Oh ! David, une cheminée ! Quel dommage que nous ne soyons pas en hiver.

David s'approche de moi et m'enlace.

– Dommage en effet. J'aurais adoré pouvoir te faire l'amour des heures durant sur cet épais tapis pendant qu'un feu crépite. Mais j'ai peut-être une idée pour compenser ça…

Il m'entraîne vers la salle de bains et ouvre la porte. Je pousse un petit cri :

– Un jacuzzi !

– Deux jours de détente, c'est peu. Après ce que nous avons traversé ces derniers temps, j'ai voulu faire les choses bien. Tu veux voir le jardin ?

J'acquiesce et redescends au rez-de-chaussée. Je trotte jusqu'à la baie vitrée, qui donne sur l'océan. Je l'ouvre, avance de deux pas. Les herbes hautes chatouillent mes mollets. À moins de vingt mètres, la plage est là, qui me tend les bras. Folle de joie, je me mets à courir. Dieu, que la mer m'a manqué cet été !

C'est alors que j'aperçois un petit embarcadère, auquel est amarré un Zodiac.

– David, viens voir !

David me rejoint.

– Un bateau ! On pourra en faire s'il te plaît ?

David rit.

– Si tu veux, Louisa. Mais j'imagine que tu préférerais naviguer sur ce type d'embarcation…

Son doigt pointe en direction du large, vers un beau voilier d'environ huit mètres.

– Oh ! j'adorerais… Tu sais comme j'aime la mer !

– Vrai ? Et si je te disais que le *Lullaby*, que tu vois devant toi, est à nous pour le week-end ?

– Tu es sérieux ?!

– Tu me connais : je suis *toujours* sérieux.

Je me jette à son cou et commence à l'embrasser.

– Je n'arrive pas à y croire !

– Le Zodiac ne sert qu'à rejoindre le *Lullaby*, Louisa. On peut y aller dès maintenant si tu veux. On enfile nos maillots, on attrape notre pique-nique, et à nous l'océan !

Je prends le soleil sur le pont du voilier. Nous sirotons un cocktail de fruits frais.

– À ce délicieux week-end.

– Le début d'une longue série, j'espère.

David m'embrasse.

– Louisa, je suis tellement soulagé de t'avoir tout dit de mon passé ! C'est incroyable comme je me sens enfin léger depuis que je me suis ouvert à toi. Mais il faut cependant que je t'avoue une chose : je n'ai pas encore averti Gary et Judith que je t'ai mise au courant. J'aimerais le faire moi-même, si tu n'y vois pas d'inconvénient.

– Bien sûr que non ! Ce sont tes amis, et je me garderais bien de m'immiscer dans votre relation mais… tu n'as pas peur de leur réaction ?

– Pour tout te dire, c'est à cause de ça que j'ai donné quinze jours de congé à Gary. Je voulais réfléchir à comment le lui annoncer…

Je déglutis.

– Je vais être honnête avec toi, Louisa : je doute qu'il réagisse bien. Il s'agit tout de même d'une décision essentielle, qui nous concernait tous les trois mais que j'ai prise seul. Il risque de m'en vouloir. Ça ne va pas être un moment très agréable. Tu me soutiendras ?

– Bien sûr que oui David ! Mais je t'avoue que ça m'angoisse un peu. Pas uniquement la réaction de Gary, mais aussi celle de Judith. Elle et moi commencions à si bien nous entendre…

C'est vrai que lorsque Judith m'a fixé rendez-vous au *Waldorf Astoria* pour me supplier de ne pas renoncer à David, pour me demander de rester à New York et de me battre afin d'être avec lui, elle a changé le cours de ma vie. Je ne pourrais pas dire que cela nous a fait devenir amies, mais ça nous a sacrément rapprochées.

– Justement, ça ne peut que jouer à notre avantage. L'estime que Judith te porte va permettre de faire passer la pilule.

– Tu ne penses pas qu'elle va me le reprocher ?

David m'enlace.

– Si elle doit en vouloir à quelqu'un, ce sera à moi. Mais

mon petit doigt me dit qu'elle comprendra ma décision.

Je reste un moment tout contre la poitrine de David, à profiter de sa douce chaleur. Ma respiration se cale sur la sienne. En cet instant, je nous sens sereins. Ou presque.

– David, il faut moi aussi que je te parle…

Il me demande, anxieux :

– Quelque chose ne va pas ?
– Oh ! non, au contraire ! Tout est si parfait depuis une semaine ! Je n'ai jamais été aussi heureuse ! Quand tu t'es ouvert à moi et m'as parlé de Sacha… Je sais ce que ça t'a coûté, David. Et je suis honorée de ta confiance et éblouie de ta franchise.
– C'était difficile à faire, mais jamais je ne le regretterai. Pour la première fois de ma vie, j'ai l'impression qu'une autre personne me comprend : c'est un si beau sentiment, Louisa ! Je n'en avais pas conscience mais, jusqu'à ma rencontre avec toi, j'étais si seul…
– Oh ! David !

Je l'étreins du plus fort que je peux. Ses bras m'enserrent. Contre lui, je me sens exactement à ma place.

– Mais tu voulais me dire quelque chose, Louisa ?

Je lève la tête pour le regarder dans les yeux.

– C'est au sujet de l'autre soir… Quand Sandro nous a invités à célébrer la guérison d'Emilio… J'ai eu l'impression que tu étais contrarié.

David desserre son étreinte.

– C'est vrai que ce n'est pas évident pour moi de me réjouir de la guérison d'un homme qui m'a abandonné sans aucune explication.
– C'est justement de ça que je voulais te parler : je suis certaine qu'il avait ses raisons, David. Ça me semble impossible autrement. Emilio t'aime – personne ne peut te connaître sans t'aimer. Et je pense qu'il est temps que vous parliez, tous les deux. Que tu lui donnes une chance de s'expliquer, même si c'est dur…

David devient soudain glacial :

– Je n'ai que faire de ses explications ou de ses justifications : il m'a fait vivre l'enfer, un point c'est tout.
– Oh ! David… Je sais que tu as souffert, et quand je pense au petit garçon que tu étais, quelque chose en moi se brise. Mais ce petit garçon est devenu un homme merveilleux. Talentueux, fort, généreux, profondément humain. Et courageux. Alors je pense qu'il est temps pour toi de faire face à ton passé. Pour que ce petit garçon blessé cesse enfin de souffrir et que tu puisses aller de l'avant. Je sais que c'est beaucoup te demander…
– Louisa, je serais prêt à tout pour toi. Mais ça, c'est au-dessus de mes forces.

Je m'exclame :

– C'est justement là que tu te trompes ! Tu peux y arriver, David. Tu peux refermer les blessures du passé. Il suffit que tu gardes à l'esprit que le foyer n'a pas seulement été une expérience négative. Sans cette expérience, tu n'aurais pas connu Sacha, ou Judith, ou Gary. Le foyer a fait de toi quelqu'un qui comprend la souffrance, l'injustice, et qui tente de toujours faire au mieux pour les gens qu'il aime. Le foyer a fait de toi l'homme que j'ai devant moi, cet homme que…

Je m'interromps. Je ne veux pas prendre le risque d'effrayer David avec des mots trop grands. Mais je vois que j'ai fait mouche. Ses yeux sont embués : je crois que je ne l'ai jamais vu ému à ce point.

– Tu as raison, Louisa : Judith, Gary, le fait de connaître Sacha, ont été de merveilleux cadeaux dans ma vie. Et je veux en finir avec mes fantômes. Aussi, je te promets que dès que je verrai Emilio, je lui parlerai. Je tenterai de comprendre pourquoi il m'a laissé après la mort de mes parents.

David m'embrasse profondément.

– Tu bouleverses ma vie, Louisa. Tu fais ressortir le meilleur de moi-même. Je crois que tu es la meilleure chose qui me soit jamais arrivée.

Je lui rends son baiser. Nos langues se caressent, nos bouches sont fiévreuses, nos souffles ne sont plus qu'une seule et même respiration : amoureuse, haletante...

Soudain, David relâche son étreinte et me fait un clin d'œil.

– Cela étant dit, pour l'instant, nous sommes en vacances : nous devrions en profiter, toi et moi. On pique une tête ?

Il avance jusqu'au pont avant et, d'un geste souple, plonge dans la mer. De surprise, je pousse un cri.

– David !

Il émerge de l'eau en riant.

– Viens, Louisa : elle est un peu fraîche, mais avec ce soleil de plomb, ça revigore.

Mes muscles endoloris par la navigation et le maniement des voiles auraient bien besoin de se délier un peu. Sans réfléchir, je jette l'ancre à l'eau, prends mon élan et m'élance. Mon corps transperce la surface de l'eau et se déploie dans l'océan. J'avance à travers ce monde de silence en esquissant quelques brasses. Je retiens ma respiration, je n'entends rien : j'ai l'impression que je pourrais rester à jamais ainsi. Pourtant, je remonte à la surface et vois David avancer vers moi.

– Tu es une excellente nageuse, ma parole !
– Je faisais partie de l'équipe de natation au lycée.

J'avance vers David et prends appui sur lui.

– Tu ne sembles pas mauvais nageur non plus.
– Viens, accroche-toi à moi.

Je passe mes bras autour de son cou et plaque mon ventre contre son dos. Nous ne faisons plus qu'un. David plonge et commence à nager sous la surface. Collée à lui, j'épouse chacun de ses mouvements. J'ai l'impression que nous sommes totalement libres, comme ça, au large. Nous remontons à la surface. Je prends une grande inspiration avant d'éclater d'un rire joyeux. Sans même réfléchir, je dénoue le haut de mon maillot de bain, que j'attache en bandeau autour de mon poignet, puis entame un crawl. J'entends David me crier :

– Si je te rattrape, je t'enlève le bas !

Je nage de plus belle, fendant l'eau avec toute l'énergie que j'ai en moi. Mais David est définitivement plus rapide. Il ne tarde pas à me dépasser et se plante devant moi pour interrompre ma course. Une fois de plus, je pose mes mains sur ses épaules nues.

– Moi, j'étais champion de plongée à l'école.

Il commence à faire glisser ses mains le long de ma taille, puis disparaît d'un coup sous la surface. Je le sens descendre le long de mon corps. Ses cheveux, comme des plantes aquatiques merveilleuses, chatouillent mes seins puis mon ventre. Il agrippe soudain mon maillot et continue de s'enfoncer dans les profondeurs, ses mains emportant avec elles le tissu, s'attardant sur mes fesses, glissant le long de mes cuisses puis de mes mollets. Il remonte, son trophée à la main, qu'il enroule autour de son poignet pour ne pas l'égarer.

– À moi, maintenant.

Je me laisse glisser le long du torse de David. Je frotte mon front, mon nez, ma bouche contre son ventre parfaitement sculpté. J'arrive à ses hanches et m'empare de son maillot de bain, que je fais descendre. Je découvre un sexe dressé et je n'ai qu'une envie : m'en emparer. Je remonte à la surface et me plaque contre lui.

– Oh ! David…

Nous nous embrassons tendrement. Le sel parfume nos lèvres. Une légère houle fait osciller nos corps. Nous ne pesons plus rien. J'ai l'impression que nous sommes les seuls êtres sur la planète. Il n'y a, à perte de vue, que notre esquif, le bleu du ciel et celui de l'océan qui se rejoignent, nos corps nus enlacés. Nous murmurons, pourtant, comme si nous avions envie de nous fondre dans ce calme parfait.

– Louisa, que dirais-tu de regagner le bateau ?

Sans dire un mot, je commence à nager vers notre voilier. David me suit et nous voilà déjà en train d'agripper l'échelle pour la gravir. Mais au milieu de mon ascension, le corps de David recouvre soudain le mien. Il se plaque contre moi et embrasse fiévreusement le haut de mon dos et mes épaules. Je sens ses dents titiller ma peau et son sexe raide appuyer contre mes fesses. Je commence à mouiller et à gémir. J'ai affreusement envie de lui.

– Tourne-toi, Louisa…

Il redescend de quelques barreaux pour me laisser libre de mes mouvements. Je m'exécute et lui fais face, en agrippant dans chacune de mes mains les deux montants, ce qui a pour effet de tirer mes épaules vers l'arrière, de creuser mon ventre et de faire saillir ma poitrine. David, à présent à moitié immergé, m'admire.

– Tu es si belle…

Il commence à embrasser mon ventre et descend peu à peu jusqu'à mon sexe. D'une main douce, il ouvre l'une de mes cuisses et passe la pulpe de son pouce sur mon clitoris : je retiens mon souffle. Il pose ses douces lèvres sur ma vulve, puis laisse sortir sa langue et commence à me lécher, lentement, sans trop appuyer. Je gémis. Je voudrais le toucher mais ne peux pas bouger : je dois rester agrippée aux deux montants afin de ne pas perdre l'équilibre. La langue de David me parcourt et me procure de délicieuses ondes de plaisir qui contrastent avec l'inconfort de ma position. J'ai l'impression qu'on m'a crucifiée pour me faire subir la plus délicieuse des tortures. Je le lui dis en haletant, ce qui semble le rendre fou de désir. Il m'ouvre encore plus et fait brutalement entrer ses doigts en moi tout en continuant de me lécher.

Mon plaisir augmente violemment, me mettant au supplice.

Je voudrais l'avoir en moi. Ses doigts experts font de moi sa chose. Je me sens affamée tant j'ai envie de son corps. Je voudrais sentir son sexe aller et venir dans mon ventre, au creux de mes reins, dans ma bouche. Je sens que je bascule vers la jouissance alors qu'il me presse plus vigoureusement avec sa langue. Ses doigts continuent de me fouiller. C'est alors que le plaisir explose : je pousse un cri interminable qui déchire le silence.

Dieu que c'est bon.

Mon corps entier semble vide, d'un coup. Lourd.

– David, j'ai joui si fort…

Je halète un peu. Je tente de reprendre mes esprits et me retourne. Un peu hagarde, je reprends mon ascension, David à ma suite, en me demandant comment lui rendre le plaisir qu'il m'a donné… J'arrive sur le pont et avance de quelques pas, toujours cotonneuse. La fatigue de la navigation, de la nage, de mon orgasme, me donne l'impression que tout est irréel.

Absorbée par mes sensations, je sens soudain deux mains s'emparer violemment de mon corps et me faire pivoter. De tout son poids, David me plaque contre le mât du voilier. Il m'embrasse avec fougue et attrape ma main, qu'il colle à son sexe.

– Tu vois l'effet que tu me fais ?

Ses deux mains se posent alors autour de mon visage et glissent le long de mon cou. Il appuie sur mes épaules.

– Mets-toi à genoux, Louisa.

Je comprends ce qu'il attend de moi. Son autorité m'excite au plus haut point. Je m'agenouille face à lui et le prends dans ma bouche pour le sucer avec vigueur. Pour la première fois, je le sens entièrement. Je découvre son goût, la texture de sa peau, ce qui me rend folle. Il va et vient entre mes lèvres, s'enfonce profondément en moi tout en agrippant mes cheveux. Je me sens complètement asservie à son désir et ça me plaît. Ma langue joue avec sa verge et son gland, alors qu'il gémit :

– Louisa, je vais venir…

Ses mains se crispent dans mes cheveux. Il imprime un va-et-vient de plus en plus fort.

– Oui, comme ça Louisa, comme ça…

Je sens son corps se tendre de plus en plus, jusqu'à l'orgasme. Dans un soubresaut, David desserre son étreinte. Je le regarde par en dessous. Il me tend la main et m'aide à me relever. De son pouce, il caresse ma lèvre inférieure. Je suce doucement l'extrémité de ce doigt.

– Tu en veux encore ?

Il enfonce son pouce dans ma bouche. Je le caresse avec ma langue tout en gardant mes yeux rivés aux siens. David passe une main entre mes jambes.

– Tu continues de mouiller, Louisa. Je crois que tu n'en as pas eu assez.

Il me soulève et me porte jusqu'à la proue du bateau. Il me repose sur le pont. Je n'ai aucune idée de ce qu'il a en tête jusqu'à ce que je le voie s'emparer du cordage.

– Tends tes mains vers moi.

J'obéis. Il saisit mes poignets et les lie en serrant fort. La corde cisaille ma peau. Remarquant que je me mords la lèvre de douleur, David desserre un peu les liens. Néanmoins, ce jeu de domination me fait frémir, il le sent.

– Je commence à te connaître Louisa. Tu aimes être prise, tu aimes être soumise. Ça tombe bien parce que je vais t'attacher à cette rambarde et faire de toi tout ce que tu veux. Tu comprends ?

Il tire mes cheveux vers l'arrière. Ma tête bascule. Fugitivement, je repense à cette fois où il m'avait bandé les yeux, dans son appartement à New York. Je sens mes tétons se tendre à ce souvenir. Je suis à la fois inquiète et excitée, mais je sais que je peux faire une confiance aveugle à David.

– Oui je… je comprends…

– Tu es d'accord pour être totalement mienne ? Dis-le.
– Je…

L'excitation me faire gémir alors qu'il ne m'a pas encore touchée.

– Fais de moi ce que tu veux.

David m'ordonne :

– Allonge-toi sur le dos.

J'obéis. Il se met à califourchon sur moi, s'empare de mes bras et les attache à la rambarde du bateau. Dans cette position, je peux bouger mon bassin et mes jambes, mais je suis à sa merci.

– Écarte les cuisses, Louisa.

Je mets un peu de temps à m'exécuter.

– Obéis.

Je m'ouvre et m'offre à lui.

– Jusqu'à présent, tu n'as connu que des petits garçons. Jamais aucun homme ne t'a réellement prise, jamais un homme ne t'a baisée et fait de toi sa chose : c'est sur le point de changer.

Le regard de David est impitoyable, presque effrayant. Pourtant, je n'ai qu'une seule hâte, qu'il me pénètre. Comme à son habitude, David lit dans mes pensées. Il s'immisce entre mes cuisses et s'enfonce en moi.

– Un coup pour moi, Louisa : je vais prendre mon pied, et je t'interdis de bouger.

Ses mots produisent l'inverse de l'effet escompté : je me mets instantanément à remuer des hanches en gémissant. David vient seulement de commencer à me faire l'amour, mais je me sens déjà au bord de l'orgasme. C'est la première fois que nous couchons ensemble sans préservatif, ce qui décuple mes sensations. J'ai l'impression que c'est la même chose pour lui.

– Ce que ton sexe est serré, Louisa…

Je gémis, mais David plaque une main sur ma bouche.

– Je ne veux pas t'entendre.

Puis il commence à me donner des coups de reins profonds. Je le sens au creux de mon ventre. J'ai conscience de n'être plus rien qu'un instrument pour son plaisir : c'est un sentiment délicieux. C'est comme si je percevais d'un coup l'envers de ses sentiments. Comme si sa manière de me prendre était une manifestation de la violence de ce qu'il ressent pour moi.

Ne pas bouger, cependant, est un supplice. Malgré moi, mes reins en feu ont envie d'onduler, de le recevoir le plus profondément possible. Mon sexe voudrait aller et venir sur sa verge. Je peine à me retenir.

– Tu me sens, Louisa ?

Avec sa main sur ma bouche, je ne peux toujours pas parler, alors je cligne des yeux, deux fois, tout en acquiesçant.

– Tu aimes quand je te baise comme ça ?

Ses mots crus me rendent folle. Je sens mon ventre se contracter.

Ça vient…

Encore une fois, j'acquiesce.

Oui, oh ! oui…

Le gémissement qui s'échappe de mes lèvres, étouffé par la main de David, vaut toutes les confirmations du monde. Un orgasme insensé explose dans mon ventre et secoue tout mon corps. Mes hanches basculent et mon sexe se referme en spasmes sur celui de David. Il continue d'aller en moi, ne me laissant pas au repos. J'ai l'impression que jamais je n'arrêterai de jouir. Ma tête tourne. Je continue de pousser un râle étouffé.

– Maintenant, je vais jouir en toi, Louisa. Tu vas me recevoir en entier…

David se relâche dans un orgasme brutal, ce qui ne fait que renforcer mon plaisir. Il pousse un grognement sourd. Je crois défaillir. Au-dessus de nous, je vois le ciel parfaitement bleu, et c'est comme si nous tombions dedans. David fait passer sa main de ma bouche à ma joue avant de la glisser dans mes cheveux. Je tourne mon regard vers le sien. Nous nous observons en silence, ce qui progressivement devient un jeu : celui qui se taira le plus longtemps. Nous nous comprenons sans parler. Nous avons envie de rire de ce défi : qui sera élu roi du silence ? Mais c'est David qui perd et qui parle le premier :

– Tu me plais, Louisa. Si tu savais à quel point tu me plais…

6
RETOUR À NEW YORK

J'étais triste ce matin en partant de Nantucket. Je ne voulais pas quitter ce paradis qui a abrité tant de confidences, tant d'étreintes torrides sous le soleil ou à la faveur de la nuit. Mais mon humeur maussade s'est bien vite dissipée lorsque j'ai trouvé, au *Four Seasons*, la lettre d'admission de Columbia. C'est officiel, ils m'acceptent en troisième année de littérature ! Je suis si contente que je sautille depuis trente minutes. Je ne sais pas quoi faire pour me calmer. Sans doute quelques emplettes ? Blocs-notes, stylos, carnets, trousse. Et puis de quoi égayer ma chambre aussi : un ficus, ou une orchidée. Non, mieux : un citrus ! Je devrais aussi passer chez Bloomingdale's pour examiner leur linge de maison : j'ai envie d'une nouvelle paire de draps, douce et accueillante. Au moment où je me dirige vers la porte, le téléphone de la suite sonne : c'est la réception.

– Inspecteur Gus Stinson pour David Fulton.

– D'accord, faites-le monter.

Du nouveau sur l'enquête ? Je remets mes courses à plus tard et repose mes affaires. J'appelle David et ouvre la porte à l'inspecteur.

– Monsieur Fulton, miss… Excusez-moi de vous déranger mais je suis venu car j'ai à ma disposition des éléments qui devraient vous intéresser. Vous permettez que je m'asseye ?

Je le conduis au salon.

– Prenez place ! Je vous apporte quelque chose ? Thé, café ?
– Un café, ce sera très bien. Merci, mademoiselle.

Gus Stinson ouvre sa mallette et en sort un iPad.

– Monsieur Fulton, les indices que nous avons recueillis jusqu'à présent sur le colis piégé nous conduisent à soupçonner la mafia de l'Est. Le type de bombe, son assemblage, sa portée… C'est assez typique de leur mode opératoire. Or, vous admettrez que c'est étrange, de cibler ainsi un écrivain.

Stinson sort également un calepin de sa poche.

– J'ai fait quelques recherches sur votre entourage. Votre chauffeur par exemple, Gary Stewart… Il est bien d'origine géorgienne ?
– Tout à fait, oui, mais je ne vois pas du tout le rapport…

– Et il avait bien une jeune sœur, Sacha, décédée il y a environ quinze ans ?

– Certes, mais je ne comprends pas le lien avec ce qui nous occupe.

– Oh ! aucun, aucun, tranquillisez-vous… C'est juste que j'explore toutes les pistes. Vous savez, c'est comme ça qu'on procède : on collecte tout ce qu'on peut sur les victimes et leur entourage. Pour faire une sorte d'état des lieux. Rien d'anormal là-dedans.

David a l'air vraiment tendu. Qu'un inspecteur évoque le nom de Sacha n'a pas dû lui plaire, mais il tente de ne rien montrer.

– Monsieur Fulton, seriez-vous d'accord pour examiner quelques portraits ? Ce ne sont pas véritablement des suspects. En tout cas, aucun d'eux n'a pour l'instant été arrêté, mais peut-être qu'un visage pourrait vous revenir…

David acquiesce. L'inspecteur lui tend son iPad.

– Faites défiler les visages. Prenez votre temps.

David passe d'une photographie à l'autre sans sembler reconnaître quiconque.

– Non, non, non…

Soudain, il s'arrête et son visage se décompose. Ça ne dure qu'une fraction de seconde, mais c'est tellement évident que

Stinson et moi le remarquons.

– Quelque chose ne va pas, monsieur Fulton ?
– Non, rien. J'ai cru reconnaître une vieille connaissance mais je vois maintenant que je me suis trompé.

L'inspecteur soupire et se passe une main sur le visage. Il ne croit pas David.

– Vous avez ma carte de toute façon. Si jamais vous souhaitez me parler de quelque chose… Vous savez, ce sera sans doute plus simple pour tout le monde quand on aura coincé les coupables.

En me désignant, il ajoute :

– Je pense surtout à la petite demoiselle. Personne n'est vraiment en sécurité tant que ceux qui vous en veulent sont en liberté. Surtout si c'est la mafia : ces gars-là ne plaisantent pas.

Je tente de ne pas montrer mon effroi et raccompagne poliment l'inspecteur. Mais dès qu'il a franchi la porte, je me précipite vers David.

– Qu'as-tu vu ? Tu as reconnu quelqu'un ?
– Louisa, ce n'est probablement rien mais… L'un des types, sur les photos. Il y avait son nom en légende. Et c'était « Igor Kanaïev », comme dans le journal de Sacha.
– Mais alors pourquoi n'avoir rien dit à l'inspecteur ?

– Parce que si je lui parle du journal, on me le confisquera Louisa, et je ne peux pas prendre ce risque ! Jamais je n'ai été aussi proche de mettre enfin un terme à toute cette affaire.

Je n'ai pas le temps de protester – d'expliquer à David qu'il faut qu'il coopère avec la police, que c'est sa meilleure chance de retrouver Sacha – que mon téléphone sonne. C'est Judith.

– Allô, Louisa, j'espère que je ne te dérange pas trop ?
– Non, non, pas du tout… Qu'est-ce que je peux faire pour toi ?
– Écoute je suis désolée de t'embêter avec ça, mais je viens de lire une chronique de Doe, John Doe. Je ne sais pas si tu connais son blog ?
– Si, si, tout à fait.
– Bon. Tu sais alors comme il peut être… incisif. Cette chronique… elle te concerne, Louisa. Et il n'est pas vraiment tendre avec toi. Ton ordinateur est à portée de main ?
– Dans la chambre.
– Bon, alors je ne te dérange pas plus longtemps. Mais tu devrais y jeter un œil. Ce type a visiblement une dent contre toi.
– D'accord Judith, merci de m'avoir avertie.
– Et, Louisa… ?
– Oui ?
– Ne te laisse pas démolir, surtout. Dis-toi qu'à Manhattan, l'essentiel est qu'on parle de toi. En bien, en mal, qu'importe : il n'y a *pas* de mauvaise publicité.

Je raccroche à la hâte, un peu catastrophée. Si Judith a pris autant de pincettes, c'est que ce doit être vraiment moche. Mais pourquoi s'en prendre à moi ? Je ne suis personne, dans cette ville. Je vais sur le blog de John Doe et examine la page d'accueil.

« La Vénus qu'on appelle Mars »

Ce doit être ça. Je clique sur le lien.

« Chers lecteurs, je vous avais promis d'enquêter sérieusement sur la petite fiancée de David Fulton : c'est chose faite. Elle s'appelle Louisa et va sur ses vingt-trois ans. Les deux amoureux se sont connus chez l'éditeur français de David. "Une Française ?", me suis-je dit en découvrant tout ça. "Comme elle doit être… excitante !"

Sachez, chers lecteurs, qu'il n'en est rien. La rumeur prétend Louisa Mars quasi-vierge. Mais moi, je trouve ça un peu trop commode, le coup de la petite Française sortie de nulle part. Depuis George Clooney et Céline Balitran, on connaît la rengaine : le prince cache ses mœurs dissolues, la Cendrillon fait ses premiers pas dans la jet-set, et tout le monde est content. Je mets ma main à couper que cette liaison est un coup monté de l'agent de David Fulton, qui devait commencer à en avoir marre que son auteur phare s'affiche avec des actrices écervelées.

Ou alors cette jeune Louisa Mars est en fait une habile

intrigante. En tout cas, pour elle, finis les fringues bas de gamme et la chambre de bonne minable. Elle réside maintenant avec la star au Four Seasons, *dîne dans les plus grands restaurants et a même été admise à Columbia sur simple entretien. A-t-elle employé avec le doyen les mêmes armes qu'elle a usées sur David Fulton ? Ou a-t-elle été pistonnée par la famille de ce dernier, qui fait partie des généreux donateurs de la faculté ? Quelles que soient les méthodes employées par Louisa Mars, je peux vous garantir une chose : elles ne resteront pas secrètes bien longtemps. D'ici là, vénérables dames de l'Upper East Side, planquez vos coffres-forts et vos maris : Louisa Mars débarque à Manhattan, prête à tout pour mettre à genoux la Grosse Pomme ! »*

Je reste abasourdie par la lecture de cette note. Ma première réaction est de me sentir blessée, bien entendu : personne n'aime se faire traiter publiquement de croqueuse de diamants. Mais je suis aussi inquiète. David commence à peine à me faire confiance, je ne voudrais pas que ce genre de lynchage public le refroidisse.

Par ailleurs, je suis en colère. Oui, j'ai une chance inouïe : je suis avec l'homme que j'aime – un homme beaucoup trop bien pour moi, je le sais. David est trop beau, trop puissant, trop célèbre, trop riche pour une fille comme moi. Message reçu, John Doe, mais ça je le savais. Ce qui me fiche en rogne, par contre, c'est que le chroniqueur s'en prenne à mon admission à Columbia. Depuis mon entrée en primaire, je me suis battue pour être la meilleure, pour me retrouver en haut des tableaux d'honneur, tout ça dans l'espoir d'avoir un jour une vie meilleure que mes parents. Et on m'accuse aujourd'hui d'être pistonnée ? Mon admission à la fac, je ne la dois qu'à moi ! Tant pis pour Columbia : je prouverai à tout le monde de quoi je suis capable sans les LaGuardia et sans l'Ivy League. C'est décidé, j'irai à NYU ! Mais comment expliquer ça à David ? Si je lui montre ce billet, est-ce que ça ne risque pas de le refroidir ? Après tout, cet article l'humilie aussi en le faisant passer pour un pigeon que je manipulerais par intérêt. Et depuis le bal chez les Valette, je sais qu'il n'aime pas spécialement que son entourage soit exposé dans les médias. Mais il est de toute façon trop tard : le voilà sur le pas de la porte de la chambre.

– Tout va bien, Louisa ? Tu as l'air bouleversée. Que voulait Judith au téléphone ?

– David, il y a eu un incident. Oh ! je te rassure, trois fois rien ! Mais…

– Qu'est-ce qui se passe, Louisa ?

Il a l'air sérieusement inquiet et me rejoint sur le lit.

– John Doe a écrit sur moi. Sur *nous*. C'est sur son blog.

David se raidit.

– C'est fâcheux. Avec l'attentat, les questions que Stinson commence à se poser, ce n'est vraiment pas le bon moment pour attirer l'attention sur nous. Laisse-moi voir.

Il s'empare de mon ordinateur. Son visage, durant sa brève lecture, se fige. Il referme mon ordinateur portable et observe un moment de silence.

– Louisa, il faut que nous ayons une sérieuse discussion.

Mon sang se glace. David reprend :

– Je ne peux pas me permettre d'être exposé ainsi en ce moment. Des mesures s'imposent.

De quel genre de mesures veut-il parler ?

– Je suis désolé de t'imposer ça Louisa, mais je pense que le mieux est que nous nous fassions discrets quelque temps toi et moi…

II

SI PRÈS DU BUT

7
L'ÉTUDIANTE

Quinze mètres carrés, deux petits lits, deux minuscules placards… On peut dire que ma chambre à NYU n'a rien à voir avec le luxe dans lequel j'ai vécu depuis ma rencontre avec David ! Ma colocataire Mary et moi avons néanmoins tenté d'arranger au mieux cet espace.

– L'endroit dans lequel on vit devrait refléter nos deux personnalités, tu ne penses pas ?

Oui Mary, je suis d'accord. C'est pourquoi pour ma part, j'ai accroché aux murs une grande photographie de Hemingway, une sérigraphie reproduisant la première couverture du chef-d'œuvre de William Faulkner *Le Bruit et la fureur*, un petit miroir à trois faces des années 1920. Je me suis acheté de jolis draps en coton Liberty et de nombreux oreillers moelleux pour être confortablement installée lorsque je lis. Vu la taille de ce studio, autant dire que je *vis* sur mon matelas. J'y étudie, j'y mange, j'y regarde des films et j'y écoute avec plaisir les confidences de ma colocataire.

De son côté, Mary a fait encadrer une reproduction de Gustav Klimt. Elle a punaisé quelques cartes postales aux murs, ainsi que l'affiche originale du film *Un tramway nommé désir*. Nous faisons bibliothèque commune pour économiser de l'espace. C'est une bonne manière de faire connaissance. Grâce à ses livres, je découvre l'univers de Mary, qui étudie le cinéma. Kubrick, Tarkovski, Godard… Elle a leurs biographies à tous et me parle de ces réalisateurs avec passion. Elle aime également que je lui conseille des lectures : Yeats, Byron, Keats…

J'ai vraiment de la chance d'être tombée sur quelqu'un comme Mary ! Le hasard a voulu qu'on m'attribue la chambre de l'étudiante qui m'avait fait visiter le campus. Heureuse coïncidence quand on sait que j'avais eu d'entrée de jeu un coup de cœur pour cette minuscule fille aux frisettes auburn et au visage espiègle. Résultat : quelques jours de cohabitation ont suffi à nous rapprocher de manière stupéfiante. J'ai moi-même du mal à en revenir : je me sens si proche d'elle ! C'est sans doute dû au fait que jusque-là, je n'avais fréquenté ici que les amis de David. Je crois qu'avoir une copine de mon âge, avec les mêmes centres d'intérêt que moi, me manquait – même si j'adore Sandro, que Chloe me fait rire en dépit de ses défauts et que Judith et moi sommes de plus en plus complices.

Mary cache un minois délicat sous de grosses lunettes de vue rondes. Sa voix est aiguë. Elle parle vite, comme si elle avait peur d'abuser du temps de ses interlocuteurs, mais possède une repartie vive. Et, en ce moment, elle a le nez fourré dans mon placard.

– Louisa, comment fais-tu pour avoir *tellement* de fringues ?

Elle passe en revue mes robes – des cadeaux de David, pour la plupart. J'esquive la question.

– Je peux t'en prêter une pour le vernissage de ce soir si tu veux.
– C'est vrai ? Oh ! ce serait super !

Elle a l'air heureuse comme une petite fille à qui on offrirait un tour de manège.

– Non mais regarde-moi ça : Chanel, Miu Miu, Prada, Givenchy...

Mary pousse un sifflement admiratif.

– J'imagine qu'on n'est pas exactement à plaindre, dans la famille Mars.

Elle se met à singer l'accent français en appuyant sur les « r ».

– Dites-moi, trrès chèrre, absolument TOUT de l'hôtel parrticulier où vous avez grrandi.

Je ris de son imitation très réussie de princesse de Saint-Germain, mais détourne les yeux, gênée. Je n'ai pas encore dit à Mary ce qui m'amène à New York, ni qui je fréquente en dehors de la fac.

Je vois ça d'ici : « Bonjour, enchantée, je m'appelle Louisa et je suis la petite copine d'un dieu vivant, ultra-célèbre et multimilliardaire. Par ailleurs, non, je ne suis pas de régime particulier : j'ai juste un métabolisme qui élimine naturellement les graisses et les sucres. Ça te dirait d'être mon amie ? »

Oh ! bien sûr, je finirai par cracher le morceau et avouer que je sors avec David Fulton – je vois mal comment je pourrais passer sous silence *ma plus grande obsession* – mais pas tout de suite. Je veux d'abord que les gens m'apprécient pour qui je suis *moi*. NYU est tellement loin des potins et cancans de l'Upper East Side ! Si quelqu'un ici apprenait que je suis la compagne d'une célébrité, ça changerait probablement tout : on me traiterait différemment, j'en suis sûre.

OK, OK, je suis peut-être un peu parano, mais il faut dire que les attaques de John Doe sur son blog m'ont pas mal remuée. Je m'attendais à tout sauf à être soupçonnée d'arrivisme. Et puis insinuer que je sors avec David pour son argent, c'est ridicule : objectivement, toute fille sensée rêverait d'être avec un homme comme lui, beau, intelligent, mystérieux, drôle, profond.

Mais mentir à Mary, ou plutôt lui cacher la vérité, me fait bizarre. Même si ça ne fait qu'une semaine que nous habitons ensemble. En plus, je ne suis pas d'un naturel cachottier. J'espère que ce n'est pas la vie à Manhattan qui commence à déteindre sur moi !

Je me lève de mon lit et avance vers ma colocataire.

– Attends, laisse-moi faire, je sais exactement ce qu'il te faut.

Je fouille un instant dans ma penderie et sors une robe nuisette en soie sable, avec de très fines bretelles ornées de véritables perles. J'approche l'étoffe du visage de Mary.

– La couleur est idéale sur toi : ça fait ressortir ton joli teint de pêche. Enfile-la.

Un sourire radieux aux lèvres, Mary s'exécute.

– Comment tu me trouves ?
– Tu es ravissante.
– Tu penses que Daniel va craquer ?

Ah ! Daniel Koening. LE sujet de prédilection de Mary. Inscrit en Master de journalisme, il a fait chavirer le cœur de ma colocataire dès qu'elle l'a rencontré, il y a un an. Elle me l'a présenté le soir de mon installation dans les dortoirs, à l'occasion d'un petit pot de bienvenue qu'elle avait organisé en mon honneur – une attention qui m'avait beaucoup touchée. Vu les dimensions de la chambre, le comité était restreint : juste nos voisins d'en face ainsi que Daniel et son amie d'enfance Gloria, qui fréquente le département d'arts plastiques. C'est vrai que le garçon en question est plutôt charmant : très beau, même s'il l'ignore probablement, et extrêmement cultivé.

Anxieuse, Mary s'empare de la robe et me demande :

– Tu ne penses pas que je vais avoir l'air déguisée, là-dedans ?

Je souris. Mary n'a vraiment pas conscience de son charme. Pas étonnant que ce nigaud de Daniel n'ait pas encore remarqué qu'elle en pince pour lui. Il croit qu'ils sont simplement amis. De toute façon, Daniel est un intello pur et dur : seule la géopolitique l'intéresse. Mais je commence à connaître les garçons : avec un peu de bonne volonté, ce n'est pas difficile de les faire chavirer. Il n'y a qu'à voir mon histoire ! Si j'ai pu rendre David accro, tout est possible ! Parce que, pour être honnête, même si David a été en premier lieu attiré par mon esprit, je sais que mon corps est loin de lui déplaire…

– Mary, tu as vraiment une silhouette de rêve. Tu es fine, gracieuse, sexy : il faut que tu oses le montrer ! On n'attrape pas les mouches avec du vinaigre !

Elle rougit.

– Tu sais bien que Dan n'est pas comme ça. En plus, il me

voit comme une copine, rien d'autre.

– Eh bien ce soir, on va lui ouvrir les yeux, à ton Dan Koening.

Mary se jette dans mes bras.

– Oh ! je suis si heureuse de vivre avec toi !

Elle desserre son étreinte.

– Mais au fait, miss Mars, il serait peut-être temps qu'on s'occupe un peu de toi et de ta vie sentimentale. C'est vrai, quoi : la fac, c'est fait pour s'amuser ! Tu n'as pas envie, toi aussi, de vivre des aventures trépidantes ? De rencontrer un homme qui viendrait bouleverser ta vie ?

Une fois de plus, je me mords la lèvre. Je ne sais vraiment pas quoi répondre. Si Mary savait ! Question bouleversements, en trois mois, on peut dire que j'ai été servie ! Et pour ce qui est des aventures trépidantes…

Un doux frisson me parcourt alors que je me remémore le rendez-vous clandestin que j'ai eu hier avec David, dans un hôtel à proximité du campus. Ses bras puissants, sa peau encore dorée par le soleil de Nantucket, ses mouvements souples : y repenser me trouble. Je dois d'ailleurs avoir l'air étrange car Mary s'empresse d'ajouter :

– Pardon Louisa, je suis indiscrète. J'imagine que tu as tes raisons d'avoir quitté la France ; personne ne part à l'autre bout du monde sans y être poussé. Si c'est à cause d'un garçon, il a dû sacrément te briser le cœur.

Elle m'étreint :

– Tu m'en parleras quand tu te sentiras prête. Je ne veux pas te brusquer.

J'hésite entre glousser et passer aux aveux. Je choisis finalement de changer de conversation.

– Tu veux que je te maquille ?
– Ce serait super !
– Tu vas mettre tes lentilles ou tu comptes garder tes lunettes ?
– Je… Je crois que je vais garder mes lunettes, quand même. Sinon, Daniel va se douter de quelque chose, tu ne crois pas ?

Je lui donne une petite tape sur l'épaule.

– Nigaude, c'est justement ça l'idée !

Mary soupire.

– Tu ne comprends pas : Daniel n'est pas comme les autres garçons. Je ne veux pas passer à ses yeux pour une bimbo superficielle. Je veux qu'il craque pour moi, mais pas juste pour la nuit : je veux qu'il comprenne que jamais *personne* au monde ne pourra le rendre plus heureux que moi !

J'émets un petit bruit pour marquer mon approbation alors que j'applique un peu d'enlumineur de teint sur les pommettes de Mary.

– Tu sais Louisa, parfois, je me demande s'il n'aurait pas un peu le béguin pour Gloria... C'est vrai, quand on y pense : ils se connaissent depuis la maternelle, ils sont tout le temps fourrés ensemble... Oh ! tu sais que j'adore Gloria. Jamais je ne pourrais être jalouse d'elle : elle est tellement adorable ! Mais c'est dur par moments de douter autant...

– Ne dis pas n'importe quoi, Mary. J'ai bien observé Daniel depuis que tu me l'as présenté : tu lui plais, c'est une évidence. Simplement, il n'est peut-être pas encore prêt à s'en rendre compte.

Je farfouille dans mon vanity-case pour trouver le rouge à lèvres adéquat.

– Tu sais Mary, certains hommes sont... effrayés par l'amour. On a trop souvent tendance à l'oublier. La presse féminine et les manuels de développement personnel vont te répéter à longueur de temps que quand un homme n'est pas avec toi, c'est qu'il n'est pas intéressé. Mais je sais d'expérience que c'est faux.

Les pupilles de Mary s'écarquillent.

– D'expérience ? Tu veux dire que toi aussi tu es tombée amoureuse d'un homme indifférent ?

– C'est donc si difficile à croire ?
– Excuse-moi… C'est juste que tu es tellement belle… Et tellement sûre de toi…

J'ai donc tant changé au contact de David ?

Oui Louisa : tu as beaucoup changé durant l'été. Qui sait ce que l'automne te réserve ?

– J'ai vécu ça Mary, et tout comme toi, j'ai été jalouse de l'amie d'enfance de cet homme, à tort. Tout comme toi, je me suis morfondue, à tort.

Mary a l'air embarrassée.

– Louisa, je ne veux pas te faire de la peine mais… si tu avais tort, où est ce M. Parfait aujourd'hui ?

Bon, question délicate. Je dois répondre sans mentir, mais sans dévoiler mon secret non plus.

– Il n'est pas là, mais ce n'est pas pour autant qu'il ne pense pas à moi. Et réciproquement d'ailleurs. Mon choix de venir à NYU n'a rien à voir avec notre relation. C'est une décision que j'ai prise pour moi, et pour moi uniquement.

Je commence à appliquer sur ses lèvres une teinte corail afin de mettre en relief sa jolie bouche en cœur.

– Ce que je veux dire, c'est qu'on a tendance à simplifier

les relations. Quand on rencontre quelqu'un, on ignore tout de son passé, de ses blessures, de ses peurs… M. Parfait, comme tu l'appelles, a eu dans sa vie d'énormes traumatismes qui l'ont poussé, pendant un temps, à me fuir. Pourtant, il voulait être avec moi plus que tout. Mais il ne se sentait simplement pas à la hauteur. Il était convaincu qu'il me ferait du mal, il m'évitait tout le temps… À force de persévérance, j'ai pu lui faire comprendre que j'étais assez solide pour être avec lui…

– Tu penses que je fais peur à Daniel ?

Je reste un instant songeuse.

– Peut-être que ce n'est pas toi qui lui fais peur, mais l'idée d'être dans une relation qui puisse fonctionner. Parce que c'est terrifiant, de tomber amoureux. C'est une forme de dépossession : toutes nos certitudes s'en trouvent ébranlées, toutes nos habitudes chamboulées. Et puis c'est terrible de se mettre à tenir à quelqu'un au point de se dire qu'on ne pourra plus vivre sans lui…

Je m'interromps un instant avant d'ajouter, le souffle court :

– Le garçon dont je te parle : je ne sais pas ce que je deviendrais s'il lui arrivait quoi que ce soit.

Disant cela, les larmes me montent aux yeux. La plupart de temps, j'arrive à occulter mes craintes. J'essaye de me montrer forte, pour David. Mais la police n'a toujours pas de piste solide concernant l'attentat dont il a été victime. J'ai si peur que quelqu'un tente de nouveau de lui faire du mal ! Je ne pourrais pas survivre s'il lui arrivait malheur. Vraiment pas.

Mary se rend compte de mon trouble, qu'elle attribue probablement à un cœur brisé.

– Hey, ça va aller, Lou… Tu vas voir, on va bien s'amuser ce soir.

Après avoir arpenté les rues de Chelsea, nous pénétrons dans la galerie où l'un des professeurs de Gloria expose ses photographies. Il nous accueille à l'entrée.

– Mesdemoiselles, bienvenue. Mary, votre présence le confirme : la crème de NYU est là ce soir !

Mary rougit.

– Professeur Clements, vous exagérez… Connaissez-vous Louisa Mars, qui partage ma chambre sur le campus ? Elle vient de *France*.

À sa manière terriblement affectée d'appuyer le mot, je me rends compte à quel point Mary me trouve exotique. C'est pourtant étrange : j'ai l'impression, depuis que je suis à New York, d'avoir tout oublié de ma vie d'avant. Comme si j'avais toujours vécu ici. Saint-Germain, ses luxueuses brasseries, ses hôtels particuliers et ses rues sinueuses, me paraissent bien loin. J'aime la clarté de New York : son uniformité architecturale, ses grandes avenues, son découpage rectangulaire. C'est facile d'apprivoiser cette ville, de s'y sentir chez soi.

Je saisis la main que le professeur Clements me tend.

– Professeur Clements, c'est un plaisir. Je vous remercie de nous avoir invitées.

– C'est bien naturel très chère... Quand Gloria m'a dit qu'elle voulait que quelques amis la rejoignent ce soir, j'ai été flatté : je n'osais espérer que des jeunes gens dans la fleur de l'âge sacrifient leur vendredi soir pour s'intéresser à mon passe-temps.

Nous emboîtons le pas à Clements et déambulons dans le vaste espace de la galerie, au milieu d'une faune bigarrée : barbus en salopette, femmes en robe du soir, filles aux cheveux multicolores, rockers au teint blafard. Le professeur commente son œuvre.

– L'idée était de reproduire certaines des toiles de Balthus en photo. Le peintre travaillait d'après modèle vivant, qu'il capturait sur pellicule. Malheureusement, ses clichés sont invisibles aujourd'hui. Alors j'ai laissé dériver mon imagination : j'ai fait comme si j'étais moi-même ce grand artiste face à ses muses. Une façon de réécrire l'histoire.

Accrochées aux murs, il y a des photos de jeunes femmes allongées sur des liseuses couvertes d'étoffes chatoyantes, les yeux fermés. Leur visage exprime la sérénité, l'abandon, l'amour.

– C'est magnifique !

– Tiens, j'aperçois là-bas un critique de *Time Out*… Il faut que j'aille le saluer, soupire Clements. Mary, merci encore d'être venue et j'espère à plus tard. Et comme toujours…

– Je sais, votre séminaire sur l'influence de la peinture dans le cinéma expressionniste n'attend que moi.

– Au semestre prochain, j'espère que vous vous déciderez enfin à nous rejoindre. Mademoiselle Mars, ce fut un plaisir.

– Bonne soirée, professeur. Merci encore de votre accueil.

Clements s'éloigne alors que Mary agrippe mon bras et commente :

– On ne devrait pas avoir le droit d'engager des enseignants si jeunes et si talentueux. Mon cœur a beau être pris, je dois admettre que Clements est…

Elle me fait un clin d'œil.

– À croquer, pas vrai ? Regarde-moi cette démarche, ces épaules… Et ce popotin de tous les diables…

Je pouffe.

– Mary Anderson ! Veux-tu s'il te plaît cesser de courir deux lièvres à la fois ?

– Je ne dis pas ça pour moi, patate !

Mary roule des yeux exaspérés à mon attention.

– Je vais finir pas croire que tu es *incasable*, Louisa.

Soudain, nous apercevons Daniel.

– Oh ! mon Dieu, de quoi j'ai l'air ?
– D'un nuage de soie et de perles.

Je pince discrètement Mary et murmure, taquine :

– Tiens-toi droite, Anderson : Cupidon fonce droit sur nous !

Puis je m'exclame, en ouvrant les bras :

– Dan ! Comment vas-tu ?

Daniel nous embrasse, Mary et moi.

– Les filles, je suis aux anges. C'est tout simplement la plus belle soirée de l'année.
– Tant que ça ? Qu'est-ce qui t'arrive ?
– Les feuilles rougissent, le ciel est bleu, et moi mesdemoiselles, eh bien je suis amoureux.

À ces mots, je vois Mary se décomposer. Moi-même je me sens blêmir. Pauvre Mary, mais c'est atroce ! J'articule difficilement :

– Co… comment ça ?

Dan fait de grands gestes.

– Non mais vous avez vu ce *buffet* ? Je ne sais pas qui est le traiteur, mais si c'est une fille, je l'épouse !

Je pousse un soupir de soulagement.

– Je ne te savais pas si prosaïque, M. Pulitzer.
– Qu'est-ce que tu crois ? Je n'ai pas qu'un cerveau à nourrir : j'ai aussi un corps.

Daniel fait mine de gonfler ses muscles. Je murmure à Mary :

– Tu vois ? Il a *aussi* un corps.

Mary me jette un regard complètement affolé. J'embraye :

– J'ai lu ton article paru hier sur le Congrès : c'est passionnant Dan. Tu ne trouves pas Mary ?
– Euh… Si, oui, passionnant bien sûr…

Daniel a l'air heureux de l'intérêt que nous portons à son travail, même s'il joue les insatisfaits.

– Vrai ? Moi j'étais furieux. Ils ont coupé un tiers du texte sous prétexte qu'il était trop long. C'est ridicule ! Comment peut-on faire trop long sur Internet ? Ces vieux rédacteurs en chef ne comprennent rien aux outils modernes. Si j'étais eux, je…

Je laisse Daniel discourir sur la révolution technologique au sein des métiers de l'information et m'attendris du visage subjugué de Mary. On dirait que Einstein est en train de développer la théorie de la relativité sous ses yeux. Les pupilles de ma camarade sont deux billes de jais. Et je sais qu'à l'intérieur de son ventre, c'est un feu d'artifice.

Je le sais car je pense à David en ce moment. À sa voix profonde et caressante lorsqu'il me parle de littérature.

– Dan, tu ne trouves pas Mary étonnamment belle ce soir ?

C'est au tour de Daniel de rougir et de bafouiller.

– Si… Je me faisais justement la remarque… Enfin vous êtes *toutes les deux* très belles, bien entendu… Mais c'est vrai que cette robe, Mary, elle te va, euh…

M. Pulitzer est visiblement troublé par ce qu'on devine de Mary à travers la fine enveloppe de soie. Je ne peux retenir un petit sourire satisfait. Je me demande comment les laisser en tête à tête sans avoir l'air d'être grossière. Heureusement, je sens mon téléphone vibrer dans mon sac.

– Excusez-moi, je crois qu'on m'appelle.

Je m'éloigne d'eux et décroche. J'aperçois Gloria au loin, en pleine discussion avec Clements. Elle me fait un petit signe de la main ; je lui rends son coucou. J'irai l'embrasser dès que j'aurai raccroché.

J'adore ces gens. J'adore NYU. J'ai vraiment l'impression d'avoir trouvé ma place. Vivement que je puisse leur parler de David !

C'est justement lui au téléphone.

– Allô, mon ange ?

Je rosis de plaisir.

– *Hello* bel inconnu !
– Tout se passe bien à ton vernissage ?

Je balaye l'assistance du regard avec un sentiment de profond contentement.

– Oui, c'est absolument parfait. J'ai vraiment hâte de te présenter mes amis : je pense que tu vas beaucoup les aimer.

Je suis si impatiente de cesser ces cachotteries. De pouvoir vivre mon amour avec David au grand jour, tout en sachant que je suis appréciée à la fac pour moi-même.

– J'en suis certain. Ils ont vraiment l'air super.

Un bref silence.

– Louisa, je… je t'appelle parce que je suis en voiture avec

Gary. Nous allons retrouver Judith. Il est temps de…

David baisse la voix.

– De leur parler de *tu sais quoi.*

Sacha. David n'a toujours pas avoué à ses deux amis qu'il m'avait tout raconté à son sujet.

Sacha est la sœur de Gary. David l'a connue lorsqu'il vivait à l'orphelinat : c'était son tout premier amour. Un beau jour, Sacha a disparu en laissant une lettre de suicide, mais son corps n'a jamais été retrouvé. David, Judith et Gary sont convaincus qu'elle est encore en vie et ils enquêtent pour la retrouver. C'était leur secret depuis dix ans : il va maintenant falloir qu'il leur avoue qu'il m'a mise dans la confidence. Comment vont-ils réagir ? J'espère qu'ils ne vont pas se sentir trahis.

– Louisa, je préférerais que tu sois à mes côtés. Est-ce que ça t'embête si on passe te prendre d'ici à dix minutes ?
– Pas du tout, David !

Je réponds sans réfléchir mais soudain, je réalise que toute la galerie va me voir monter dans la limousine.

– Très bien, à tout de suite dans ce cas.

Aïe. David a raccroché et me voilà dans de beaux draps. Je ne vais quand même pas lui envoyer un SMS pour lui demander de m'attendre à l'angle de la rue ! Tant pis : le plus urgent, c'est de régler une bonne fois pour toutes cette histoire avec Gary et Judith. Je m'occuperai de mes trois camarades plus tard.

Je retourne voir Mary et Daniel, en grande conversation.

– Je suis désolée, je dois filer…

– Déjà Louisa ? Mais c'est vendredi soir ! Nous sommes censés célébrer dignement la fin de ta première semaine sur le campus !

– Je sais mais… Je dois retrouver quelqu'un. Un rendez-vous de dernière minute.

Mary a soudain l'air intriguée.

– Oh oh ! J'ai l'impression que ma colocataire ne m'a pas raconté tous ses secrets…

Elle me fait un grand sourire bienveillant et me glisse à l'oreille.

– J'espère que c'est une histoire de garçon et que les détails sont croustillants. Parce qu'à ton retour, Mars, tu vas devoir *tout* me raconter.

Elle a raison.

– Promis, Anderson.

Je la serre dans mes bras.

– Je ne serai certainement pas sur le campus ce week-end, tu auras la chambre pour toi toute seule.

Je me tourne vers Daniel.

– Amusez-vous bien tous les deux.

La limousine de David se gare devant la porte vitrée de la galerie.

– Embrassez Gloria pour moi !

Ma précipitation les surprend un peu. Je peux sentir leurs yeux sur moi tandis que je quitte la galerie. Je devine leurs expressions stupéfaites alors que Gary sort du véhicule du côté conducteur et vient m'ouvrir la portière arrière.

Ils ne doivent pas en revenir. Je n'aurais pas dû faire tant de mystères sur ma vie sentimentale.

La portière à la vitre fumée se referme sur moi. Je me tourne vers David, mais à peine ai-je le temps d'articuler un « Bonsoir » que je me retrouve la bouche pressée contre ses lèvres ardentes.

8
CONFIDENCE POUR CONFIDENCE

Judith ouvre la porte d'entrée. Son visage est un peu tendu. Elle nous embrasse, David et moi, puis se tourne vers Gary, presque gênée. Il dépose un rapide baiser sur sa joue : je la sens frémir.

– Entrez, installez-vous.

C'est la première fois que je mets les pieds dans l'appartement de la meilleure amie de David. Je lui confie mon manteau et me dirige vers le canapé vintage en cuir qui trône dans le salon.

– Qu'est-ce que je vous sers à boire ?

Judith propose de nous préparer des Cosmopolitan. Les

garçons optent pour une simple vodka glace. Nous nous installons autour de la table basse. Le malaise est palpable. Gary a l'air tendu, le regard de David est fuyant. Moi-même, je n'ose pas regarder ses amis en face. Quant à Judith, on sent que le silence la rend nerveuse.

– Tu voulais nous parler, David ?

David examine le liquide transparent dans son verre.

– Je vous ai réunis car un certain nombre de choses ont récemment changé dans ma vie. Ça fait longtemps que nous nous connaissons, tous les trois et que nous avons ensemble une amit…

Gary interrompt David d'une voix autoritaire, les sourcils froncés :

– Cela fait en effet dix ans que je suis à votre service, monsieur Fulton, et je suis honoré de travailler pour un homme tel que vous, qui considère ses employés comme sa famille…

Mais Judith lui prend la main.

– Gary, laisse parler David s'il te plaît. Cessons de jouer à ce jeu. Je pense que ce n'est plus la peine de mentir.

Elle se tourne vers moi et me fait un pâle sourire :

– J'ai raison, n'est-ce pas Louisa ?

David reprend.

– J'ai passé les deux tiers de ma vie à vos côtés. Vous avez toujours été mon absolue priorité, tous les deux. *Sacha* a toujours été ma priorité. Vous savez que je désire plus que tout découvrir ce qui lui est arrivé. S'il y a la moindre probabilité qu'elle soit en vie, s'il est possible qu'un jour nous la retrouvions, je ne veux surtout pas compromettre cette chance. Mais je dois également commencer à vivre pour moi-même. Louisa…

David parle soudain plus bas.

– J'ai déjà failli la perdre à cause de tous ces secrets.

Sa voix prend des accents douloureux.

– Je ne pourrais pas le supporter.

Il redresse la tête et plante ses yeux dans ceux de Gary.

– Vous comprenez ?

Gary se lève et avance jusqu'à la fenêtre du salon. Il regarde par la vitre. Un silence envahit la pièce jusqu'à ce que Gary lance, d'une voix glaciale.

– Qu'essayes-tu de nous dire, à la fin, David ?

Il tourne son visage vers nous.

– Tu as vendu la mèche, c'est ça ? Tu as compromis dix ans d'enquête pour…

Il me désigne du menton.

– Pour une fille que tu connais depuis, quoi, deux mois ? Trois mois ?

Un sentiment de révolte me submerge. Bien entendu, je comprends l'inquiétude de Gary, mais cette manière de me traiter comme une parfaite inconnue me semble injuste. Il a été là, durant toutes ces semaines. David s'est confié à lui. Il sait à quel point notre relation est précieuse !

Judith tente de prendre la parole, mais Gary lui intime le silence. On sent qu'il bout.

– Non, Judith, laisse parler David. Après tout, c'est lui qui nous a réunis, c'est lui qui a quelque chose à nous dire : pas vrai, *patron* ?

Ses mots sont emplis de fiel. Mais David n'a pas le temps de répondre que soudain Gary explose :

– Cette fille n'est à New York que depuis quelques semaines et la presse people en a déjà fait ses choux gras ! Je n'ai jamais vu quelqu'un s'exposer autant ! Et toi, toi qui gardes un secret depuis dix ans contre vents et marées, qui as dépensé des sommes astronomiques pour le garder, qui as supporté le poids de la solitude pour le préserver, tu te confies à *elle* ?

Je sens que David est à deux doigts d'écraser son poing dans la figure de Gary. Je décide d'intervenir.

– Gary, je sais que nous nous connaissons depuis peu, et je sais qu'en ce moment, avec cette histoire de John Doe, les apparences sont contre moi, mais je t'assure que je suis digne de confiance.

– Je n'ai pas envie de débattre de ce sujet avec vous, mademoiselle Mars.

Le vouvoiement, le fait qu'il continue de jouer les chauffeurs exemplaires, me fait l'effet d'une gifle. Judith le voit et vole à mon secours.

– Gary, si seulement tu acceptais d'entendre leurs arguments ! David a sacrifié la moitié de sa vie pour Sacha : il est temps qu'il pense un peu à lui !

– Quitte à détruire tout ce pour quoi *nous* nous battons, Judith ? Vraiment ?

Cette fois, David prend la parole, franchement énervé :

– Gary, tu vas trop loin. Que tu sois furieux contre moi, je peux le comprendre. Mais je t'interdis de parler ainsi de Louisa, tu m'entends ?

En réponse, Gary balaye l'assistance d'un regard méprisant et sort de sa veste les clefs de la limousine, qu'il lance à David.

– Bien, j'imagine que nous n'avons plus besoin de faire comme si je travaillais pour toi. Je m'en vais d'ici, et je vous souhaite, à tous les deux, *beaucoup de bonheur*.

Puis il quitte l'appartement en claquant la porte.

Nous restons un moment interdits. Je lève mes yeux vers Judith, inquiète de ce qu'elle doit ressentir devant un tel débordement de haine, d'autant plus qu'elle m'a confié être amoureuse de Gary depuis l'adolescence. La voix tremblante, je lui demande :

– Tu vas bien ?
– Oui Lou, un peu secouée mais ça va aller. Et toi ?

Je hoche la tête.

– Tu sais, Louisa, il ne faut pas que tu en veuilles à Gary. C'est un sanguin ; il ne pense pas ce qu'il a dit. Il est inquiet, c'est sûr, mais il t'estime bien plus que ce que ses propos laissaient transparaître. Ne t'inquiète pas, donne-lui juste le temps de se calmer, d'accord ?

Elle se tourne vers David.

– Je vais tenter de le retrouver, ce n'est pas une bonne idée de le laisser seul lorsqu'il est dans cet état. Tu claques la porte en partant ?

David acquiesce. Ils s'étreignent.

– Ça va aller, David. Gary va entendre raison ; tout ça va se tasser.

Elle me fait signe de les rejoindre dans leur accolade.

– Je suis heureuse que vous ayez enfin réussi à dépasser vos problèmes. Je vous aime infiniment et je pense que vous allez être très heureux ensemble.

David descend dans la rue et peste :

– Mince ! Impossible de laisser la limousine dehors toute la nuit : il faut que je la ramène au garage…

Il fouille dans sa poche intérieure pour en extraire les clefs, puis m'ouvre la portière arrière. Je secoue la tête :

– Pas question que je monte derrière si tu conduis : je viens à l'avant avec toi.

Il me regarde, amusé.

– Si tu insistes.

Je grimpe à ses côtés. Sur le fauteuil passager se trouve la casquette de Gary, que j'enfile.

– Ça me va comment ?

David me jette un œil.

– Je n'ai jamais pu résister à une femme en uniforme.

Je me tourne vers lui pendant qu'il manœuvre.

– Alors, monsieur Fulton, ça fait quoi d'être à la place du conducteur, pour une fois ?
– Ça manque sévèrement de champagne à mon goût.

David s'engage dans l'avenue. À cette heure tardive, la circulation est fluide et la ville scintille de mille feux. Je regarde le profil de David. Son front concentré, son nez parfaitement droit, sa bouche pleine qui lui donne un air angélique que dément son regard perçant. Je m'attarde sur ses mains qui enserrent le volant, sur la manière dont elles manipulent cet engin lourd et puissant qui nous transporte, dont la charge tend les muscles de ses bras.

J'ai affreusement envie de lui.

Innocemment, je soupire :

– Quel dommage que les vitres à l'avant ne soient pas fumées…

Il continue de regarder la route mais esquisse un sourire avide.

– Pourquoi ? Qu'aurais-tu fait, sinon ?

– Oh ! toutes sortes de choses…

Je me penche à son oreille et lui murmure ce que j'ai en tête.

– Louisa… Si tu me dis ce genre de choses, je vais perdre le contrôle du véhicule…

Si je continue le petit jeu de séduction que je viens d'entamer, David Fulton, ce modèle de rigueur et de concentration, se laissera-t-il distraire ? Pour le moment, ses yeux sont fixés sur la route et ses mains puissantes tiennent le volant, mais son attention est ailleurs…

– Je te l'ai dit Louisa : je ne résiste pas à une femme en uniforme.
– Alors si je fais ça, j'imagine que je nous mets en danger ?

Je remonte un peu ma robe pour m'emparer de ma culotte, que je fais glisser le long de mes jambes. Je dégage précautionneusement mes pieds pour libérer le petit bout d'étoffe noire. David frémit.

– Tu ne sais pas dans quoi tu t'aventures…

Avec une voix ingénue, je lui demande si les gens peuvent nous voir depuis la rue.

– Ils voient nos visages et nos bustes, oui. Pourquoi ?

– Pour rien…

Je pose mes paumes sur mes genoux et écarte mes cuisses.

– Qu'est-ce que tu fais ?

Mais la question est rhétorique, David a très bien compris ce que je m'apprête à faire. Il semble m'examiner.

– Remonte ta robe.
– Je pensais que c'était dangereux…
– Obéis.

Je dénude mes cuisses et reste ainsi, un genou contre la portière et l'autre collé à la boîte de vitesses.

– Qu'est-ce que tu ressens ?

Ma voix trahit mon excitation.

– Une sensation animale. Le cuir du siège contre ma peau.
– Quoi d'autre ?
– L'impression d'être exposée au regard des passants, même si je sais que c'est faux. Un mélange de peur et d'envie qu'ils me voient ainsi, offerte.

David continue de m'observer.

– Tu es excitée ?
– Oui, je le suis.

Cette façon que j'ai d'affirmer mon désir me surprend moi-même. Et je sens que ce n'est pas pour déplaire à David.

– Tu as envie de jouir ?
– Oui, j'en ai envie.
– À quel point ?

J'attrape la main droite de David et la fais passer entre mes cuisses, pour qu'il sente comme je suis mouillée. Cela ne devait durer qu'un instant, mais il est incapable de résister à la tentation de laisser ses doigts s'attarder. Il s'empare de nouveau du volant en déclarant :

– Dès que nous serons arrivés chez moi, je vais te satisfaire. Je vais te donner ce que tu veux.

Je halète, complètement enivrée par cette perspective. Machinalement, ma main droite remonte de mon genou à l'intérieur de ma cuisse.

– Tu veux te caresser, Louisa ? Te donner du plaisir sur le siège de cette voiture ?

Je me mords la lèvre en gémissant :

– Oui…

Je n'en reviens pas moi-même mais c'est vrai : j'ai envie de me caresser, là, maintenant. Je suis excitée au point de ne plus pouvoir me contenir. À cause de la route, des passants, du ton faussement détaché de mon amant. Tout cela me trouble sans que je puisse m'expliquer pourquoi.

D'un air provoquant, David me lance :

– Je te l'interdis.

Il devrait savoir que ce ton de voix ne me donne pas du tout, mais alors PAS DU TOUT, envie d'obéir.

Je cherche son regard et lui rétorque :

– Et comment vas-tu faire pour m'en empêcher, avec tes deux mains sur le volant ?

Je sens tout son corps se tendre. Je regarde son entre-jambe et devine son pénis dressé, gonflé, à tel point que son pantalon pourrait craquer. Je fais remonter ma main droite jusqu'à mon sexe et effleure mon clitoris. J'expire profondément.

David s'enfonce un peu plus profondément dans son siège et se concentre pour garder les yeux sur la route. Moi, je fais remonter la pulpe de mon index le long de ma fente humide. Le plaisir de m'exhiber à côté de lui me rend folle. Je renverse ma tête à droite et fais descendre la bretelle gauche de ma robe pour lui laisser admirer mon épaule et ma nuque.

– Louisa... Tu vas me rendre fou... Je ne pourrai jamais attendre d'être arrivé chez moi pour te prendre.

Tout en continuant de me caresser, je le provoque de plus belle en gémissant :

– Et pourtant, tu n'as pas le choix.

Je me mets moi aussi à tenter de regarder la route. J'essaye de me concentrer pour que les piétons qui traversent les passages cloutés ne puissent pas deviner à mon expression que je suis en train de me caresser.

Mais soudain, David s'engage dans la direction d'un parking en plein air. Son regard brille d'une lueur que je connais bien. Il arrête la voiture. Je suspends mon geste et lui demande :

– Que fais-tu ?

Toujours avec ce regard intense, il me répond :

– Descends.

Il sort de la voiture et en fait le tour pour venir ouvrir ma portière. Je rajuste ma robe et attrape la main qu'il me tend. Je m'extrais du véhicule : il me soulève et m'assied sur le capot chaud. Il caresse l'intérieur de mes cuisses. Je pousse un gémissement profond. Sa voix résonne dans le parking :

– Tu voudrais que je te prenne comme ça ? À la vue de tous ?

Je secoue négativement la tête même si, dans le fond, je le sais, j'en crève d'envie.

Mon Dieu ! Il pourrait faire de moi ce qu'il veut.

– Très bien. Dans ce cas, je vais te faire l'amour à l'arrière de cette limousine, Louisa. Je ne peux pas attendre une minute de plus. Suis-moi.

Je me laisse guider jusqu'à l'arrière de la voiture, dont il ouvre la portière. Il grimpe sur l'une des banquettes en cuir et descend sa braguette.

– Viens sur moi, Louisa. Occupe-toi de moi.

Je monte à mon tour et referme la porte avant de monter à califourchon sur lui. Je sors son sexe et commence à le caresser. D'abord lentement, avec le plat de ma main, en remontant le long de sa verge jusqu'à son gland. Puis à pleine main, en serrant délicatement son membre et en bougeant le poignet de bas en haut, avec de petits gestes rapides, comme il m'a appris à le faire.

– C'est tellement bon…

Je sens sa peau, si douce, comme du satin, qui palpite. Je sens son pénis, tellement large que ma main a du mal à le contenir. L'extrémité de son membre touche mon sexe nu et trempé. Il fait glisser les bretelles de ma robe sur mes épaules, libère mes bras puis mes seins qu'il embrasse goulûment. Il fait passer sa langue sur moi et mordille mon cou tout en empoignant fermement ma taille. Il me soulève et s'enfonce en moi avant de commencer à me faire bouger de haut en bas. Sa bouche se referme sur mon téton. Je commence à pousser des cris de plaisir : il me fait taire en enfonçant sa langue dans ma bouche. Je garde les yeux ouverts et vois soudain par la vitre arrière un couple approcher bras dessus, bras dessous. Ils s'embrassent. Je me fige. David me murmure.

– Ne t'arrête pas, Louisa. Bouge sur moi.
– David… Quelqu'un vient…

Il tourne la tête et aperçoit l'homme et la femme, plutôt jeunes, qui flirtent à quelques mètres de nous.

– Tu peux les voir Louisa, mais eux ne le peuvent pas : les vitres sont fumées.

J'ai beau le savoir, je ne peux m'empêcher d'avoir peur qu'ils devinent ce qu'on est en train de faire. J'aurais tellement honte ! Pourtant, je continue d'aller et venir sur David, sans pouvoir m'en empêcher. Je me sens complètement remplie par son sexe. Je n'arrive pas à renoncer au plaisir qu'il me procure.

La limousine mal garée va attirer leur attention. Que se passera-t-il s'ils viennent vers nous ?

– Si tu restes silencieuse, ils ne se rendront compte de rien.

Mais comment rester silencieuse lorsque David est en moi ?

David pose son pouce sur mon clitoris. Je gémis comme un animal.

– Tu veux que je te bâillonne, Louisa ?

David pose sa main sur mon dos et me plaque contre son torse. Je déboutonne le haut de sa chemise et commence à le caresser. La sensation de sa peau nue me rend folle. Son sexe gonflé écarte le mien et me met au supplice.

– Tu vas jouir pour moi, Louisa. Tu vas jouir et rester *parfaitement silencieuse*.

Il donne un coup de rein et s'enfonce encore plus profondément. Je me mords la lèvre pour ne pas crier de plaisir. Il accélère ses mouvements, mettant mes sens en feu, tout en embrassant mon cou. Je sens que je vais bientôt avoir un orgasme terrassant. Je garde mes yeux rivés sur le couple, qui monte enfin dans sa voiture et démarre. Je sens tout mon corps se tendre et se refermer autour du membre de David. Je plaque sa main sur ma bouche pour qu'il étouffe mon cri, puis j'explose. C'est vertigineux. David murmure, avide :

– Oui, comme ça…

Son souffle s'accélère. Alors que la voiture des deux intrus passe à proximité de la nôtre, je le sens se tendre à son tour.

Son sexe pousse fort à l'intérieur du mien pendant qu'il jouit. Son plaisir prolonge le mien et nous retombons tous les deux sur la banquette, vidés.

– C'était si bon, David…
– Tu as aimé ça ? Le risque d'être vue ?
– Je… Je crois que oui.

Il me sourit.

– Tu es décidément très surprenante.

Il caresse mon dos.

– Et tu as une peau merveilleuse.

Je me détache de son corps et vais m'asseoir sur la banquette en face. David rajuste ses vêtements : je commence à faire de même. À mon grand étonnement, il me demande :

– Je voudrais que tu retires complètement ta robe.

Déjà ?

Bien que je vienne à peine de jouir, cette demande m'émoustille au plus haut point. Je m'exécute.

– Allonge-toi sur la banquette, Louisa.

J'obéis. David ouvre le bar de la limousine et en sort une

bouteille de champagne. Il fait sauter le bouchon et vient s'asseoir à côté de moi. Sans que je m'y attende, il verse une rasade de liquide glacé et pétillant sur mon ventre. Il coule sur ma peau, David le lèche tandis que je pousse un petit cri de surprise. Il recommence à se déshabiller, enlève sa chemise, et s'allonge sur moi.

– Ouvre la bouche.

Une fois de plus j'obéis, et David verse le champagne entre mes lèvres, avant de venir cueillir le breuvage d'un baiser.

– J'ai encore envie de toi, Louisa.

Moi aussi j'ai envie de toi.

Il fait entrer ses doigts en moi. Je me cambre et halète. Sa main experte me procure un plaisir inouï. J'écarte mes cuisses, avide de le recevoir. Il verse du champagne sur mes seins : le froid fait durcir mes tétons, qui pointent sous sa langue gourmande.

– J'ai envie de te refaire l'amour là, sur cette banquette.

Fiévreux, il se défait de son pantalon. Mes jambes s'enroulent autour de lui pour l'accueillir. Il s'enfonce en moi, brutalement, profondément.

– Tu es brûlante, Louisa.

Mes hanches se mettent à bouger en rythme pour aller à la rencontre de son bassin. Cet homme me met à la torture : chacun de mes nerfs est à vif. Toute ma peau est réceptive à ses caresses. Je viens à peine de jouir que je suis à deux doigts de venir encore, insatiable. David empoigne mes cheveux et grogne alors qu'il continue de bouger en moi, implacable, décidé à me satisfaire. Je ne peux tout simplement pas lui résister. Mon ventre hurle son désir d'être soulagé.

– Tu bouges si bien… Tu me donnes déjà envie de jouir…

Oh ! David, si tu savais à quel point je suis prête, moi aussi.

Il redresse son buste et donne un coup de rein violent pour se libérer de l'étreinte de mes jambes, qu'il attrape ensuite entre ses deux mains. Il m'attire vers lui et guide mes mouvements. Chaque fois, il entre en moi plus profondément. Je me sens littéralement paralysée par le plaisir qu'il me procure. Il pourrait faire de moi ce qu'il veut, se servir de mon corps comme bon lui semble. Je ne m'appartiens plus : je veux juste jouir, je veux juste être à lui.

David enfonce son pouce dans ma bouche, que je suce goulûment, ce qui le fait gémir. Ma langue furieuse lèche, tète, s'enroule autour de son doigt, mais il le confisque pourtant à mes lèvres affamées pour aller le poser sur mon clitoris. La sensation est trop forte : je me cambre et pousse un cri. David accélère son mouvement et donne des petits coups de rein rapides pour jouir en même temps que moi. Nos orgasmes surviennent avec la même violence et nous poussons de longs râles de plaisir. Nos corps semblent deux aimants ; notre plaisir m'électrise. Un ultime coup de rein et David retombe sur moi. Il embrasse mon cou, mes épaules. Il me murmure, avec malice, en attrapant la bouteille de champagne entamée :

– On commande un taxi et on rentre chez moi ?

9
DANSE RUSSE

Je me réveille dans les bras de David. Son corps diffuse sa douce chaleur contre ma peau. Ma main est posée sur son bas-ventre.

Et si je... ?

Le désir de le réveiller m'envahit. Avec le week-end que nous venons de passer ensemble, c'est comme si toute ma peau s'était tant habituée au contact de ses baisers et de ses caresses, que je me sens incapable de passer une minute loin de lui. Le souvenir de ces quarante-huit heures d'étreintes torrides est si brûlant qu'il en devient presque douloureux. La limousine, l'ascenseur, la table de la salle à manger, le sol de la bibliothèque... On ne peut pas dire que le lit nous ait beaucoup servi ! Nous avons tout de même fini par nous y échouer cette nuit afin de reprendre des forces.

Oh ! comme je voudrais rester contre lui… Il faut pourtant que je me lève : avant de m'endormir, j'ai pris une décision qu'à mon avis il désapprouve. Je sors donc du lit le plus discrètement possible et quitte l'appartement sur la pointe des pieds. Je retourne au campus, mais pas pour aller en cours. Tant pis pour le TD de littérature comparée de ce matin, ce sera sans moi. Mary, elle, est déjà partie en classe.

À moins qu'elle n'ait pas dormi là ?

Cette pensée m'arrache un sourire. J'espère de tout cœur que sa soirée avec Dan s'est bien terminée et que le week-end qui s'est ensuivi a été aussi « amusant » que le mien. Je prends une rapide douche, enfile un jean et le sweat à capuche de NYU, puis me dirige vers la sortie des dortoirs. J'arrête un taxi.

– À Brighton beach, s'il vous plaît.

Le chauffeur grommelle un peu, mécontent à l'idée de sortir de Manhattan. Je lui promets un important pourboire. Il faut que je retourne dans ce restaurant où un couple de restaurateurs avait identifié Judith d'après photo, lorsque je cherchais encore à mener mon « enquête parallèle ». C'est là que j'avais entendu parler de Sacha pour la première fois.

Je dois prouver à Gary que je suis digne de confiance.

J'entre dans cette petite cantine russe et me dirige immédiatement vers le comptoir, où la femme essuie les couverts en attendant qu'il soit l'heure du déjeuner.

– Bonjour, je ne sais pas si vous vous souvenez de moi… J'étais passée il y a quelques semaines, j'étais à la recherche d'une jeune femme rousse… J'avais parlé à votre mari… Est-ce qu'il est disponible ?

La femme me remet visiblement très bien mais ne paraît pas enchantée de ma présence. D'une voix stridente où perce l'agacement, elle appelle :

– Pavel ! Pavel ! C'est pour toi !

Son mari sort des cuisines.

– C'est pour quoi ?
– B… Bonjour… Vous vous souvenez de moi ? La fille à la photo ?

Pavel s'essuie sur son tablier et avance vers moi, main tendue.

– Mais oui bien sûr ! Comment allez-vous ? Vous êtes venue tester le bortsch maison ?

Je me racle la gorge.

– Eh bien pour tout vous dire, pas exactement… Je suis désolée de vous importuner mais j'aurais voulu poursuivre notre petite conversation de la dernière fois. À propos de la rousse dont je vous ai montré la photo et de ses amis de l'époque, vous vous souvenez ? Ceux que vous surnommiez les « enfants perdus » ?

Décontenancé, il me lance :

– Euh… Oui, tout à fait oui, mais je ne vois pas trop…

Il hoche la tête.

– La jeune femme dont je vous avais montré la photographie… C'est ma cousine, Judith. Je ne l'ai jamais rencontrée : j'ignorais tout de ce lien de parenté qui nous unit avant le décès de ma tante, il y a deux mois. Ce sont les notaires en charge de la succession de tante Claudine qui m'ont appris son existence. Imaginez le choc que ça a été ! Moi qui suis née et qui ai grandi à Paris, découvrir que j'avais une cousine à New York, orpheline qui plus est ! Bref : je tente de retrouver cette jeune femme afin qu'elle puisse recevoir le legs qui lui est dû…
– Oh ! je comprends. C'est vrai que c'est toujours compliqué, les histoires de famille. Mais je ne vois pas trop comment je pourrais vous aider…

Innocemment, je demande :

– Vous vous rappelez, vous m'aviez parlé d'une petite brune ? Une fille d'origine russe, qui venait souvent chez vous pour jouer au backgammon avec ma cousine ?

L'homme acquiesce, visiblement embarrassé.

– Eh bien, si elles étaient amies, peut-être que cette fille a des nouvelles de Judith ? Parce que moi, je sèche complètement : je suis arrivée au bout de toutes mes pistes.

L'homme vire au cramoisi.

– Ça fait… ça fait longtemps que je n'ai pas vu la brune… Magdalena, tu te souviens de cette gamine qui venait souvent traîner ici, toi ? Tu sais, la petite avec un prénom russe… quelque chose en *S*… Svetlana ? Sacha ?

Magdalena n'a pas l'air enchantée de la question. Laconique et froide, elle répond :

– Elle ne traîne plus dans les parages, mademoiselle. Depuis longtemps.
– Et vous savez où je pourrais la trouver ? Peut-être qu'un voisin a de ses nouvelles ? Je crois qu'elle était assez proche d'un certain… Attendez, j'ai noté son nom quelque part…

Je sors un petit carnet et fais semblant de lire, totalement immergée dans mon rôle :

– Igor Kanaïev… ?

Ça passe ou ça casse.

Les deux époux deviennent blêmes.
– Où avez-vous entendu ce nom ?

Aïe. Je n'avais pas prévu qu'ils se montreraient aussi suspicieux. Mais au moins, le nom de Kanaïev les fait réagir.

– Oh ! dans un café voisin, où je suis passée poser les mêmes questions un peu plus tôt.

D'une voix pleine de sous-entendus, j'ajoute :

– C'est que, voyez-vous, il est très important que je retrouve Judith pour lui remettre sa part d'héritage : tante Claudine était *extrêmement* riche.

La femme semble ne pas relever ma discrète promesse de « récompense ».

– Il y a bien un Kanaïev dans le coin, mais je vous assure qu'il n'a rien à voir avec la gamine…

Pourtant, son nom était bien dans le journal de Sacha, et ses initiales apparaissaient à plusieurs reprises. De plus, il fait partie des suspects dans l'attentat commis contre David : ça m'étonnerait fort qu'il soit blanc comme neige.

– C'est étrange… On m'a pourtant donné son nom pas plus tard qu'il y a deux heures… Écoutez, ça vaut le coup que je lui parle, non ? Si vous pouviez juste m'indiquer où trouver cet homme…

Visiblement, quelque chose a éveillé leur méfiance et le

couple en face de moi ne croit plus du tout à l'histoire de « cousine Judith ». D'ailleurs, la femme se penche vers moi et siffle entre ses dents :

– Vous nous prenez pour des imbéciles, mon mari et moi ? Dégagez ! Sortez tout de suite de mon restaurant ou je vous jure que je vous ferai déguerpir à coups de pied dans le derrière ! Et ne revenez plus ici, vous m'entendez ?

Bon, ma couverture semble définitivement grillée. Effrayée, je décide de battre en retraite. Je recule jusqu'à la sortie en bafouillant de vagues excuses et me retrouve dans la rue en état d'absolue confusion. J'ai visiblement touché un point sensible, mais lequel ? Qui est donc ce Kanaïev dont le simple nom déclenche la fureur ? J'ai à peine le temps de me formuler cette question qu'une voix m'interpelle et me fait redescendre sur terre.

– Mademoiselle ! Mademoiselle !

Je me retourne et constate, à ma plus grande surprise, que le restaurateur m'a poursuivie dans la rue. Il trotte vers moi, essoufflé :

– Écoutez, je ne sais pas qui vous êtes ni ce que vous cherchez, et entre nous je m'en fiche…
– Je vous l'ai dit : je cherche à retrouver ma cous…

Il m'interrompt, agacé.
– Je ne suis pas stupide, mademoiselle. Arrêtons les faux-

semblants un instant. Je vous ai rattrapée pour vous prévenir : cessez de poser des questions sur cette jeune fille, vous savez aussi bien que moi qu'elle est morte depuis longtemps. Je ne sais pas si vous travaillez pour la police ou si vous êtes une sorte de détective privé, mais sachez qu'on n'aime pas que des étrangers viennent nous raconter des salades, dans le coin. De plus, Kanaïev et son entourage sont loin d'être des enfants de chœur : vous jouez avec le feu.

Bon, voilà qu'on me prend pour un privé maintenant. À la fois, ça peut marcher… J'essaye de repenser aux films noirs dont j'étais friande, enfant. Que ferait Dick Tracy à ma place ? Je durcis mon regard et me lance :

– Mille dollars.

– Comment ?

– Je vous donne mille dollars tout de suite si vous me dites ce que vous savez sur Kanaïev et cette jeune fille. Regardez : j'ai ma carte de crédit sur moi et il y a une banque juste là, à l'angle…

L'homme regarde à droite, puis à gauche, avant de m'attraper par le bras et de m'entraîner vers le distributeur. Nerveuse, autant à cause de la somme astronomique que je viens de promettre malgré l'état de mon compte en banque qu'à cause de la manière dont ce type serre mon bras, je tape mon code en tremblant. L'homme se précipite sur les billets qui sortent de la machine et les dissimule rapidement dans son tablier. Il semble encore plus terrifié que moi.

– Alors ?

Il hésite. Impatiente, je réitère ma question d'une voix plus affirmée :

– Alors ???

Il m'attrape par l'épaule et se penche à mon oreille pour murmurer, le souffle court.

– Ce n'est pas à Kanaïev que vous devriez vous intéresser mais à un certain Marc Hasting.

Il me relâche et commence à s'éloigner. Je tente de le retenir.

– Attendez !

– Non, j'ai déjà pris assez de risques comme ça en vous parlant et je vous ai dit tout ce que vous aviez à savoir. Je vous ai aidé pour que… Pour que justice soit enfin faite. Mais maintenant, laissez-nous tranquilles ma femme et moi !

« Pour que justice soit faite » ? Que veut-il dire par là ? Ce Hasting pourrait-il être l'agresseur de Sacha ? Et dans ce cas, qui est alors ce fameux Kanaïev ?

Serait-il possible, après tout, que Sacha Stewart soit bien morte en 1998, comme l'a conclu le rapport de police ? Bien qu'on n'ait jamais retrouvé son corps ? Toute à mes questions, je laisse le restaurateur s'éloigner et dégaine mon téléphone portable. Je dois immédiatement parler à David. Je lui envoie un SMS :

[Besoin de te parler. Retrouve-moi dans une heure au coffee shop à l'angle de la 42e et de la 130 W. Je t'embrasse, L.]

Puis, secouée, je me dirige vers le métro.

La vérité est proche désormais. Toute proche.

David entre dans le café, la démarche souple. Son regard est dissimulé par ses lunettes de soleil qui lui donnent l'air d'une star du cinéma. Il porte négligemment sa veste de costume pendue à son index, jetée sur son épaule. Les manches de sa chemise blanche son retroussées et laissent apparaître ses avant-bras puissants. Il s'installe en face de moi.

– J'étais surpris de ne pas te trouver ce matin au réveil. Surpris et déçu. J'avais comme dans l'idée qu'on pourrait reprendre là où on s'était arrêtés hier soir…

Une vague de désir me submerge. Mon souffle se fait court. J'en oublierais presque la raison de ce rendez-vous et son caractère urgent : j'ai affreusement envie de lui, de sa peau, de son odeur. Et il n'arrange rien en passant une main sous la table pour caresser mon genou. En souriant, il me glisse :

– Je préfère quand tu es en jupe. C'est plus commode pour te caresser.

Bon sang.

Troublée, je tente d'articuler.

– Excuse-moi, j'ai dû cavaler un peu ce matin…

Mais David ne m'écoute pas : il s'amuse de mon trouble. Il n'enlève pas ses lunettes de soleil et je ne peux pas percevoir son regard mais je le devine autoritaire et gourmand. Soudain, il retire sa main.

Mince.

– Tu voulais qu'on parle, donc ?

Son sourire s'élargit encore.

Tu veux jouer à ça, David ?

C'est une chose qu'il aime faire, souffler le chaud et le froid.

Eh bien il ne perd rien pour attendre. Je lui rendrai la monnaie de sa pièce plus tard. De la plus délicieuse des façons.

Je rassemble mes esprits.

– La réaction de Gary hier m'a fait réfléchir. Je pense qu'il a raison, d'une certaine manière : on ne peut pas exiger de lui qu'il me fasse confiance aveuglément. Si tu m'as mise dans la confidence, je dois lui prouver que ce n'est pas en vain. C'est pourquoi je suis retournée ce matin à Brighton beach…

À ces mots, David ôte soudain ses lunettes.

– Tu as fait *quoi* ? Louisa, tu es folle ! Tu imagines les risques que tu as pris en retournant là-bas ? Si je suis vraiment la cible de la mafia russe, comme le soupçonne Stinson, aller traîner dans ce quartier, c'est se jeter dans la gueule du loup !

– Je *devais* le faire, David. Je me suis soudain souvenue d'un homme à qui j'avais parlé, là-bas, qui pouvait avoir des renseignements importants à nous fournir.

– Mais *pourquoi* ne m'as-tu pas réveillé ?

Il a l'air franchement furieux et inquiet. D'une petite voix tremblante, je lui demande :

– Tu m'en veux ?

– Si je t'en veux ! ?

Il se passe la main sur le visage.

– Louisa, je ne suis pas en *colère* contre toi ! Je suis juste mort d'inquiétude à l'idée que tu te mettes en danger. Je te l'ai déjà dit : je ne crains rien pour ma vie. Par contre, s'il t'arrivait quelque chose, à toi… Je ne pourrais jamais m'en relever. Si les gens qui m'en veulent font correctement leur travail, ils savent probablement depuis belle lurette que la meilleure façon de m'atteindre, c'est de s'en prendre à toi.

Je me confonds en excuses. C'est vrai qu'une fois de plus j'ai agi sans prendre la mesure du danger qui nous guette. David s'empare de ma main et embrasse ma paume.

– Promets-moi que tu ne feras plus rien sans me consulter. J'ai besoin qu'on soit ensemble – vraiment ensemble – dans cette histoire.

Je promets avec ferveur et entame le récit de mon entrevue avec le dénommé Pavel et sa femme.

– Ils ont blêmi au nom de Kanaïev. Visiblement, ce type et connu dans le quartier. Ils avaient l'air de le craindre. Mais, plus important encore, ils m'ont donné un nom, et je suis presque certaine de l'avoir déjà lu dans le journal de Sacha : Hasting. Ça te dit quelque chose ?

David devient soudain pâle comme la mort.

– Marc Hasting ?
– Je crois, oui… Tu le connais ?

David semble choqué. Je ne l'ai jamais vu dans cet état. Si je ne le connaissais pas si bien, je croirais presque deviner en lui quelque chose comme de la peur.

– Il… Il travaillait au foyer… C'était l'homme à tout faire.

Ainsi c'est donc ça.

– David je… je ne suis pas certaine de ce que j'avance, mais vu la manière dont le restaurateur m'a mise sur sa piste, je pense que c'est lui qui a abusé de Sacha.

David se prend la tête entre les mains et observe un moment de silence avant de s'exclamer :

– Comment ai-je pu être aussi bête ? La réponse était devant moi, toutes ces années, et je n'ai jamais rien soupçonné.

Je proteste :

– Tu ne peux pas t'en vouloir, David ! Si ça se trouve, ce type cachait parfaitement bien son jeu ! Il faisait partie des gens censés prendre soin de vous : c'est normal que tu n'aies pas douté de lui !

Je réfléchis un instant.

– Écoute David, je crois que cette histoire commence à nous dépasser. Entre ce Kanaïev qui n'a pas l'air d'être un enfant de chœur, cet attentat, et maintenant Marc Hasting… Je crois qu'il faut appeler à la police. Tu as des nouvelles de Stinson ?
– Pas depuis sa visite la semaine dernière, non.
– Écoute, il est temps de lui parler et de lui remettre le carnet, qu'en dis-tu ? On devrait sans doute passer le voir ?
– Tu as raison.

David regarde sa montre.

– Je vais essayer de me rendre au commissariat cet après-midi. Toi, d'ici là, rentre au campus, va en cours : on se retrouve comme convenu à la fête de Sandro ce soir ?

La fête en l'honneur du rétablissement d'Emilio ! J'avais complètement oublié que Sandro organisait cette soirée !

– C'est un événement important pour moi, Louisa. J'ai beaucoup repensé à ce que tu m'as dit la semaine dernière à Nantucket et, si l'occasion se présente, je crois qu'il serait temps que je parle à Emilio.

Emilio, l'oncle à qui David en veut tant de l'avoir laissé durant toutes ces années dans un orphelinat.

Nous nous levons et réglons l'addition. Avant de me laisser grimper dans un taxi, David m'étreint.

– Merci, Louisa. Merci de tout ce que tu fais pour moi. Grâce à toi, nous sommes enfin à deux doigts de comprendre ce qui s'est produit il y a quinze ans. Je commençais à perdre tout espoir mais…

Je passe ma main dans ses cheveux. Il s'en empare et embrasse l'intérieur de mon poignet.

– J'ai une chance incroyable de t'avoir dans ma vie. Je ne pensais pas un jour pouvoir rencontrer une femme de ton envergure.

10
UNE NUIT À NEW YORK

À peine sortie de mon cours de sémiologie, je trotte jusqu'à ma chambre. Je dois me préparer pour la soirée en l'honneur d'Emilio. Sandro a décidé de recevoir dans son appartement la famille LaGuardia au grand complet, les *partners* de la banque où travaille son père, quelques-uns de ses plus importants clients, ainsi que des partenaires de golf. Tout ce petit monde et leurs épouses, ça fait près de cent invités !

C'est une occasion importante pour moi car je n'ai encore jamais rencontré Emilio. À mon arrivée à New York, il était à l'hôpital. Et comme on ne peut pas dire que David et lui soient très proches, ce n'est pas comme si les occasions de le voir s'étaient multipliées depuis sa convalescence ! Je passe mentalement en revue mes habits pour trouver une robe qui me mettrait en valeur sans être trop sexy. Je pense à ce jupon de taffetas vert, taille haute, qui descend aux genoux, très années 1950 : il sera ravissant avec des escarpins assortis, un bustier blanc et une coiffure rétro.

Lorsque j'arrive à ma chambre, Mary m'attend de pied ferme.

– Tiens tiens, notre mystérieux oiseau de nuit rentre au nid…

Détachée, je fais mine de ne pas entendre. J'appréhende l'interrogatoire qui va suivre.

– *Hello* Mary, comment vas-tu ?
– C'est plutôt à *toi* qu'il faudrait demander ça : tu t'enfuis à bord d'une limousine, tu découches… Qu'est-ce que c'est que ces cachotteries ? Ma charmante colocataire m'aurait-elle caché des choses ?

À sa voix, je la devine amusée tout autant que dévorée par la curiosité. Je me retourne vers elle en réfléchissant à toute allure à un mensonge plausible : je suis la secrétaire particulière d'un acteur de cinéma (ben voyons !), j'ai gagné une traversée de New York en limousine à une loterie (*qui* joue à la loterie ?), je travaille pour une agence de location de voitures (moi qui n'ai même pas le permis !)… Mais dès que je vois le petit minois de Mary me regarder avec un air avide et interrogatif, je réalise que les mensonges et la malhonnêteté, ce n'est pas du tout moi. Acculée à dire la vérité, je pousse un grand soupir et me laisse tomber sur le lit de mon amie.

– Si je te confie un secret, tu jures de le garder ?
– Promis, juré, craché !

Je souris devant tant d'enthousiasme.

– Je ne t'ai pas tout dit : en fait, j'ai quelqu'un dans ma vie. Mais je préférais garder cette relation secrète, du moins dans un premier temps, car je voulais avoir une chance de te connaître sans que tu me juges par rapport à mon… partenaire.
– C'est lui qui est passé te prendre hier soir devant la galerie ? Qui c'est ? Un politicien ? Un chanteur de rock ? Il doit être plein aux as ton amoureux, pour avoir une voiture comme ça !

J'esquisse un petit sourire gêné.

– Tu connais David Fulton ?

À ce nom, Mary se met à pousser des cris de joie perçants.

– C'est pas vrai ! C'est pas vraiii ! David Fulton ??? L'ÉCRIVAIN David Fulton ?
– Chut, baisse d'un ton, on va t'entendre !

Marie pousse un petit gloussement en plaquant sa main sur sa bouche et se jette à mes côtés sur le lit.

– Mais enfin Loulou, je ne vois pas où est le problème ! Moi, à ta place, je frimerais grave.

– Oh ! Mary, ne te méprends pas : je suis *affreusement* fière d'être avec David. Mais c'est juste qu'il est tellement exposé que parfois, ça m'effraye. Avant que j'entre à NYU, un journaliste people a rédigé quelques articles très blessants à mon propos. Le monde des stars peut être assez impitoyable. À NYU, j'avais envie d'être anonyme, appréciée pour ce que je suis *vraiment*. En fait, j'en ai toujours envie…

Je lui attrape la main.

– Tu jures de garder ça pour toi ?

Mary hoche la tête et s'empresse d'ajouter :

– Tu sais, moi, ça ne change pas l'image que j'ai de toi, le fait que ton petit ami soit connu et multimilliardaire. Vu ta penderie, je me doutais que tu avais un rapport avec la haute société, mais je t'aime pour ce que tu es : une fille généreuse, sympa, cultivée, avec toujours de bons conseils pour les copines… Je suis certaine que pour Dan et Gloria, il en est de même.

Elle se relève.

– Et là, alors, tu te prépares pour aller le retrouver ?

– Oui, il y a une fête chez son cousin.

Je vois que Mary, soudain, se balance d'un pied sur l'autre en se mordillant la lèvre.

– Quelque chose ne va pas, Mary ?

– J'ai quelque chose à te demander, mais je ne veux surtout pas que tu le prennes mal… Voilà : vendredi, quand tu nous as laissés, nous avons passé la soirée à parler et…

– Il t'a embrassée ?

– Non.

– *Tu* l'as embrassé alors ?

– Non…

– Mais c'est pas vrai ! Qu'est-ce que vous fichez tous les deux ?

– Laisse-moi parler à la fin ! Personne n'a embrassé personne : Gloria était avec nous tout le temps. Mais Dan m'a effleuré la main, trois fois, et… et je crois que c'était un signe d'intérêt. J'ai l'impression qu'il voulait me prendre la main mais qu'il n'osait pas. Alors avant de rentrer au dortoir, je lui ai proposé qu'on se voie bientôt. Comme il n'était pas disponible pendant le week-end, j'ai proposé ce soir…

– Et il a dit quoi ?

Mary prend un air désespéré.

– C'est bien ça le problème ! L'idiot m'a demandé : « *Ah bon, il y a quelque chose de prévu lundi soir ?* » Ne trouvant rien à répondre, je lui ai raconté qu'on avait décidé de commencer la semaine en beauté en sortant faire la fête, toi et moi. Histoire qu'il n'ait pas l'impression que je me jette à son cou, tu comprends ?

Oui, je comprends parfaitement, mais comment faire ?

– Mary, je ne peux absolument pas rater la fête où je vais. C'est Sandro, le cousin de David, qui l'organise. C'est un moment important : toute la famille sera là. C'est en l'honneur de l'oncle de David, que je n'ai jamais rencontré…
– Zut !

Mary me lance un sourire triste.

– Bon, je suppose que je vais devoir avouer la vérité à Dan. Et qui sait ? Peut-être trouvera-t-il ça touchant que je cherche des prétextes pour le voir en dehors du campus ?

Je fronce un instant les sourcils.

– Écoute, peut-être que vous pouvez venir avec moi…

Mary bat des mains.

– Vraiment ? Ce serait génial ! Une fête de l'Upper East Side, des gens distingués, de la bonne musique… C'est exactement ce qu'il nous faut !
– Attends, attends, ne t'emballe pas : je dois d'abord demander leur accord à David et à Sandro.

Ni une ni deux, j'envoie un SMS à David, qui, à ma grande surprise, me répond :

[Bien entendu Louisa ! Tes amis sont mes amis ! J'ai hâte de rencontrer Mary et Dan.]

Mon amie et moi poussons en chœur un cri de joie.

– Oh là là, à nous le champagne et le dancefloor !

– Du calme, Anderson : ça risque plus d'être ambiance « quatuor à cordes ».

– Dans ce cas, Mars, je te ferai valser jusqu'au vertige.

Mary esquisse trois petits pas et me fait tourner sur moi-même.

– Bon, attends, il faut encore que j'obtienne l'autorisation de Sandro. Après tout, c'est chez lui et en l'honneur de son père que ce raout est organisé.

Mais là encore, je ne rencontre aucune opposition, bien au contraire.

[La bande de Louisa Mars ? Je serais honoré de l'accueillir chez moi ! On va montrer à tous ces vieux banquiers et à leurs épouses comment on fait VRAIMENT la fête.]

– OK Mary, voici le plan d'attaque : je préviens Daniel et pendant ce temps tu fouilles dans ma penderie. Prends ce qui te plaît, on part dans quarante minutes !

Mary, Dan et moi-même arrivons au pied du building de Sandro. Nous sortons du taxi en riant, excités comme des gosses. Mary lance :

– J'ai l'impression de revivre mon bal de promo. Le DJ ringard et le cavalier nerd en moins.

Elle s'est bricolé un look cent pour cent vintage qui rappelle celui des stars du cinéma muet. Daniel est plus sobre, avec son élégant pantalon noir, sa chemise blanche, son gilet, ses éternelles lunettes Marc Jacobs et son Borsalino qui donne l'impression qu'il est tout droit sorti d'un vieux film noir. À tout moment, je m'attends à le voir sortir une imposante machine à écrire Remington pour taper un article ! Décidément, ces deux-là vont bien ensemble.

Nous nous dirigeons vers les ascenseurs. C'est la première fois que je vais chez Sandro. Je suis curieuse de voir à quoi ressemble son appartement. En fait, il s'agit plutôt d'une maison charmante posée sur le toit de l'immeuble, avec un ravissant jardin d'hiver, un vaste salon, deux chambres, une salle à manger et une bibliothèque.

Un majordome nous attend à l'entrée et nous débarrasse de nos affaires. Je lui remets ma petite cape mais garde avec moi ma pochette Gucci. Sandro se précipite vers nous ; je m'empresse de faire les présentations. Dan s'empare de la main de notre hôte et la serre avec vigueur.

– Merci infiniment de nous recevoir.

– Vous voulez rire ? Louisa est un membre à part entière de la famille : ses amis sont les bienvenus chez moi. Qu'est-ce que vous voulez boire ? Champagne, mesdames ? Et toi Daniel, un Old Fashioned, ça te va ?

Un serveur nous tend nos boissons. Soudain, je vois Chloe Armant fendre la foule et se diriger vers nous.

– Chloe ! Je suis si contente de te voir !

Lorsqu'il avait lancé les invitations, Sandro semblait avoir tout à fait oublié d'inviter son amie d'enfance, ce qui m'avait rendue triste pour elle. Mon petit doigt me dit que ladite Chloe se meurt d'amour en secret pour le beau Sandro et qu'elle ne détesterait pas un jour devenir une LaGuardia.

– Alors, comment s'est terminée la Fashion week ?

– Dans le sang, les larmes et l'overdose de coupe-faim, comme il se doit. Visiblement, la prochaine tendance printemps/été mixera sportswear, tribal et influences arty : autant te dire que je suis effondrée. Moi qui rêvais de maillots en lamé or et de petites robes glamour !

– Chloe, laisse-moi te présenter mes amis de la fac : Dan et Mary.

Chloe les jauge d'un coup d'œil rapide.

– Ah ben alors là, pour le coup, la tendance arty, on est en plein dedans.

VLAN.

Encore une des amabilités dont Chloe a le secret. Je murmure aux deux autres :

– Ne faites pas attention. Elle a l'air peste, comme ça, mais c'est une gentille fille dans le fond.

Sylvia LaGuardia, la tante de David, se précipite vers moi.

– Louisa ! Vous êtes là ! Quelle joie de vous voir, mon enfant !

Une fois de plus, je fais les présentations. Sylvia accueille avec sa chaleur et sa simplicité habituelles mes amis de NYU :

– Que diriez-vous de venir avec moi tous les deux ? Louisa, je pense que David te cherche : il désespérait de te voir arriver. La dernière fois que je l'ai vu, il errait comme une âme en peine dans le jardin.

Malgré la fraîcheur de la nuit, je sors en espérant trouver David, que je surprends en grande conversation avec un couple d'un certain âge.

– Ah, Louisa, te voilà enfin ! Laisse-moi te présenter M. et Mme Hamersfeld. Ils dirigent ensemble le plus grand groupe de presse américain.

– Vous devez être la compagne de David ! Enchanté de faire votre connaissance. J'essayais justement de convaincre votre fiancé, une fois de plus et sans malheureusement aucun succès, de venir écrire pour l'un de mes journaux… Peut-être pourriez-vous intercéder en ma faveur ?

Je fais mon plus charmant sourire.

– Monsieur Hamersfeld, je crains de n'avoir hélas aucune influence sur cet homme.

– Ne jouez pas les modestes : depuis maintenant trente minutes que nous parlons, il n'a que votre nom à la bouche, et il ne tarit pas d'éloges à votre sujet. D'ailleurs, si vous avez besoin d'un stage, vous devriez passer me voir : je possède quelques magazines culturels, dont l'un consacré uniquement aux romans et essais contemporains.

– Je vous remercie de cette proposition et ne manquerai pas de m'en souvenir en temps voulu. Mais je suis justement venue avec un ami de NYU qui étudie le journalisme, Daniel Koening.

J'entraîne le couple Hamersfeld vers l'intérieur, David à ma suite, et les présente à Dan. Je tente ensuite de me faufiler vers Mary.

– Je suis désolée, je n'ai pas eu une minute à moi depuis tout à l'heure…

Mais Mary ne m'écoute pas du tout, et pour cause : David se dirige vers nous, son plus beau sourire aux lèvres. Et quand il est comme ça – les yeux ronds de Mary en sont bien la preuve – il est tout bonnement impossible de détacher son regard ! J'effectue les présentations en espérant que mon amie va réussir à ne pas s'évanouir.

– Mary Anderson, *ma colocataire*, voici David Fulton, *mon partenaire*.

Je la pousse un peu du coude pour qu'elle saisisse la main que lui tend David.

– B… Bonjour, mon… monsieur Fulton.

David lance à Mary son sourire le plus enjôleur et le plus sexy. Il exécute un baisemain digne d'un prince charmant.

– J'aime que les belles femmes m'appellent par mon prénom, Mary.

Quel charmeur, celui-là !

Je lui envoie un sourire reconnaissant : avec ce compliment, il a boosté l'ego de mon amie pour le reste du mois. Peut-être qu'elle va enfin oser se lancer avec Dan !

– Louisa, Emilio souhaiterait enfin faire ta connaissance. Comme moi, il n'aime pas trop la foule : il se cache dans la bibliothèque, où il nous attend.

David se tourne vers Mary :

– Tu permets que je te l'emprunte un instant ? Tiens…

David attrape un serveur au passage.

– Versez à cette sublime jeune femme tout le champagne nécessaire : elle est votre protégée en mon absence. Je compte sur vous !

Mary rosit de plaisir :

– P… Pas de problème, Da… David. Je… Je vous attends là.

David pose une main sur ma taille et m'entraîne vers la bibliothèque.

A-t-il dans l'idée de… ? Ce ne serait pas pour me déplaire… Non mais qu'est-ce que je raconte ! Nous sommes à une soirée où sa famille est présente : c'est bien le moment d'avoir des pensées lubriques, tiens. Oh ! et à la fois, j'ai tellement envie de lui… Je serais prête à tout, je crois…

Sauf que ce n'est pas du tout ça qui travaille David.

– Je crois qu'il est temps qu'Emilio et moi réglions une fois pour toutes nos différends, Louisa. Avec tous ces rebondissements concernant Kanaïev et Hasting, je n'ai plus d'énergie à perdre dans cette guerre clanique. Est-ce que ça t'embêterait de rester avec moi pendant que nous parlons ? Je me sens plus serein quand tu es là : je serais moins prompt à perdre mon sang-froid.

J'accepte, touchée que David veuille m'inclure dans un moment si important pour lui, et nous entrons dans la pièce où Emilio nous attend.

Voilà quelques minutes que nous nous tenons debout, adossés aux rayonnages emplis de livres de Sandro. Je ne le savais pas si grand lecteur ! Emilio m'interroge sur ma vie en France, les circonstances de ma rencontre avec David. C'est un homme affable quoiqu'impressionnant. Sa carrure est imposante. Son regard bleu acier semble aiguisé comme une lame. Il y a chez lui quelque chose de figé qui le rend indéchiffrable.

Pas étonnant que David ait autant de mal à lui parler !

David, justement, semble nerveux, impatient. Il écoute à peine notre conversation, balaye la pièce du regard sans jamais s'arrêter sur aucun détail. D'un coup, il se lance :

– Emilio, je voulais te parler en privé car je crois qu'il est temps pour moi de comprendre pourquoi tu n'as pas tenu la promesse que tu m'avais faite lors de l'enterrement de mes parents.

Emilio semble désarçonné par la question frontale de David. Un peu gêné, il bredouille :

– Euh... De quelle promesse parles-tu exactement ?

Le visage de David se crispe.

– Lors de l'enterrement de mes parents. Tu avais promis que Sylvia et toi ne me laisseriez pas tomber. Que je viendrais vivre avec vous. Pourtant, tu ne t'es jamais manifesté par la suite. Tu m'as laissé vivre dans ce foyer sordide à Brooklyn pendant des années…

Emilio devient écarlate.

– Et je me suis amendé en te recueillant par la suite, tu le sais bien ! Pourquoi remuer ces vieilles histoires ? J'ai commis une erreur et je la regrette. Mais je crois qu'il est temps, maintenant que de l'eau a coulé sous les ponts, de nous pardonner et de redevenir une famille unie, tu ne crois pas ?

David explose :

– C'est justement pour *ça* que tu me dois une explication, Emilio ! Est-ce que tu sais combien j'en ai souffert ? D'abord perdre mes parents, puis être abandonné par le reste de ma famille… Peux-tu seulement *imaginer* à quel point ça a pu blesser le petit garçon que j'étais ?

La sentence d'Emilio claque comme un fouet :

– Eh bien, il est peut-être temps de cesser d'être un petit garçon et de te comporter en homme.

Je vois les poings de David se serrer. Je sens une force surnaturelle monter en lui et envahir la pièce. J'ai bien peur qu'il tue son oncle d'un direct du droit si je ne trouve pas très vite le moyen de calmer tout le monde ! Je prends la parole.

– Emilio, je suis désolée d'intervenir, mais David a après tout tenu à ma présence pour vous parler… Je crois qu'il faut que vous écoutiez ce que dit votre neveu. Son but aujourd'hui n'est pas de vous faire des reproches, mais de comprendre ce qu'il s'est passé entre vous pour pouvoir au contraire aller de l'avant.

J'avance vers David et m'empare de sa main.

– Emilio, si vous saviez quel homme merveilleux David est devenu… Quel homme merveilleux il ne cesse de devenir, de jour en jour… Vous vous privez de le connaître car vous n'osez pas affronter le passé.

Enhardie, sans aucun doute révoltée par l'attitude de cet individu inhumain, j'ose lancer :

– Êtes-vous lâche au point de ne pouvoir faire face à la vérité ?

Ça passe ou ça casse.

Emilio a l'air sidéré par ma question. Toute sa froideur et sa morgue l'abandonnent soudain. Il lève vers David des yeux humides où se devinent, enfin, la tristesse et les regrets.

– Que veux-tu savoir, mon garçon ?

Je pousse un soupir de soulagement. Je sens qu'on est sur la bonne voie.

– J'aimerais comprendre, Emilio. Tu avais dit que tu m'accueillerais. Tu avais les moyens de le faire. Alors pourquoi… pourquoi m'avoir laissé là-bas ?

Emilio détourne le regard.

– David, il y a de nombreuses choses que tu ignores… Sur ta famille, sur tes parents, sur les circonstances de leur décès…

La tension est à son comble. J'arrête de respirer et reste suspendue aux lèvres d'Emilio. Que va-t-il nous apprendre ?

– David… Ton père… C'était un grand homme. De ma vie, je n'ai jamais estimé personne autant que lui. Il était intelligent, volontaire, travailleur. Il avait des principes et aurait donné sa vie pour les respecter. Mais cela le rendait parfois téméraire, inconscient : il se mettait en danger sans même s'en rendre compte.

Les chiens ne font pas des chats.

– Tu te souviens qu'il était procureur ? Au moment de sa mort, il instruisait une affaire de drogue où la mafia italo-américaine était en cause, notamment l'un des parrains du New Jersey, Ottavio Stromboni. Ton père avait reçu de nombreuses menaces de la part des hommes de Stromboni, mais rien ne pouvait le dissuader de continuer. Lorsqu'il s'est tué en Italie avec ta mère…

Emilio s'arrête un court instant et essuie son front couvert de sueur.

– Ce que j'avance là n'est qu'une hypothèse, bien sûr… Je veux dire : la police avait des soupçons, mais rien n'a jamais pu être prouvé…

David presse son oncle :

– Où veux-tu en venir ?

– Il est possible, mon garçon, que l'accident de voiture de tes parents ait été, comment dire, « commandité ». Après tout, la mafia italo-américaine avait des ramifications jusqu'en Toscane : il était facile d'attendre qu'ils aillent passer leurs vacances annuelles chez Claudia…

– Tu veux dire que mes parents auraient été *assassinés* ?

– Ce que je veux dire, c'est que sans ton père dans le paysage, Stromboni a pu être relâché.

Il règne dans la pièce un silence de mort qui s'éternise plusieurs minutes.

– Le soir de l'accident de tes parents… Tu aurais dû être avec eux dans la voiture, David. Tu n'y étais pas car une fièvre soudaine s'était emparée de toi et tu es resté à la maison. Claudia veillait sur toi. Mais tu aurais dû périr, toi aussi. Toi aussi, tu étais la cible de Stromboni.

Je sens David vaciller. Je n'ose imaginer le choc qu'il ressent.

– Quand j'ai compris ça… J'ai voulu protéger Sandro, et Sylvia. Il aurait été inconscient de te prendre avec nous en sachant que Stromboni et ses hommes pouvaient de nouveau essayer d'éliminer le fils de John Fulton. Et toi-même, tu étais bien plus en sécurité dans un établissement public où jamais ils n'auraient osé tenter quoi que ce soit.

– C'est à n'y rien comprendre, Emilio ! Pourquoi ne pas m'avoir dit tout ça avant ?

Emilio esquisse un sourire triste.

– J'imagine que j'avais honte, j'ai été si lâche… Par ailleurs, tu ressembles beaucoup à ton père, mon garçon : te connaissant, je suis certain que tu aurais cherché à te venger. Or, la vengeance ne t'apporterait rien, David. Rien d'autre que de faire porter la menace sur les gens qui t'aiment et qui t'entourent. Si jamais tu tentais de t'en prendre au gang de Stromboni…

Emilio me désigne du doigt.

– Tu as une charmante amie désormais : tu dois la protéger coûte que coûte.

Emilio s'approche de David et le saisit par la nuque.

– Coûte que coûte : tu comprends ?

David a beau avoir l'air interdit, il hoche la tête.

– Mais dans ce cas, pourquoi m'avoir récupéré ensuite ?

Emilio prend appui sur l'une des bibliothèques.

– En 1998, j'ai appris dans la presse que Stromboni était incarcéré. J'ai pensé que nous ne risquions plus rien pour le moment. Je t'assure, David : dès que j'ai appris la nouvelle, j'ai tout mis en œuvre pour te tirer de cet endroit le plus rapidement possible.

David soupire, amer :

– Oh ! Emilio... Si seulement tu m'avais parlé honnêtement...

Puis il se lance à son tour. Il raconte à Emilio ses premières années au foyer, sa rencontre déterminante avec Sacha, son sentiment qu'il en avait alors enfin fini avec son deuil. Il parle également des mauvais traitements que son amie a subis, de la promesse qu'il s'est faite de trouver le coupable, et enfin de la lettre de suicide de Sacha – en passant sous silence sa ferme conviction que la jeune femme est aujourd'hui encore en vie. Emilio l'écoute avec attention, les yeux humides. Il l'interroge, lui serre l'épaule avec empathie. Je sens qu'il vaut mieux que je les laisse seuls, avec leurs confidences, leurs confessions. Ils ont besoin d'un moment d'intimité afin de construire les bases de cette nouvelle relation de confiance qui les attend. Sur la pointe des pieds, je recule vers la porte et regagne discrètement la fête.

Aussitôt la porte franchie, Sandro m'attrape et me fait virevolter. J'éclate d'un rire joyeux tout en effectuant une pirouette. Le cousin de David a l'air passablement éméché, mais ses yeux, ses beaux yeux noirs, brillent d'un éclat que je ne leur avais jamais vu.

– Me feriez-vous l'honneur de m'accompagner sur la piste de danse, très chère ?

J'accepte de bon cœur et lui tends la main. On entend un rock entraînant ; mon habile cavalier me guide. Il me fait tourner sur moi-même, m'attire à lui et me repousse. Entre ses bras, je me sens légère et gracieuse. Je ris aux éclats sans savoir de quoi, peut-être un peu ivre moi aussi, peut-être tendue par l'intensité de la conversation à laquelle je viens d'assister. Un instant seulement, je croise le regard furibard de Chloe. Elle semble dévorée par la jalousie.

Tu te fais des idées, Chloe. J'ai simplement besoin de me vider la tête.

Je reprends ma danse innocente pour un deuxième morceau, puis un troisième. C'est cette fois un tube disco qui passe. Sandro bouge, aussi agile que Travolta dans *La Fièvre du samedi soir*. Je n'ai qu'à caler mon pas sur le sien. Il me tient la main droite. Soudain, je me retrouve à contretemps et trébuche un peu sur mes talons hauts. Oh ! rien de grave, mais je me retrouve alors à prendre appui sur le bras de mon partenaire. Une mèche s'échappe de mon chignon. Sandro m'attire alors à lui, sous le regard de tous les convives, et entreprend de replacer ces cheveux derrière mon oreille. En apparence, ce n'est que trois fois rien…

Mais si la jalousie de Chloe était justifiée, dans le fond?

Le cousin de David me regarde dans les yeux avec intensité. Son souffle est plus court que d'habitude et il me semble sentir son cœur battre la chamade. Mal à l'aise, je me dégage en ricanant :

– Si on allait boire un verre avec Mary et Dan ? Après tout, je les ai invités pour que tu puisses connaître mes camarades de fac !

Mon ton enjoué sonne faux.

Se pourrait-il que Sandro soit attiré par moi ?

La question, comme du poison, s'insinue dans mon esprit. J'ai beau sourire, faire semblant de m'intéresser aux conversations, elle tourne en boucle dans ma tête.

Était-il été amoureux, tout ce temps ? Le soir où il m'a consolée dans la voiture qui nous ramenait des Hamptons, par exemple ?

Nerveuse, je ne cesse de boire mon champagne par petites gorgées, en attendant que David ait fini sa conversation. Lorsqu'il me rejoint, je m'élance vers lui et agrippe son bras. Mais il prend un air grave et m'entraîne dans un coin.

– Louisa je… je suis désolé mais avec ce que j'ai appris ce soir sur le meurtre de mes parents, je crois que j'ai besoin d'être seul cette nuit. De réfléchir à tout ça. Je me sens perdu, confus. Je crois que je ne vais pas réussir à dormir. Je ne veux pas t'imposer ça.

– Au contraire David ! Je veux plus que tout être avec toi, même dans les moments difficiles.

David m'embrasse dans le cou.

– Je ne crois pas que j'en aurai la force. Pas ce soir en tout cas. Tu m'en veux ?

Avec une petite voix, je réponds :

– Non…

Nous rejoignons le groupe pour que David puisse prendre congé et rentrer réfléchir.

– Mary, Dan, ce fut un plaisir. Je vous confie Louisa pour le reste de la soirée : faites en sorte qu'elle rentre en sécurité. À très bientôt, j'espère.

Il s'éloigne, la démarche nonchalante. Je suis la seule parmi les gens qui l'observent à savoir ce qu'il ressent réellement. La seule à savoir comme il souffre. Les yeux rivés à David, Mary me chuchote :

– Eh bien ma vieille, on peut dire que tu as tiré le gros lot…

11
LE PARFUM DU DANGER

Je me réveille dans ma chambre de NYU. Je suis partie précipitamment hier, inquiète pour David et mal à l'aise face au comportement de Sandro.

Tu dois te faire des idées, Louisa.

J'espère m'être imaginé cette ambivalence que j'ai perçue chez le cousin de mon amant, mais dans le doute… Comme une ado paniquée, j'ai pris Mary par le bras et lui ai demandé de rentrer. Elle ne s'est pas fait prier : Daniel avait l'air totalement subjugué par Chloe. Ma colocataire était à deux doigts de fondre en larmes.

– Si c'est son genre, les BCBG sexy, je n'ai *aucune* chance.

Je tente de la raisonner :

– Daniel a simplement flirté avec elle parce que c'est exotique, pour lui, ce genre de créature. Mais tu penses vraiment qu'un démocrate convaincu sortirait avec Miss Tea Party ? Sérieusement ?

Avant l'heure de notre premier cours, j'ai réussi à suffisamment lui remonter le moral pour qu'elle décide de se lever et d'aller prendre une douche. Pendant ce temps, je me connecte à Internet pour consulter mes e-mails. Je note la présence d'une alerte Google qui m'indique que mon nom a été mentionné dans une publication : je clique sur le lien correspondant, qui me renvoie au site de John Doe.

Oh ! non… Comme si je n'avais pas assez de problèmes comme ça…

Cette fois, pas de photo volée pour illustrer l'article, mais la façade de NYU, accompagnée du texte suivant :

« Louisa Mars n'a finalement pas intégré Columbia. Comme quoi, le piston ne fait pas tout. C'est donc à NYU qu'elle a entamé le semestre. Et déjà, c'est la reine du campus, car elle n'a pas hésité à brandir sa liaison avec David Fulton ou à acheter ses camarades de fac en les emmenant à des soirées très "Upper East Side". Qui stoppera l'ascension sociale de Louisa Mars ? »

Une crampe me noue l'estomac. Mon menton tremble un peu et je dois me mordre la lèvre pour ne pas pleurer de frustration. Que me veut ce John Doe, à la fin ? On dirait que dès que je commets la moindre action innocente, il prend un malin plaisir à la déformer pour donner la pire image de moi possible.

Il est amoureux de David ou quoi ce type ?

Et puis c'est inquiétant, à la fin : comment sait-il qui je fréquente, ce que je fais de mes soirées ? Est-ce qu'il m'espionne ? À moins que quelqu'un de mon entourage ne le renseigne ? Mais qui, dans ce cas ?

Peut-être que Sandro t'en veut d'être avec David et pas avec lui ?

Non, pas Sandro, c'est impossible. Quoique, à bien y réfléchir, il était avec moi chaque fois que Doe a écrit sur moi. Se pourrait-il qu'il soit son informateur secret ?

Les récents événements te rendent parano, ma pauvre Louisa.

Il ne faut pas que je cède à la psychose : ce type est payé pour écrire des potins et titiller les plus vils instincts de ses lecteurs. Je ne suis après tout *pas* sa première victime, ni sa dernière. Plutôt que de me ronger les sangs pour des broutilles, je vais aller manger un muffin et me rendre en cours. « Romantiques anglais et français, une étude comparée » : voilà qui est bien plus intéressant que toutes les horreurs que John Doe peut inventer à mon sujet.

À sa demande, je retrouve David à l'heure du déjeuner. Je suis littéralement vidée par ma matinée de cours, mais heureuse de savoir que je vais voir l'homme que j'aime. J'ai compris qu'il voulait rentrer chez lui seul pour mettre de l'ordre dans ses idées et j'ai tenté de ne pas me faire de mauvais sang pour lui, mais en vain : tout ce qui lui arrive me bouleverse. Un exemplaire de Lord Byron dans ma poche, je me récite ses vers comme s'ils avaient des vertus magiques.

– « Nous fûmes, sommes – Je suis comme tu es – Des êtres ne pouvant s'abandonner. »

Lorsque je l'aperçois à la terrasse où il m'attend, mon cœur se met à battre la chamade. Il porte une fois de plus ses lunettes noires qui lui donnent l'air inaccessible mais, de loin, il me sourit. Sa bouche charnue découvre ses dents blanches avec un air gourmand. Depuis combien de temps n'avons-nous pas... ? Une nuit à peine ? Et pourtant, j'ai faim de lui comme si cela faisait un siècle que je n'avais pas touché sa peau. Il le devine à l'ardeur avec laquelle je l'embrasse puisqu'il me susurre :

– Peut-être devrions-nous sécher le déjeuner et annuler toutes nos obligations... Durant au moins trois jours...

Je pourrais aisément me laisser tenter… Même si dans le fond, je sais que David a parfois tendance à s'oublier dans notre passion physique pour ne pas parler de ses problèmes. Or, avec ce qu'Emilio lui a appris hier, il a toutes les raisons du monde d'être déstabilisé.

Soudain, il se frappe le front de la paume de sa main :

– Ah non, mince, il faut que je repasse voir Stinson dans une heure : il n'était pas à son bureau hier ni ce matin.

Il m'embrasse l'intérieur du poignet.

– Mais ensuite, tu ne perds rien pour attendre…

C'est moi ou, malgré le vent frais qui souffle en terrasse, la température vient de monter d'un cran ?

Le téléphone de David vibre.

– Excuse-moi, c'est mon éditeur tokyoïte.

David décroche et se met à parler quelques minutes dans un japonais qui me semble – même si je n'y connais rien – d'une fluidité parfaite.

– Désolé, je devais vraiment prendre cet appel. Un de mes romans vient d'entrer en traduction et je ne suis pas convaincu du résultat pour l'instant.

– Tu parles japonais ?

Je suis abasourdie. Combien de talents cet homme cache-t-il encore ?

– Suffisamment bien pour voir que le travail n'est pas satisfaisant. J'essaye de pratiquer le plus de langues possible afin de contrôler la qualité de mes traductions. C'est beaucoup trop frustrant pour moi de voir l'un de mes textes dénaturé.

Je ne comprends pas comment il arrive à mener de front l'écriture de son roman et la gestion de ce genre de choses.

– J'avoue que ce n'est pas simple : en ce moment même, vingt-deux pays rééditent ou traduisent une de mes œuvres antérieures. Je dois rester vigilant à chaque instant, tout en ne me laissant pas envahir. Car écrire, cela demande une grande solitude intérieure. Mais quand je suis face à mon ordinateur, je me replie dans ma « cabane mentale » : je deviens sourd à tout ce qui n'est pas la voix de mes personnages. Parce qu'il faut que tout ce qu'ils vivent, je le vive moi aussi, en rêve.

Je bois ses paroles, fascinée. David me demande :

– Ce n'est pas ce que tu ressens, toi, quand tu écris tes poèmes ?

Je rougis. Je n'aime pas que David fasse référence à ces quelques textes que je lui ai lus dans un moment de bravoure. Je n'ai hélas pas son talent pour les mots, même s'il s'acharne à me convaincre du contraire !

– Disons que c'est plus simple : la voix que je fais parler est la mienne. Je n'ai pas à me mettre dans la peau d'une autre, juste à examiner ce que je ressens.

Il enlève ses lunettes et plante ses yeux bleu marine dans les miens :

– Et que ressens-tu, en ce moment, Louisa ?

Que je suis folle de toi. De ton corps, de ta bouche, de ton intelligence, de ta puissance.

Mais une fois de plus, son téléphone nous interrompt : cette fois, il s'agit de l'inspecteur Stinson. J'insiste pour que David prenne l'appel.

– C'est *notre* moment Louisa : Stinson peut attendre que je passe le voir.

– Oh ! s'il te plaît David ! Cette histoire de Kanaïev me rend tellement nerveuse. Peut-être que l'inspecteur a du nouveau ?

Pour calmer mon inquiétude, David décroche.

– David Fulton, j'écoute. Oui, tout à fait, je viens bientôt… J'ai en ma possession un objet qui devrait vous intéresser : il s'agit du journal intime de Sacha Stewart, qu'une source qui désire rester anonyme m'a remis… Oui, tout à fait, j'y ai jeté un œil… Écoutez, plusieurs noms y apparaissent et semblent importants, dont celui d'Igor Kanaïev. Par ailleurs, est-ce que celui de Marc Hasting vous dit quelque chose ?

Un silence.

– Suspect dans l'enquête concernant les multiples abus qu'a subis Sacha, dites-vous ? Et vous n'avez jamais rien pu prouver ?

David fronce les sourcils.

– Très bien, oui. Je termine mon déjeuner et passe vous voir à votre bureau. J'aurai le carnet avec moi.

David raccroche, l'air grave.

– Louisa, je crois que cette fois je le tiens. Le coupable.

– Que se passe-t-il ? Stinson t'a appris quelque chose ?

– Hasting a été fortement suspecté par la police après que celle-ci a découvert la lettre de Sacha. Mais, faute de preuves, il a été relâché à l'issue de son interrogatoire. Il avait un excellent avocat et, vu que Sacha avait disparu, il n'y avait aucune preuve matérielle contre lui…

David pianote sur l'écran de son téléphone.

– J'envoie un SMS à Gary. Je dois le prévenir.

David a l'air froid mais je devine l'immense violence qu'il

tente de contenir. Il siffle entre ses dents :

– J'espère qu'il va trouver l'adresse de cette ordure…

J'avoue qu'en cet instant, David me fait peur. Pas à moi mais… Maintenant qu'il sait que Hasting est sans doute coupable, Dieu seul sait de quoi il est capable. Je tente de le faire parler pour qu'il relâche la pression qu'il a en lui, en vain. Il semble trop absorbé par sa colère, et on peut dire que je le comprends.

– Tu… Tu ne vas pas faire de bêtises, au moins ?
– Louisa, je t'assure que je compte garder la tête froide. La seule et unique chose en ce monde qui pourrait me faire perdre le contrôle, c'est si quelqu'un osait s'en prendre à toi. Là, je ne répondrais plus de rien.

Son téléphone vibre de nouveau.

– C'est Gary ?

David observe le numéro qui s'affiche, étonné.

– Non, c'est… c'est Judith.

Un mauvais pressentiment s'empare de moi. D'une voix blanche, je demande.

– Décroche David. Je sens que c'est urgent.

Il s'exécute.

– Allô… Allô Judith… Calme-toi, je ne comprends rien à ce que tu racontes.

David écoute son amie, attentif, avant de s'exclamer :

– COMMENT ?

Il raccroche et jette une poignée de dollars sur la table puis s'empare de sa veste de costume.

– Louisa, nous devons y aller : Judith était chez Gary lorsqu'il a reçu mon SMS. Il est devenu comme fou. Il a cherché l'adresse actuelle de Hasting sur Internet, s'est emparé de quelque chose dans sa chambre, puis a quitté l'appartement précipitamment. Judith est immédiatement allée vérifier ce qu'il a pris : sur son lit, son holster trônait, vide. Il a emporté son calibre 38 avec lui.

– Mon Dieu, David ! C'est affreux ! Tu penses qu'il pourrait… ?

David baisse d'un ton.

– Le tuer ? Je n'en sais rien, Louisa. Mais je compte bien arriver chez Hasting le plus vite possible et m'assurer qu'il ne lui arrive rien.
– Tu as l'adresse ?
– Judith me l'a donnée.

David arrête un taxi. Nous grimpons dedans, fébriles. David donne l'adresse de Hasting.

– Cent dollars ! Mille de plus si vous nous amenez là-bas en moins de dix minutes.

Je tremble. Combien d'avance Gary a-t-il sur nous ?

Toute cette folie ne s'arrêtera-t-elle donc jamais ? Combien de sang versé au nom de Sacha ? Combien de vies détruites ?

– Da… David… Et si nous n'arrivions pas à temps ?

III

D'ENTRE LES MORTS

12
FANTÔMES

Il est 14 h 47 lorsque notre taxi, à David et moi, pile devant un immeuble délabré de la Bowery. Sept minutes : c'est le temps qui s'est écoulé depuis que nous avons quitté précipitamment le restaurant où nous déjeunions.

Sept minutes que Judith nous a appelés en pleine crise de panique. Sept minutes que nous savons que Gary s'est rendu chez Marc Hasting, l'un des anciens éducateurs de l'orphelinat. Sept minutes que nous savons que le chauffeur et ami d'enfance de David a emporté avec lui son calibre 38.

Ce matin encore, nous ignorions l'identité de l'homme qui, durant des mois, a abusé de Sacha. Mais je me suis rendue à Brooklyn, j'ai mené mon enquête : cela ne fait maintenant plus aucun doute, Marc Hasting est le coupable. Si Sacha est encore en vie, c'est de son emprise qu'elle a cherché à se libérer en simulant son suicide.

En combien de temps une existence peut-elle basculer ? Sept minutes sont-elles suffisantes ? Gary n'a-t-il d'ailleurs sur nous que ces quelque 420 secondes d'avance ? Combien de temps a-t-il fallu à Judith pour comprendre les intentions de son ami ? Combien de temps lui a-t-il fallu pour mettre la main sur son téléphone pour chercher le numéro de David dans son répertoire, pour l'appeler et lui expliquer la situation ?

« David, c'est Judith… J'étais chez Gary quand il a reçu ton SMS. Lorsqu'il a appris que Hasting est celui qui a maltraité Sacha il y a quinze ans, il est devenu comme fou. Il a cherché l'adresse de ce salaud sur Internet puis il s'est rendu dans sa chambre pour récupérer quelque chose avant de quitter précipitamment l'appartement. Je suis allée vérifier : son holster trônait vide sur le lit. Le revolver manquait. Oh David j'ai si peur ! Je crois qu'il s'est mis en tête de rendre justice lui-même. »

Est-il trop tard pour empêcher le frère de Sacha de commettre l'irréparable ?

Il me semble que la course que nous menons, David et moi, pour monter quatre à quatre les escaliers de l'immeuble afin d'attendre le plus rapidement possible le cinquième étage, se déroule au ralenti. Jamais mes pensées n'ont été aussi nettes. Sept, non, huit minutes maintenant. C'est peu, et à la fois terriblement long. Nous sommes sur le palier désormais. La porte d'entrée de l'appartement 505 est entrouverte. Il s'en échappe une musique plaintive, qui mêle violon et guitare acoustique. David frappe trois petits coups secs. Il appelle :

– Gary ? Gary ?

La porte s'ouvre en grand, dans un grincement qui me glace le sang. Nous entrons dans une pièce où règne un chaos sans nom. Des papiers s'empilent sur une table. Des tasses, des verres vides et des assiettes s'amoncellent. À côté de l'unique fenêtre qui donne sur la cour sombre, une plante agonise.

– Gary ?

David continue d'avancer prudemment. De sa main gauche, il me fait signe de rester en arrière. Je n'obéis pas. Je suis envoûtée par la mélancolie de la musique tzigane qui s'échappe d'une vieille chaîne stéréo. Malgré le pressentiment terrible qui m'assaille, je n'ai plus peur.

David avance jusqu'au fond de la pièce : je lui emboîte le pas. Il écarte le rideau de perles de bois qui sépare la pièce principale de la chambre. Un chat, surgi de nulle part, frôle ma jambe : je plaque une main sur ma bouche pour étouffer un cri de surprise.

– Gary ? Tu es là ?

David se fige dans l'encadrement de la porte. Je peux voir sa nuque se raidir. Je m'approche de lui à pas de loup. Mon épaule touche son dos. Je me hisse sur la pointe des pieds pour mieux voir. Un homme dégarni et grassouillet, au tee-shirt trempé de sueur, est assis sur le rebord d'un lit défait. Il doit avoir une petite cinquantaine d'années. Sa peau est luisante, ses yeux écarquillés. Il ne cesse d'ouvrir et de fermer la bouche, comme un poisson hors de l'eau, dans une grimace stupéfaite. On dirait qu'il ne comprend pas ce qui lui arrive, ou du moins qu'il n'y croit pas vraiment.

Pourtant, c'est de la terreur qu'il devrait ressentir.

Pointé sur le visage de l'homme, un énorme pistolet automatique chromé luit dans la pénombre. Et, au bout du revolver, un bras musclé, imposant, tendu, que prolonge une épaule carrée, un dos solide, une tête droite couverte de cheveux blond cendré.

Gary.

– Entre, David : tu arrives à temps pour le spectacle.

Gary replie son bras et cesse un instant de tenir l'homme en joue.

– Tu te souviens de Marc Hasting, David ? Il s'excuse du désordre : il ne s'attendait pas à recevoir de la visite aujourd'hui.

Le plus naturellement du monde, David avance vers son ami. Il pose une main ferme sur son épaule.

– Donne-moi ce pistolet, Gary.

Le chauffeur tourne son visage vers David.

– Tu as une façon bien autoritaire de demander les choses, David. Un « s'il te plaît » ou un « merci » seraient bienvenus.
– C'est toi qui me remercieras quand je t'aurai empêché de faire la plus grosse bêtise de ta vie. Donne-moi ce flingue.

David est calme, sûr de lui. Comme s'il contrôlait parfaitement la situation.

Mais s'il se trompait ? Si Gary était hors de contrôle ?

Gary ricane.

– De ma vie ? De ma *vie* ?

Son arme de nouveau braquée sur Hasting, Gary demande à David :

– Tu appelles ça une vie, toi ? Toutes ces années gâchées par le deuil et la perte ? Toute cette souffrance qui m'accompagne chaque jour, chaque seconde, depuis quinze ans ?

Le bras du chauffeur se met à trembler. Imperceptiblement, son doigt se resserre autour de la détente.

– Sais-tu ce qu'il lui a fait, David ? À ma sœur, à Sacha ? Ce porc suant que tu as en face de toi ne s'est pas contenté de se servir d'elle pour assouvir ses besoins dégoûtants, David : il l'a torturée. Il a éteint ses cigarettes sur elle. Il l'a frappée.

Il lui a fait croire qu'il allait s'en prendre à Judith si elle ne lui obéissait pas au doigt et à l'œil. Il l'a regardée trembler, il l'a regardée pleurer, il l'a écoutée supplier. Il lui a fait promettre de faire tout ce qu'il voudrait pourvu qu'il laisse ses amis tranquilles.

Et il y a pris du plaisir.

– Je sais tout ça Gary. J'étais là.

Gary fait soudain volte-face, oubliant un instant Hasting.

– Vraiment ? Tu étais là ? Pardon mais je croyais que durant tout ce temps, tu étais occupé à prendre du bon temps dans l'Upper East Side.

Hasting, sentant que c'est sa chance, se redresse soudain et tente de détaler. Gary braque de nouveau son .38 dans sa direction.

– Doucement, gros lard. Tu reposes tes fesses fissa ou je te fais sauter la cervelle.

Hasting obéit, tout en me jetant un regard désemparé, ce qui a comme effet de rendre Gary fou de rage.

– Qu'est-ce qu'il y a, Marc ? Tu regardes la jolie dame ? Tu es certain qu'elle n'est pas un peu trop âgée à ton goût ? Oh, je comprends : c'est son mélange de sex-appeal et d'innocence qui te rappelle Sacha… Eh oui, comme tu peux le voir, David a réussi à aller de l'avant…

Il lui agite son .38 sous le nez.

– Alors que moi, c'est une tout autre histoire. Je ne l'ai pas oubliée, Sacha. Mais que veux-tu, c'était ma sœur… Une petite amie, ça se remplace, mais une sœur c'est une autre paire de manches.

La colère et la douleur de Gary sont palpables. Je vois bien que David est bouleversé par les propos de son ami : sa haine pour Hasting est très forte chez lui aussi, il lui est difficile de trouver les mots pour raisonner Gary. Mais peut-être que moi, je saurai trouver des paroles apaisantes pour arrêter cette folie meurtrière. Je me dois d'essayer en tout cas :

– Gary, tu ne sais pas si Hasting est coupable ou non.
– Ah bon ? J'ai l'air de douter, selon toi ?

Je m'approche de lui et pose ma main sur son bras, celui qu'il garde tendu en direction de Hasting et qui commence à faiblir sous le poids de l'automatique. David esquisse un geste pour s'interposer entre nous mais je plante mes yeux dans les siens.

Ne t'inquiète pas mon amour : je sais ce que je fais.

– Tu as des preuves. Tu as beaucoup de preuves, mais aucune certitude. Seul un jury peut décider de la culpabilité de Hasting. Seul un juge peut décider de son châtiment.

Toi, tu n'en as pas le droit.

Il faut absolument que je réussisse à lui faire entendre raison.

– Si tu tires, tu deviendras un meurtrier et Hasting une victime. C'est ce que tu veux ? C'est *vraiment* ce que tu veux ?

– Le violeur de Sacha ne sera jamais une victime à mes yeux.

– Je comprends. Mais en ce cas, ne te laisse pas devenir une victime de ta propre haine. Ne cède pas à tes pulsions, à ta colère.

À l'oreille, je lui murmure :

– Si tu le fais taire, tu ne sauras jamais la vérité. Est-ce que tu pourras vivre avec ce doute ? En te demandant constamment si le vrai coupable court encore ? En ne sachant pas si tu as pris la vie d'un homme innocent ? En n'ayant jamais le fin mot de toute cette histoire et en ne sachant pas ce qui est réellement arrivé à ta sœur ?

Je parle d'une voix calme, mesurée. Je sens que Gary m'écoute. Je sens qu'il m'entend. Au fond de lui, je le sais, il me donne raison. David prend le relais :

– Si tu presses maintenant sur la détente Gary, la balle atteindra le cœur de Hasting en deux millièmes de seconde. Elle rentrera dans sa poitrine et explosera dans sa cage thoracique. Il décédera d'une hémorragie interne en moins de cinq minutes. Cinq minutes : c'est le temps que tu auras devant toi pour te sentir mieux, pour te dire que tu as vengé Sacha. Mais dès qu'il sera devant toi, mort, alors les questions reviendront. Qu'est devenue ta sœur ? Est-elle encore en vie ? Est-elle en sécurité ? Et ces questions, il n'y aura plus personne pour y répondre.

Une voix s'élève derrière nous. Une voix de femme.

– Ça, Davy, je n'en serais pas si sûre.

Je sens les poils de Gary se dresser sous mes doigts. Un frisson parcourt son corps. Je me tourne vers David pour comprendre ce qui se passe. À son expression, il me semble que lui aussi a vu un fantôme. Lentement, je pivote en direction de la porte. Une blonde au teint pâle et aux yeux gris-vert translucide se tient dans l'embrasure. Malgré la couleur artificielle de ses cheveux longs, malgré la frange qui dissimule son regard, je la reconnais tout de suite.

La voilà donc, revenue d'entre les morts. Sacha Stewart.

Elle doit faire dans les un mètre soixante-dix. Ses yeux sont soulignés de khôl. Elle porte un blouson en jean et un pantalon en cuir extrêmement moulant qui met en valeur sa silhouette gracile. On la croirait tout droit sortie d'un concert de rock. Son visage long et son port de tête noble ont quelque chose de félin. De surprise, Gary manque de lâcher le revolver. Mais il se ressaisit vite. Anxieuse, je surveille David du coin de l'œil. Il a l'air abasourdi, mais ses prunelles sont humides. Il parvient à articuler :

– Sa… Sacha… Mais… Mais comment… ?
– C'est une très longue histoire, mais disons simplement qu'il est heureux que je sois le genre de fille qui espionne ses ex. Sinon, je n'aurais jamais eu l'idée de filer David alors qu'il se rendait à un déjeuner avec sa nouvelle copine, ni celle de suivre ces deux-là en les voyant sauter précipitamment dans un taxi.

On ne peut pas dire que cette fille manque d'aplomb !

Tout en fixant Hasting, Sacha reprend la parole.

– Gary, dans dix minutes, nous allons quitter cet appartement. Toi, moi, David et son amie. Nous allons prendre un taxi et nous rendre dans un endroit tranquille pour causer librement, sans nous inquiéter de rien. C'est-à-dire : sans avoir toute la police de New York à nos trousses, et sans que tu te sois rendu coupable d'un meurtre. Tu m'as comprise ?

Gay secoue la tête.

– Écoute-moi, tête de mule : tu vas lâcher ce pistolet.

Elle avance vers lui, la main tendue. Lentement, je me recule pour lui céder la place.

– Tu vas me le donner et me promettre…
Elle s'interrompt :

– Marc, tu ne le prendras pas mal si je me réfère à toi en

utilisant l'expression « gros porc », pas vrai ?

Elle reprend :

– Gary, je veux t'entendre dire que tu ne feras pas de mal à ce gros porc. Ni aujourd'hui, ni demain, ni jamais. Promets-le-moi.

C'est trop d'émotions d'un coup pour Gary. Sa voix se brise.

– Sacha, je ne peux pas… Je ne peux te promettre une telle cho…

Elle l'interrompt sèchement.

– Quinze ans, Gary. Ça fait quinze ans que je vis cachée, que je rase les murs, que je me tiens loin de toi. Quinze ans que je ne t'ai pas pris dans mes bras. Maintenant que nous sommes enfin réunis, j'aimerais que tu poses ce revolver et que tu me serres fort contre toi. Tu peux faire ça pour moi ?

Sa voix reste calme, mais des larmes débordent de ses grands yeux clairs.

– Tout ce que je veux, c'est qu'on quitte ensemble cet endroit atroce.

Elle supplie :

– Si tu tires, ils te mettront en prison et nous n'aurons

jamais l'occasion de rattraper le temps perdu… Par pitié, écoute-moi ! J'ai assez souffert comme ça par la faute de cet homme. Il m'a privée de mon jumeau, de la part la plus essentielle de moi, durant la moitié de ma vie ! Je ne veux pas qu'il nous sépare définitivement. S'il te plaît…

Submergé par l'émotion, Gary laisse soudain retomber son bras. Il détourne le regard de Hasting pour contempler sa sœur. Des larmes ruissellent sur son visage. Il attrape Sacha et la serre fort contre sa poitrine. David s'approche subrepticement d'eux pour désarmer son ami. D'un geste délicat, il s'empare du revolver et commence à reculer de quelques pas.

C'est le moment que Hasting choisit pour bondir et se précipiter hors de la chambre. Il passe à côté de moi et, en me bousculant, manque de me renverser. Gary lâche Sacha et se met à crier :

– Tire, David ! TIRE !

David, me croyant en danger, tend son bras et vise mais avant qu'il ait eu le temps de presser sur la détente, je hurle :

– NON !

De stupéfaction, mon amant retient son geste alors que Hasting disparaît de notre champ de vision. Gary fait mine de se lancer à sa poursuite, mais Sacha lui barre la route :

– Laisse-le s'enfuir. Il est trop tard.

De rage, Gary donne un violent coup de poing dans le mur.

– Pourquoi m'as-tu empêché de le poursuivre ?

Pourquoi ?

Elle se jette dans ses bras.

– Le passé n'a plus d'importance tu comprends ? Je suis de retour. Je suis *là*, Gary.

Alors, seulement, il semble réaliser que cette sœur disparue qu'il a pleurée si longtemps se tient devant lui. Cet homme immense, à la musculature impressionnante, se laisse enfin aller. Il serre encore une fois Sacha contre sa poitrine et parvient à articuler, entre deux sanglots :

– Tu es là… Tu es là…

13
LEO

Nous sommes assis dans l'appartement de David. Il règne un silence de mort. J'ai appelé Judith pour la prévenir de la « situation ». Situation pour le moins étrange. La voix de Judith s'est voilée sous le coup de la vive émotion qui s'est emparée d'elle. Elle m'a dit qu'elle se mettait en route immédiatement. En attendant son arrivée, je tente de tenir mon rôle d'hôtesse car David est bien trop abasourdi pour faire le moindre geste. Il reste assis sur le canapé, à détailler Sacha qui semble mal à l'aise.

– C'est comme jouer au jeu des sept erreurs… C'est ton visage, mais plein de détails ont changé : c'est stupéfiant.

Je vois ce qu'il veut dire. Alors que je verse le thé, j'observe moi aussi la jeune femme. Son visage s'est affiné par rapport aux photos de l'époque. Il est devenu, semble-t-il, plus dur, mais également plus racé. La défiance dans son regard s'est renforcée, bien que ses yeux aient conservé leur espièglerie. Le corps s'est asséché et musclé. Il a perdu ses rondeurs enfantines pour devenir fin et nerveux. Cette fille est incroyablement sexy, dans le genre Lara Croft. Une aventurière plantureuse et sauvage : voilà le genre de femme qu'est devenue Sacha Stewart.

Enfin, la porte de l'ascenseur du penthouse s'ouvre et laisse apparaître Judith, qui se précipite dans le salon telle une tornade. Ses cheveux roux, habituellement disciplinés par un brushing impeccable, sont pour une fois en bataille. Elle porte une simple robe bleu nuit en crochet et un imperméable gris. Elle n'est pas maquillée et ses yeux gris clair sont cernés, alourdis par l'angoisse et la fatigue.

– Tu es là. Bon sang, tu es vraiment là…

Elle serre son amie d'enfance dans les bras, si fort que j'ai un instant peur qu'elle l'étouffe. Sacha se laisse aller contre l'épaule de Judith. Des larmes lui montent aux yeux.

– Oh, Joul, tu m'as tellement manqué…

Ça m'étonne d'entendre quelqu'un s'adresser à Judith avec un surnom si enfantin. L'agent de David est tellement impressionnante, toujours tirée à quatre épingles, très *executive woman*… On a du mal à l'imaginer affublée d'un diminutif régressif.

Soudain, Judith éclate de rire.

– Non mais Sacha, qu'est-ce que c'est que ces cheveux !

Elle joue avec les longues mèches dorées de son amie, dont la crinière brune n'est plus qu'un lointain souvenir. Sacha prend l'air gêné.

– Ce n'est plus Sacha, désormais… C'est Eleonore Clark. Mais mes amis m'appellent Leo.

Gary interrompt brutalement ces retrouvailles. Il a l'air heurté par la désinvolture de sa sœur.

– Tes amis ? Tes amis ne t'appellent pas du tout, oui ! Et pour cause : ils te croyaient morte ! Tu ne crois pas que tu nous dois quelques explications ?

Sacha se tourne vers son frère en soupirant.

– Si, je crois que l'heure est venue de tout vous raconter, en effet.

Elle attrape la main de Judith.

– J'attendais juste que Joul nous rejoigne.

Elle se laisse tomber sur le canapé. Comment fait-elle pour se montrer si badine en de pareilles circonstances ? L'expression de David est indéchiffrable. Je n'arrive pas à comprendre s'il est heureux, sous le choc, contrarié, ou tout ça à la fois. D'ailleurs, sentant mon regard se poser sur lui, il détourne la tête, comme s'il voulait couper toute communication entre lui et moi. Ce geste me blesse.

– On peut parler devant elle ?

C'est le moment que David choisit enfin pour prendre la parole.

– Je ne crois pas que tu aies le choix, de toute façon, Sacha. Pardon… « Leo ». Tu as perdu le droit de choisir devant qui te justifier le jour où tu as décidé de mettre en scène ta mort et de laisser tes amis éplorés, tu ne penses pas ?

Sacha se penche vers David.

– Je comprends ta colère, Davy, et je ne vais pas te tenir rigueur de ton agressivité. Je la comprends, crois-moi. Mais si seulement tu savais pourquoi j'ai pris cette décision…

Elle m'agace, avec ses « Davy » et sa manière de parler de moi comme si j'étais la potiche de service !

– Eh bien justement, explique-nous : nous t'écoutons.

La jeune femme se tourne vers moi.

– Excusez-moi, je ne veux pas vous offenser… Le gang a l'air de vous faire confiance et vous et David semblez très liés : j'en suis heureuse, croyez-moi. Mais les révélations que j'ai à faire peuvent mettre en danger chacune des personnes présentes dans cette pièce. Je dois donc être certaine que rien ne fuitera.

À ma grande surprise, Gary qui, il y a une semaine encore, doutait de moi, prend ma défense.

– David a raison, Sacha : ce n'est pas à toi de décider qui doit ou non connaître la vérité. Tu n'as absolument aucune idée de la manière dont Louisa nous a aidés. Sans elle, nous n'aurions probablement jamais mis la main sur Hasting !

David renchérit :

– Louisa est dans ma vie, maintenant, Sacha. Tout ce qui me concerne la concerne aussi, et je n'ai pas pour habitude de lui cacher des choses.

Enhardie par la manière dont les garçons me soutiennent, je m'assieds sur le canapé. Je plante mes yeux émeraude dans les yeux verts d'eau de Sacha.

– Je vous assure Sacha que vous pouvez avoir confiance en moi. Jamais je ne trahirais David, ni ses amis.

Elle esquisse un faible sourire :

– Il semblerait que je n'aie de toute façon pas le choix… Bien. Autant nous tutoyer, Louisa, puisqu'il semble maintenant que nos destins sont liés. Tu ne penses pas ?

Durant le récit des sévices qu'a subis Sacha, je dois lutter pour ne pas vomir. J'essaye de ne rien laisser paraître de mon état. Je ne veux pas que Sacha ait l'impression que je m'approprie son histoire. Cependant, aucun risque qu'elle se rende compte de l'effet que ses souvenirs me font : la jeune femme parle en regardant ses pieds et en cherchant soigneusement ses mots. Elle ne remarque même pas que plusieurs fois Judith fond en larmes, horrifiée. Gary, lui, se lève à intervalles réguliers de son fauteuil, bien décidé à aller retrouver Hasting et à lui faire la peau. Il nous faut lutter pour le convaincre de rester avec nous et d'attendre la fin de l'histoire de Sacha. Il est toujours aussi difficile de savoir ce que ressent David : il présente son habituel masque d'impassibilité, celui qu'il revêt lorsqu'il ne sait plus comment gérer ses émotions.

– Vous devez comprendre qu'au bout de dix mois de cette vie, je n'étais plus moi-même. Mes raisonnements étaient confus. J'étais constamment minée par la terreur. J'avais en moi une violence que je contrôlais plus. David… David n'était plus là et même si j'étais soulagée pour lui, c'était devenu encore plus difficile de vivre toutes ces choses…

Gary ne comprend pas.

– Pourquoi n'avoir rien dit ? Pourquoi ne pas t'en être ouverte à moi ? Ou à Judith ? Ou à Mrs Carlson, qui dirigeait le foyer ?

Sacha semble désemparée.

– Je ne savais plus à qui me fier ! Hasting m'avait fait douter de tout le monde. Il m'avait assuré que personne ne me croirait et que de toute façon, si je parlais, il ferait du mal aux gens que j'aime. J'avais si peur de lui ! Je me rends compte que j'ai eu tort, mais sur le moment, je n'avais pas les idées claires.

Cette fois, c'est Judith qui interroge son amie.

– Mais alors, comment t'est venue cette idée ? Celle de simuler ta mort et de t'enfuir ?

L'air grave, Sacha répond :

– C'est là que toute cette histoire se corse. J'ai fini par entendre des rumeurs, ici et là… Certains habitants du quartier, principalement des personnes âgées, parlaient d'un type qui pouvait vous faire disparaître. L'homme vous fournissait de nouveaux papiers, une nouvelle identité, une nouvelle vie… Après ça, vous deviez vous débrouiller par vous-même et surtout ne jamais révéler votre identité, sous peine d'être sur sa liste noire. Cet homme, vous le connaissez : c'est par ailleurs un tueur à gages qu'on appelle Igor Kanaïev…

Je m'exclame :

– *Le* Igor Kanaïev ? Celui qui a tenté d'éliminer David ? Mais c'est à n'y rien comprendre !

Sacha refait son faible sourire.

– Oui, c'est une histoire complexe… Quand on fraye avec le syndicat du crime, tout le devient. À l'époque j'étais bien trop jeune pour me douter que je mettais le doigt dans un engrenage qui finirait par menacer mes proches. Voyez-vous, Kanaïev est lié à la mafia : c'est pour ça qu'il ne doit surtout pas savoir que je suis revenue en ville.

– Mais pourquoi s'en prendre à David ?

Mon amant prend la parole, impassible :

– C'est pourtant simple : je commençais à le gêner, avec mon enquête. Il ne fallait pas que je me rapproche trop de la vérité. C'était plus sûr pour lui et ses acolytes de se débarrasser de moi.

Sacha lui lance un regard complice.

– Tu n'as rien perdu de ta vivacité, à ce que je vois ! C'est ça en effet. Vous comprenez, Kanaïev est un vrai pro. Il a teint mes cheveux, m'a fourni ce passeport sur lequel j'avais quatre ans de plus qu'en réalité. Il m'a trouvé un travail dans un petit atelier de couture à San Francisco… En théorie, avec la lettre que j'avais laissée derrière moi, personne n'aurait dû se poser la question de ce qu'était devenue Sacha Stewart. Mais vous trois…

Elle a l'air profondément émue.

– Vous me connaissiez trop bien. Vous avez refusé de croire à la version officielle et avez continué de me chercher. C'est pour ça qu'aux yeux de Kanaïev, vous êtes devenus une menace. Or, ce type n'est vraiment pas un plaisantin.

David lui demande :

– C'est pour ça que tu es restée cachée, tout ce temps ?

Sacha acquiesce.

– Oui, entre autres. Mais il faut que tu comprennes, même si ce n'est pas facile à accepter… Avec les années, je suis vraiment devenue Eleonore Clark. Je n'étais plus l'orpheline de service ou la victime d'un pervers : je travaillais, j'avais mon propre appartement… J'étais libre ! Je m'entendais bien avec les filles de l'atelier. Il y en avait certaines qui étaient à peine plus âgées que moi. Je sortais avec elles pour faire la fête. Les plus mûres m'avaient prise sous leur aile. Je les appelais « mes petites mamans ». Et puis la couture, ça m'a tout de suite plu. Au bout de deux ans, je suis passée chef d'équipe, puis dessinatrice de patrons, puis responsable des fournisseurs. J'ai mis de l'argent côté, un peu, à la hauteur de mes faibles moyens. J'ai commencé à m'intéresser à la mode, à créer mes propres vêtements… Quand j'ai enfin eu assez d'économies, j'ai ouvert ma propre boutique en m'associant avec une amie. Le magasin existe encore et marche plutôt bien. On y vend des fringues de créateurs, mais aussi les vêtements de ma propre marque, *Clark*.

– Si je comprends bien, tu nous as oubliés…

C'est Gary qui parle, amer.

– Oh, non Gary ! Ne crois pas ça ! Je pensais tout le temps à vous. Je vous ai suivis, de loin. J'ai lu tous les livres de David, collectionné tous les articles où il était fait mention de Judith… Le jour où tu as obtenu ton diplôme, Gary, je suis revenue à New York pour assister discrètement à la cérémonie de remise… Mais je ne pouvais rien faire de plus. Je *devais* vous laisser tranquilles.

– Alors pourquoi revenir aujourd'hui ?

– Quand j'ai vu dans les journaux que David Fulton avait été victime d'un attentat à son domicile, j'ai tout de suite fait le lien avec Kanaïev. J'ai laissé les clés de la boutique à mon associée et j'ai pris le premier avion pour New York. Je vous ai suivis pendant plusieurs jours. Je cherchais un moyen de vous mettre en garde sans vous révéler ma véritable identité. C'est comme ça que je me suis retrouvée à la même terrasse que David et Louisa ce midi et que je vous ai entendus parler de Hasting.

Sacha se tourne vers moi.

– Dès que vous avez sauté dans ce taxi et filé en direction de la Bowery, j'ai compris qu'un drame était sur le point de se produire. Je suis intervenue sans réfléchir.

Gary ne comprend toujours pas.

– Tu n'en veux pas à Hasting ? Après ce que ce salaud t'a fait, tu es prête à lui pardonner ?

Sacha s'exclame :

– Jamais ! Jamais je ne lui pardonnerai, à ce porc ! Mais je ne peux pas te laisser gâcher ta vie juste pour me venger. Ce qui est fait est fait et la mort de Hasting ne changera pas le passé. Tout ce que je peux faire, c'est protéger ton avenir…

Elle regarde Judith.

– Votre avenir.

Un silence gêné envahit la pièce. Sacha a soudain l'air inquiet.

– Attendez… vous êtes toujours ensemble tous les deux ?

Devant l'absence de réaction de son amie, elle se tourne vers son frère.

– Gary ?

Mais Judith ne lui laisse pas le temps de répondre.

– Nous parlerons de nos affaires de cœur plus tard, si tu veux bien. Pour l'instant, il faut qu'on règle cette histoire de Kanaïev.

Sacha supplie :

– Non, surtout pas non ! Laissez tomber Kanaïev, je vous en prie ! Il est bien trop dangereux pour qu'on tente de se mettre en travers de sa route.

Judith s'écrie :

– Mais alors quoi ? Il faut que j'accepte de te perdre de nouveau, c'est ça ? De te laisser repartir à San Francisco alors que nous venons à peine de nous retrouver ?

Sacha a l'air embêtée.

– Ce n'est bien entendu pas ce que je veux… Mais oui, à un moment donné, je vais devoir rentrer chez moi. Ne serait-ce que pour votre propre sécurité. Kanaïev ne doit surtout pas apprendre que je suis ici.

Elle se tourne vers David.

– Quant à toi David, tu dois absolument arrêter de t'intéresser à Kanaïev et au passé. Tu dois faire en sorte que la police lâche l'enquête qu'ils ont ouverte sur l'attentat. L'inspecteur avec qui tu es en contact doit se détourner au plus vite de la piste mafieuse. Il y va de ta vie et de celle de Louisa.

– Je comprends bien les enjeux, Sacha. Mais je ne vois vraiment pas ce que je peux faire. Juste avant de me rendre chez Hasting, j'ai eu l'inspecteur Stinson au téléphone –

c'est lui qui est chargé d'instruire cette enquête. Je lui ai parlé de Hasting et de Kanaïev. Je lui ai dit que j'avais en ma possession ton vieux journal, où tu fais plusieurs fois mention de « I. K. » ou « Kanaïev ». Je dois même le lui remettre le plus tôt possible. Je doute qu'il abandonne comme ça.

Sacha semble soudain horrifiée.

– Alors nous voilà perdus. Nous tous. Jamais Kanaïev ne se laissera prendre. Il préférera nous éliminer, méthodiquement, tous les cinq. Mon Dieu, c'est abominable…

Je suis moi-même terrifiée. Je ne sais pas comment nous allons pouvoir faire pour nous tirer de ce mauvais pas. Stinson est loin d'être un imbécile… Comment le duper et le lancer sur une fausse piste ? Il doit pourtant bien y avoir une solution ! David remarque mon expression de terreur et me serre dans ses bras. Il me murmure :

– Ne t'en fais pas. Jamais je ne laisserai qui que ce soit te faire du mal. Encore moins par ma faute…

Puis, s'adressant au reste de l'assemblée.

– Les amis, il est tard et la journée a été riche en émotions. Je vais trouver une solution, mais rien ne sert de se torturer ce soir. Judith, il faut que Sacha reste chez toi le temps qu'on trouve comment régler cette histoire de Kanaïev et de Stinson. Est-ce que c'est possible ?

Judith acquiesce

– Oui, pas de souci : je la ferai passer pour ma cousine auprès de la gardienne de l'immeuble. Cousine « Leo ».

– Parfait. Gary, peux-tu raccompagner les filles ?

– Oui, sans problème. Je pense même qu'il serait sans doute plus sage que je passe la nuit là-bas, sur le canapé de Judith. On ne sait jamais ce qui peut se passer.

– Tu as raison. Tu as toujours ton .38 avec toi ?

Gary opine.

– Bien. J'espère que tu n'auras pas à t'en servir.

Sacha se jette au cou de son frère.

– Oh Gary, s'il te plaît : promets-moi encore une fois que tu ne feras rien d'idiot ! Que tu ne tenteras pas de te venger de Hasting ! J'ai besoin de t'entendre le dire.

– Je te le promets, sœurette.

14
DOUTES

À peine le petit groupe a-t-il franchi la porte que je me précipite dans les bras de David. Ce dernier semble désarmé par mon étreinte.

– Louisa, que se passe-t-il ?

– Oh, David… J'ai si peur !

– Il ne faut pas que tu t'en fasses. Je t'assure que je ne laisserai personne te faire du mal.

Il m'enlace et souffle délicatement sur mon front pour dégager quelques-unes de mes mèches brunes. Il dépose ensuite de petits baisers sur mes paupières. Mes bras remontent le long des siens pour venir se poser sur ses épaules carrées. David renverse ma tête en arrière et enfonce profondément sa langue dans ma bouche. Son bassin se colle au mien de façon que je puisse sentir son désir pour moi. Oh, je voudrais tant me laisser aller… Goûter sa peau exquise, oublier le danger sous ses caresses… Mais je me sens tellement agitée que j'ai du mal à me détendre. Il le remarque.

– Quelque chose ne va pas ?

Oui, quelque chose me gêne, mais je n'ose pas en parler, pas frontalement.

Cette Sacha. Elle me semble étrange.

– Eh bien… La journée a été riche en émotions…

David prend l'air grave tout en caressant ma joue pour me réconforter.

– C'est vrai. D'abord la confrontation avec Hasting, puis soudain, Sacha qui débarque… Je t'avoue que j'ai un peu de mal à réaliser ce qui se passe.
– Mais tu es heureux ? D'avoir retrouvé Sacha ?

David a l'air surpris et amusé de ma question. Il faut dire qu'il y a de quoi : il vient d'avoir la confirmation que sa plus chère amie est en vie…

Idiote ! Il a attendu ce moment durant quinze ans. Bien sûr qu'il est heureux ! Sacha a toujours été son absolue priorité.

Voyant mon air soucieux, David me soulève et me fait

tournoyer dans les airs en laissant éclater son beau rire cristallin.

– Te rends-tu compte, Louisa ? Mon amie d'enfance est vivante et je partage ma vie avec la plus belle femme du monde. Ma famille de cœur est enfin au grand complet. Oui, je suis heureux, c'est le moins qu'on puisse dire… Qu'importe ce Kanaïev : nous dépasserons cette épreuve comme nous avons dépassé toutes les autres. Du moment que nous sommes ensemble, toi et moi.

– … et Sacha.

Je me mords la lèvre. Je regrette déjà ma remarque. Oui, David est tout à sa joie, et je devrais le laisser en profiter. Mais c'est plus fort que moi : le retour de Sacha soulève plusieurs questions. En effet, jusqu'à il y a trois mois, il l'aimait encore, malgré le temps et la distance. Qu'est-ce qui me prouve que tout ça a changé ? Qu'est-ce qui me dit qu'il ne va pas me quitter pour elle à présent ?

– Son retour t'inquiète, Louisa ?

Je détourne le regard.

– David… Je ne veux pas me montrer égoïste…

– Non, non, ne t'excuse pas… Je préfère que tu partages tes angoisses avec moi… Tu sais, moi aussi, si ton premier amour débarquait comme une fleur, je serais loin d'être enchanté.

Je lui lance un sourire débordant de reconnaissance.

– Tu sais que tu es l'homme idéal ?
– En tout cas, *Forbes*, le *New York Times* et *GQ* le disent.

Je ris en le tapant sur l'épaule.

– Espèce de vaniteux !

Il m'attrape et nous fait basculer sur le canapé. Je pousse un petit cri de surprise et tente de me débattre. Il m'immobilise. Je sens tout son corps, incroyable, dense, appuyer sur le mien. Il plaque ses cuisses contre les miennes et maintient mes poignets avec ses bras, tant et si bien que je ne peux pas bouger.

– Tu es à moi, Louisa… Mais je suis à toi également. Je ne veux pas que tu en doutes.
– Oh, pardon, je sais, je suis stupide. C'est juste que quand Sacha a refusé de parler devant moi, j'ai trouvé ça un peu… Je ne sais pas comment dire, c'est assez confus comme impression… Mais j'ai eu le sentiment qu'elle n'avait pas conscience que quinze ans avaient passé et que vous n'aviez plus exactement la même relation, elle et toi.

David se redresse en position assise, puis il m'aide à m'installer confortablement contre son flanc. Il réfléchit à ce que je viens de dire.

– Je comprends ton sentiment. C'est vrai que c'était assez offensant de sa part, et pas forcément bienvenu.
– Tu penses que c'était une manière d'exprimer sa jalousie ?

– Hum… Je ne pense pas, sincèrement. C'est juste que Sacha a vécu des choses épouvantables. Elle doit être traumatisée. Je pense que ça l'a rendue craintive et que, spontanément, elle a voulu recréer le cocon rassurant de son enfance. Mais tu ne devrais pas le prendre contre toi. Au contraire, j'ai plutôt l'impression que vous avez tout pour vous entendre, non ?

D'un air espiègle, il me lance :

– Je veux dire : vous avez toutes les deux un sacré caractère…

Je proteste en riant et me mets à chatouiller David.

– Retire ce que tu viens de dire ! Retire !

David s'étouffe dans son rire. Il est extrêmement chatouilleux. Il fait mine de me gronder.

– Louisa, enfin ! Un peu de sérieux, tu n'es plus une enfant !
– Retire ce que tu viens de dire, David, ou je te chatouille jusqu'à la syncope.

Hilare, il se rend.

– OK, OK, je retire… Ce n'est absolument pas un trait que vous partagez, elle et toi…

Il marque une petite pause.

– … car personne n'est aussi caractériel que toi, mon ange.

Je me mets à poursuivre David dans tout l'appartement en le menaçant de mes doigts convulsés.

– David Fulton, vous allez me payer ça.

Nous courons autour de la table de la salle à manger, autour du bar américain, puis autour du canapé. Ces chamailleries et ces enfantillages nous font du bien. David finit par se laisser attraper. Il me plaque contre lui et laisse ses mains descendre le long de mon dos, jusqu'à mes cuisses. Il relève un peu ma jupe et murmure mon prénom avec fièvre. Mes lèvres proches des siennes, je susurre :

– Et toi ?
– Comment ça, « moi » ?
– Tu es certain que c'est ce que tu veux ? Être avec moi ? Maintenant que Sacha est de retour…

David relâche son étreinte, bouleversé.

– Comment peux-tu en douter Louisa ? Tu ne te rends donc pas compte ?

Il passe sa main dans mes cheveux.

– Ce qu'il y a entre nous est si rare, si beau… Comment peux-tu imaginer un seul instant que je renoncerais à ça ?

David a l'air blessé. Je tente de m'excuser.

– Je ne voulais pas te vexer David.

Il détourne le regard.

– Louisa, tu ne comprends pas... Ce n'est pas mon orgueil qui est touché. C'est juste que ce que tu viens de dire m'inquiète. Si tu penses que quoi que ce soit pourrait me détourner de toi, alors peut-être n'as-tu pas conscience que ce qui se passe entre nous est extraordinaire ? Je ne peux pas t'en vouloir, bien sûr : tu as vingt ans, tu ignores comme il est rare de rencontrer une personne qui vient bouleverser ton existence. Mais ça m'attriste... Si tu n'en as pas conscience, qu'est-ce qui me dit que ce n'est pas toi qui finiras par te lasser et partir ?

Je me jette à son cou.

– Jamais, oh jamais David ! Ce n'est pas ce que je voulais dire ! Toi, tu es irremplaçable ! Mais moi, je suis... tellement quelconque.
– Quelconque ?

Ses yeux sont écarquillés.

– Louisa, tu penses vraiment ce que tu viens de dire ?

David me serre dans ses bras puissants. D'une petite voix timide, je chuchote :

– Parfois, je ne comprends pas ce que tu me trouves…

David a l'air abasourdi.

– Je n'arrive pas à croire que malgré tout ce que nous avons vécu ces derniers mois, malgré l'assurance dont tu fais preuve jour après jour, malgré le courage que tu démontres, tu doutes encore de toi à ce point.

Il murmure mon prénom en embrassant mon front avec douceur.

– Louisa, oh Louisa…

Ses lèvres se pressent alors contre les miennes. Il m'attire à lui tout en s'asseyant sur l'accoudoir du canapé. Il m'installe sur ses genoux et laisse courir sur mon dos ses mains viriles. Il presse mon corps contre le sien avec une rage désespérée.

– Je voudrais tant que tu te vois avec mes yeux… Que tu sentes ce que j'éprouve pour toi…

Ses baisers reprennent de plus belle et m'étourdissent. Ils me disent : « Tu es ma meilleure amie, tu es mon amante, je suis fou de toi. » Le sentir aussi passionné m'électrise. D'une voix suave qui m'emplit de désir, il me susurre :

– Tu ne te rends pas compte de ce qu'était ma vie avant toi. Je n'étais rien : un homme solitaire, emprisonné dans son propre passé. Mais tu as changé ça. T'en rends-tu compte ? Jusque-là, j'étais tellement englué dans mon amertume que je ne savais même pas qui étaient vraiment mes parents et pourquoi ils étaient morts !

Je m'exclame :

– Oh, David, tu n'étais pas amer ! Tu souffrais, c'est tout.

Il me sourit en effleurant mon bras d'une douce caresse.

– Oui, je souffrais, c'est vrai. Mais aujourd'hui, je n'ai plus mal.

Il marque un temps.

– Tu sais, c'est étrange mais j'ai toujours eu peur du bonheur. Je pensais que le jour où je serais comblé, cela me rendrait faible.

Il me contemple avec une infinie tendresse.

– Je sais à présent que le bonheur rend plus fort. Qu'il faut se battre pour le conserver. Depuis que tu es dans ma vie, je découvre le véritable courage. Sans l'énergie que tu me transmets, je n'aurais jamais trouvé la force de parler avec mon oncle. Je n'aurais pas accepté d'entendre les raisons qui l'ont poussé à me laisser au foyer durant sept ans ; je n'aurais jamais su que l'accident de voiture dont ont été victimes mes parents était sans doute un meurtre.

Sais-tu à quel point ces révélations me soulagent ? J'ai vécu durant plus de vingt ans avec la certitude qu'un hasard cruel avait brisé mon foyer et que les autres membres de ma famille s'étaient détournés de moi au moment où j'avais le plus besoin d'eux. Je sais aujourd'hui que cette perte tragique n'avait rien d'un accident, que mon père n'était pas l'homme irresponsable et accro à la vitesse que j'avais toujours imaginé. Dans le fond, je lui en voulais : je le considérais comme un raté qui avait tué ma mère. Désormais, je sais que c'était un grand homme qui s'est battu contre l'injustice, quitte à y laisser sa vie. Et je sais que mon oncle n'est pas un monstre d'indifférence mais un homme qui a tout fait pour me protéger.

David plonge ses yeux noirs dans les miens. Ils brillent d'un éclat qui me réchauffe : c'est celui de la tendresse, de la passion. Je commence à croire ce qu'il me dit : oui, ses sentiments pour moi sont profonds et authentiques.

– Louisa, aujourd'hui Sacha est de retour dans ma vie. Pour combien de temps, je l'ignore, mais je sais surtout que ça ne serait pas arrivé sans ton soutien et ton aide. Tu t'es démenée pour découvrir la vérité à son sujet : je t'en suis infiniment reconnaissant. Si tu savais comme je t'admire !

– Tu m'admires ?!

– Bien entendu ! Je n'y serais pas arrivé sans toi. C'est toi qui m'as appris à ne pas regretter le passé mais au contraire à accepter l'homme que je suis et l'histoire qui est la mienne. Eh bien mon histoire désormais, Louisa, elle s'écrit avec toi. Rien ni personne ne pourra changer ça.

– Oh, David ! Je t'aime tant !

J'en ai les larmes aux yeux et un sourire béat aux lèvres ! David a raison : qu'importe Kanaïev. Ce n'est qu'une épreuve de plus, que nous traverserons ensemble. Lorsque nous sommes l'un avec l'autre, nous sommes invincibles. Il saura me protéger du danger et… et si jamais mon amour le rend plus fort, eh bien tant mieux, car jamais je ne cesserai d'être folle de lui.

– Ma petite fée… Tes yeux brillent, comme lorsque tu es épuisée. Nous devrions aller dormir. J'ai tellement hâte de sentir le contact de ta peau nue, ton odeur, ton corps ensommeillé contre le mien.

Nous nous levons du canapé et nous dirigeons vers la salle de bains. J'ôte mes vêtements et enfile une nuisette et une culotte en soie. David, lui, se défait de son tee-shirt. Je retiens mon souffle alors que je contemple ses abdominaux parfaits. Dormir ? Comment le pourrais-je, avec ce dieu du sexe à côté de moi ?

Histoire de me changer les idées et de penser à autre chose qu'à *ça*, je commence à démêler mon épaisse chevelure. David, à demi nu, s'approche de moi et s'empare de la brosse.

– Attends, je vais t'aider.

Il aime jouer avec cette longue tignasse qui lui fait,

dit-il, penser à celle d'une poupée. « Entre ça, ta bouche pulpeuse couleur cerise, tes pommettes naturellement roses et tes yeux comme deux pierres précieuses, on dirait que tu as été créée pour satisfaire tous les désirs les plus fous des hommes », aime-t-il à me répéter. Je m'assieds sur le rebord de la baignoire pendant qu'il passe la brosse dans ma crinière.

– Louisa, j'adore prendre soin de toi et de ton corps. C'est incroyablement érotique.

– Ah bon ? Comment ça ?

– C'est comme si tu te soumettais absolument à moi. Comme si tu devenais mon jouet.

Le choix de ses mots ne me laisse pas indifférente. Il le remarque à la chair de poule qui parcourt ma nuque. Il tire légèrement sur mes cheveux.

– Toi aussi, ça t'excite ? D'être ma poupée ?

Je me tortille sur le rebord de la baignoire. Je sens le désir me submerger, mais je ne sais pas comment réagir. J'ai été si touchée par les mots d'amour de David que je me sens presque intimidée. Pourtant, tout mon corps réclame d'être submergé par le sien.

– Je peux sentir que tu as envie de moi, Louisa. Il me semble finalement que le sommeil peut attendre…

David tire de plus belle sur mes cheveux, faisant basculer

ma tête en arrière. Il lâche la brosse, qui tombe sur le carrelage en marbre de la salle de bains. Le bruit résonne dans toute la pièce et m'arrache un sursaut. Mon souffle se fait court.

Touche-moi. Par pitié, touche-moi.

Ma prière ne tarde pas à être exaucée. La main droite de David contourne ma taille et vient se poser sur ma cuisse. Elle empoigne ma nuisette et en fait remonter le tissu avant de dériver lentement en direction de mon entrejambe. De sa main gauche, David fait glisser ma bretelle. Son souffle s'accélère dans mon cou alors qu'il vient passer une main ferme sur ma poitrine. Tout en faisant courir sa langue sur mon épaule, il caresse mes seins. Mes tétons se dressent immédiatement. Je halète, ma tête toujours renversée. David commence à embrasser mon cou dégagé, à le mordiller, tel le comte Dracula disposant à loisir du corps de sa proie.

Une main toujours immobile entre mes jambes, il se sert de l'autre pour caresser ma lèvre inférieure. Il fait à présent courir la pulpe de son index gauche sur ma bouche. C'est plus fort que moi : je lèche son doigt, je le titille du bout de ma langue, je l'avale et le suce de façon… très suggestive.

– Tu as envie que je vienne dans ta bouche, Louisa ?

Il est inutile pour moi de répondre « oui, c'est ce que

je veux » car il le sait : j'aime ces moments où je suce son membre gonflé et où j'ai tout pouvoir sur lui. J'aime avoir le contrôle sur cet homme qui me domine. Mais, d'une certaine façon, plus je prends confiance en moi, plus j'accepte aussi de m'abandonner à lui. De mettre mon corps à disposition pour qu'il en jouisse comme bon lui semble. C'est parce que la confiance entre nous grandit.

– Hum, c'est terriblement excitant, ce que tu fais avec ta langue… Et pourtant, ce n'est que mon doigt…

Il éloigne sa main de ma bouche, laissant ma langue frustrée, mes lèvres entrouvertes cherchant encore le contact dur et chaud de son doigt humide, qui se pose maintenant sur la pointe de mon sein gauche.

Oooh…

Il effectue des petits mouvements circulaires sur la pointe de mon sein, qui se dresse et durcit de plus en plus. La sensibilité de cette zone s'exacerbe soudain. J'ai presque l'impression que… C'est comme si…

… comme s'il me masturbait.

Il alterne cette caresse délicate avec d'autres, plus fermes, où il agrippe mon sein avec ardeur, presque violemment, au point de me faire frémir.

– Tu as une poitrine fabuleuse… Souple et ferme à la fois…

Sa main droite reste plaquée sur mon entrejambe, immobile. Pourtant, je me sens proche de l'orgasme. Mon plaisir augmente encore d'un cran lorsqu'il fait remonter sa langue jusqu'au lobe de mon oreille, qu'il mordille. Il en profite pour me susurrer des mots d'amour à l'oreille.

– Si tu savais seulement à quel point tu es belle. Tu es tellement excitante, Louisa.

Mes halètements se transforment en long gémissement de jouissance. Ce bruit animal affole David.

– Tu es si réceptive au plaisir ! Ça rendrait n'importe quel homme fou.

C'est toi qui me rends folle.

Il embrasse mon épaule.

– Ton corps est tellement sensible…

Je pousse un gémissement profond, presque plaintif. J'ai faim d'être prise, manipulée, contentée. Il pince la pointe de mon sein. La sensation me surprend par sa force. Je la ressens jusque… jusque dans mon sexe… C'est si bon !

– Tu le sens, que tu pourrais jouir ?

Fiévreuse, je lui réponds :

– Oui, oh oui ! C'est tellement bon.

D'un doigt expert, il soulève le pan de tissu de ma culotte. Il fait entrer un index dans mon sexe suppliant et trempé. Mon excitation est si forte que tout mon corps commence à être secoué par un spasme violent. Mes reins se creusent, mes abdominaux se tendent.

Bon sang, je suis déjà en train de jouir.

Je gémis si fort ! Je sens le torse de David contre mon dos, sa peau lisse et chaude et la douce caresse de ses poils. Oh ! mon orgasme est incroyablement intense et pourtant, David ne bouge pas en moi. C'est une décharge qui secoue tout mon corps mais qui n'a pas de centre. Chaque particule de mon être me procure du plaisir. C'est de sa langue dans le creux de ma nuque que je jouis, c'est de sa main qui empoigne mon sein, c'est de ce doigt enfoui dans mon intimité… Je ne m'appartiens plus. Je le supplie :

– Encore, encore…

Je sens que j'ai atteint le point de non-retour. Je me retrouve à pousser un ultime râle pendant que mon bassin se cambre comme un animal sauvage. Les spasmes s'interrompent et me laissent interdite. Je tente de reprendre mon souffle.

– Tu es tout ce dont rêve un homme, mon amour : une femme sublime faite pour le sexe.

David ne me laisse pas de répit. Il empoigne de nouveau mes cheveux pour me faire basculer contre lui et me murmure :

– Je veux que tu voies comme tu es belle quand je te fais l'amour…

Il se redresse et me prend par la main pour que je le suive. Que peut-il bien me réserver encore ? Il me guide jusqu'au lavabo, surplombé d'un grand miroir.

– Regarde-toi.

Il enlève d'un geste expert ma nuisette, qui glisse le long de mon corps dans une caresse soyeuse. Il agrippe mes seins et les caresse.

– Regarde ta poitrine.

Il laisse glisser une main vers mon ventre.

– Regarde la finesse de ta taille, l'arrondi de ta ligne de hanches.

Il embrasse mon cou, ce qui me pousse à pencher la tête de côté.

– Regarde la finesse de ta nuque, la grâce de tes épaules…

Je contemple mon corps et le trouve pour la première

fois de ma vie beau, et même plus encore, puisque c'est ce corps qui rend David Fulton fou de moi. Ce n'est pas moi que je regarde mais une autre Louisa, sexy, extrêmement femme. Une maîtresse ardente et experte, prête à tout pour satisfaire les désirs de son homme.

– Tu comprends que j'aie toujours envie de te baiser maintenant ? Tu es *faite* pour donner du plaisir.

D'un mouvement de la cuisse, il écarte mes genoux.

– Penche-toi, ma belle.

J'agrippe le lavabo et recule quelque peu mes jambes. Je creuse mes reins pour faire remonter ma croupe. La bouche de David descend le long de mon dos pour m'embrasser, me lécher, me mordre. Ses mains dégagent mes cheveux et les rangent derrière mon épaule. Ils descendent le long de mon buste et forment une cascade souple. Dans le miroir, je cherche le regard de David. J'arrive à attraper ses yeux noirs et brillants. Je m'attarde sur le tracé délicat de ses pommettes, sur sa bouche pulpeuse. Il me regarde d'un air malicieux.

– Tu es faite pour donner du plaisir, oui… Et je vais prendre mon pied en te baisant.

Je frémis. L'idée d'être prise par derrière mais de pouvoir contempler le corps, le visage, les expressions de mon amant dans le miroir, me fait instantanément mouiller. Mes yeux se ferment un instant. Je mordille ma lèvre inférieure de joie à cette perspective.

– Cette idée te plaît, Louisa ? Celle de me faire jouir ?

Il vient chercher lui-même la réponse en baissant d'un geste ferme ma culotte et en plaquant sa main sur mon sexe épilé. Son majeur vient titiller ma fente chaude et humide pendant que je gémis mon approbation.

– Tu es insatiable.

Je le suis en effet. Penchée au-dessus de ce lavabo, offerte à l'appétit de David, je me rends compte de mon degré de soumission à mon désir impérieux de jouir encore une fois.

– Il n'y a rien de plus excitant qu'une femme assoiffée de sexe. Surtout lorsque celle-ci semble tellement innocente.

Son membre est si dur… ! Je le sens contre ma peau.

– Dès la première fois que je t'ai vue, dans cet aéroport à Paris, j'ai imaginé faire l'amour avec toi. Je t'ai imaginée, toi si farouche, en train de me supplier pour que je te prenne. Et ça m'a follement excité…

Soudain, il s'enfonce en moi, m'arrachant un profond cri de satisfaction.

– … mais tu as dépassé toutes mes espérances.

Il commence à aller et venir, si lentement que c'en est une torture ; la torture la plus délicieuse qui soit. Ses mains empoignent mes hanches et guident les mouvements de mon bassin. Il m'attire à lui et me repousse délicatement tout en enfonçant ses doigts dans ma chair.

– Ta peau est si délicate… Ça donne presque envie de la marquer…

Mes yeux s'écarquillent soudain, dans un mélange de curiosité, d'envie et de peur. Je me souviens des fois où il m'a attachée, me rendant à sa merci. Cet homme désire-t-il parfois me faire du mal ?

Est-ce qu'il ne m'arrive pas, moi aussi, de le désirer ?

Il sourit avec ironie.

– Rassure-toi Louisa, j'ai dit « presque ».

Sa main droite lâche ma hanche et s'empare de mes cheveux, qu'il enroule comme un ruban autour de son poignet afin de s'assurer une prise ferme. Il tire délicatement sur ma crinière. Ma tête se redresse.

– Regarde-toi, Louisa. Regarde comme tu es belle.

Ses mouvements de reins s'accélèrent. Son bassin bouge dans

un mouvement rapide et souple. Ce n'est plus mon sexe qui vient à la rencontre du sien : David décide de tout alors que je me tiens figée, entièrement dédiée à le recevoir. Je contemple son torse, sa bouche entrouverte dans une expression d'abandon, ses yeux baissés. De son regard, il embrasse mon dos.

Je suis hypnotisée par la grâce de nos deux corps, par les ondes de plaisir qu'ils produisent et se procurent l'un à l'autre. Je sens dans mon sexe la caresse du sien, tellement raide, tellement puissant. Dans la lumière crue de la salle de bains, je découvre la réalité de notre union parfaite et de notre absolue fusion. L'amour que nous faisons est beau ; cru et gracieux à la fois. Un fantasme inédit me vient : celui d'être photographiée par David. Celui de m'offrir totalement à son regard, de m'exhiber pour lui comme une vulgaire *cover-girl*. Le plaisir remplit mon ventre et je gémis, avide. Il relève la tête et, par le truchement du miroir, plonge ses yeux dans les miens. Il y a quelque chose d'à la fois suppliant et impitoyable dans son regard. Ses pupilles dilatées semblent figées par sa détermination à jouir quand ses iris tendres me disent la stupeur qu'il ressent à prendre tant de plaisir. Il n'en peut plus. Moi aussi je me sens prête à exploser, à me dissoudre. Chaque fragment de mon être est en train de grimper au septième ciel.

– Retourne-toi, Louisa.

C'est le reflet de David qui me demande ça, là, dans le miroir. Je me tourne vers lui alors qu'il se retire. Je m'arrache brutalement au sortilège de notre image. Il m'attrape et me soulève avant de me reposer sur le bord du lavabo. Il s'immisce de nouveau entre mes cuisses ouvertes et s'enfonce en moi en murmurant :

– Mon amour, mon amour…

Jamais avant ce soir il ne m'avait appelée par ce doux nom, « amour ». C'est comme si nous regarder l'un l'autre par le prisme du miroir avait renforcé la connexion entre nous.

– Je suis à toi… Je veux jouir en toi…

Je me renverse en arrière, prête à le recevoir entièrement. Ses coups de reins deviennent brutaux. C'est si bon… Si bon de se sentir remplie par lui…

– Oui, c'est bien ma belle… Viens…

Je gémis et me cambre, prise d'un orgasme violent qui a pour effet de déclencher le sien. Mon corps se contracte, refermant mon sexe sur le sien. David gémit lui aussi. Il me tient fermement tout en s'enfonçant profondément en moi. Nos yeux se croisent de nouveau, cette fois sans l'entremise de la glace. Nos regards pénètrent profondément l'un dans l'autre. Alors que je pousse un ultime râle, j'ai l'impression de plonger dans les tréfonds de son âme. J'ai l'impression de m'ouvrir absolument. Tout mon passé, tous mes secrets, tous mes désirs sont désormais mêlés aux siens.

Tout mon avenir. Tout mon avenir est désormais lié au sien.

15
LES FAUSSAIRES

La lumière du jour filtre à travers les rideaux entrouverts. David et moi sommes réveillés depuis deux heures déjà. Mon amant a décidé de reprendre de bon matin les activités de la nuit, laissant mon corps secoué par des tempêtes de plaisir qui, à mon avis, n'ont pas échappé aux voisins.

Cette nuit, il m'a murmuré : « mon amour, mon amour… » durant nos ébats. Ce surnom d'« amour », nouveau dans sa bouche, me laisse penser que, loin de nous éloigner, le retour inattendu de Sacha a renforcé le lien qui nous unit. Nous sommes si heureux, lorsque nous sommes ensemble ! Difficile de croire que tant d'épreuves se mettent sur notre route… Et pourtant, entre deux étreintes et deux moments de jouissance, j'ai pris le temps d'exposer mon idée à David ; celle qui vise à mettre Stinson hors circuit pour un temps. Nous en avons longuement parlé ensemble afin d'élaborer un plan solide. Nos esprits semblent en symbiose. Je sens que mes capacités et mon intelligence s'épanouissent au contact des siennes.

Il est désormais temps de retrouver Sacha chez Judith pour lui expliquer comment se sortir de ce mauvais pas. Lorsque nous quittons l'immeuble, Gary nous attend avec la limousine. Il m'ouvre la portière en me lançant un protocolaire « Bonjour, mademoiselle », qu'il double d'un clin d'œil. J'esquisse un sourire reconnaissant : avec le retour de Sacha, ça me fait du bien de sentir que ma place au sein du groupe n'est pas menacée.

Je m'installe sur la banquette et demande à David.

– Est-ce que ce ne serait pas l'heure du Mimosa ?

– Louisa Mars ! Depuis quand buvez-vous des cocktails de bon matin ?

Je lui souris.

– Je crois que depuis quelques mois, oublier tous mes principes est devenu mon nouveau principe.

David sort du minifrigo du champagne et une bouteille de jus d'oranges pressées. Il commence à me préparer ma boisson avec le sérieux d'un pape. Je lâche un petit rire.

– Qu'est-ce qu'il y a ?

– Oh, ce n'est rien… C'est juste que pendant un instant, je me suis dit que tu avais l'air de James Bond. Agent secret, gentleman, et barman à tes heures perdues.

David me tend mon cocktail.

– Je ne suis pourtant pas britannique.
– Mais tu en as le flegme.
– Et je n'ai pas de miss Moneypenny qui veille secrètement sur moi…

En pouffant, je désigne du menton le siège du conducteur.

– OK, tu marques un point : Gary est en quelque sorte cette personne dévouée dont je ne saurais me passer. Mais qu'en est-il de mes nombreuses conquêtes ? D'épisode en épisode, j'ai l'impression d'être plutôt constant…
– C'est vrai… « David Fulton, monogame… et pas spécialement discret. » Tu ferais un piètre agent secret.
– Ah bon, tu me trouves donc tapageur ?

Je désigne d'un geste vague le luxe qui nous entoure.

– Ton style de vie l'est.
– Et celui de James Bond ne l'est pas ?

Il marque un point.

– Et toi Louisa, quelle *James Bond girl* serais-tu ?

Je fronce les sourcils, le temps de réfléchir.

– Eh bien je suppose que je serais celle jouée par Eva Green, Vesper Lynd. Brune, française…
– Ah là là, le fossé des générations… Il n'existe qu'une seule Vesper Lynd, et elle a été interprétée par Ursula Andress. Vous partagez il est vrai quelques points communs…
– Lesquels ?

Il fait mine de se concentrer.

– Eh bien… Vous portez toutes les deux très bien le maillot de bain, vous l'enlevez plus divinement encore, et vous brisez le cœur de ce pauvre James…

Je pousse un petit rire. David en profite pour me voler un baiser. Je mime l'accent britannique.

– Oh, James… Quand pourrons-nous enfin nous échapper de ce terrible roman d'espionnage ?

David me serre contre lui.

– Bientôt, c'est promis. Avec le plan que nous avons mis sur pied, nous devrions bientôt être en mesure de vivre loin de toute cette agitation.

David attrape ma main.

– Louisa, j'ai une chose à te demander. Quand tout ça sera fini, est-ce que tu serais d'accord pour que…

La voix de Gary retentit à travers le *speaker* de la limousine :

– David, Louisa, nous voilà arrivés.

Je soupire : une fois de plus, l'amour devra attendre…

Nous sommes installés autour de la table de salle à manger de Judith, tous les cinq. Notre hôtesse nous sert un café.

– Sacha, un sucre ou deux ?
– Deux s'il te plaît Judith… Et un peu de lait…

Sacha nous fait à tous un sourire timide.

– Écoutez, j'ai une chose à vous demander. Une chose importante. J'espère que vous ne le prendrez pas mal…

Elle se tourne vers son frère.

– Surtout toi, Gary. Je ne veux pas que l'on se fâche, OK ? Et jamais je ne te demanderais un tel service si ce n'était pas important.

Gary, qui s'est radouci depuis hier, lui prend la main.

– De quoi s'agit-il ?

J'imagine que ces deux-là ont dû parler jusque tard dans la nuit. Ils ont tous les deux les yeux cernés. Je commence à voir à quel point ils se ressemblent. Ils ont ce même air farouche, ce même regard de fauve. Je me souviens de ce qu'Olivier, mon ex, définissait comme l'âme slave : « Pleurer ses amours perdues une Kalachnikov à la main. »

– C'est important que vous renonciez à m'appeler Sacha, tous autant que vous êtes. Que vous preniez l'habitude de vous référer à moi comme Eleonore ou Leo. Je sais que ce n'est pas évident ; qu'à vos yeux je ne suis pas cette femme. Mais personne ne doit se douter que je suis en vie.

D'une voix triste, elle ajoute :

– Sacha Stewart n'est plus.

Judith à l'air émue.

– Ça peut sembler idiot… Mais ça me fait bizarre de penser que plus jamais je ne m'adresserai à toi en utilisant ce nom. Durant les quinze années qui viennent de s'écouler, parfois, lorsque j'étais seule, je m'adressais à toi. Je te racontais mes histoires, mes peines et mes joies, mes secrets. Je t'appelais, non : je te convoquais, en utilisant ces deux syllabes : Sacha.

Elle soupire.

– Oh, je suis sentimentale. L'important, c'est que ma meilleure amie soit de retour, non ?

Gary et David acquiescent. Sacha ajoute, à l'attention de son frère.

– Tu as conscience que cela veut dire que toi et moi ne serons plus frère et sœur aux yeux du monde ?
– Oui, et pour être honnête ça ne m'enchante pas, mais je préfère une Eleonore Clark en vie à une Sacha Stewart morte.

David se racle la gorge pour les interrompre.

– Bon, je propose que nous passions à l'ordre du jour.

Judith demande :

– Qui est ? Pardon mais nous avons assez peu dormi tous les trois cette nuit : nous avons été bien occupés à rattraper le temps perdu.

Oui, et de notre côté, nous ne nous sommes pas beaucoup reposés non plus…

David semble lire dans mes pensées car il me lance un sourire complice. Cela ravive le souvenir de ses lèvres sur ma peau, de ses dents me mordillant délicatement, de sa langue parcourant mon corps…

Que voulait-il me dire dans la voiture ?

David précise pour Judith, qui semble perdue :

– L'ordre du jour : faire croire à Kanaïev qu'il n'est plus sur notre radar ou sur celui de la police.

Gary ajoute :

– Et s'occuper de Hasting, histoire que justice soit faite.

Mais David nuance :

– Ca n'est pas la priorité pour l'instant. Il faut d'abord détourner l'attention de Stinson, qu'il arrête de chercher des preuves contre la mafia russe dans l'histoire de l'attentat et du suicide de la désormais défunte Sacha Stewart.

Gary proteste :

– Pas prioritaire ? Ce type est un violeur et un pédophile, qui depuis quinze ans agit en toute impunité. Comment peux-tu juger que c'est accessoire de s'occuper de son cas ?

Je comprends tant sa révolte ! Néanmoins, il faut bien se ranger à l'avis de David : la première chose à faire est de nous assurer de notre propre sécurité. J'essaye de l'expliquer à Gary.

– Nous ne pourrons pas grand-chose contre Hasting si la mafia russe est à nos trousses et si la police surveille nos moindres mouvements. Moi aussi, je suis d'avis qu'il faut agir, et je suis certaine que Sach… pardon, Eleonore est du même avis que nous. Mais nous devons nous concentrer sur le plus urgent.

Je t'en prie Gary, c'est le moment de me faire confiance.

– Louisa a raison. Et d'ailleurs, je propose que nous l'écoutions tous car elle m'a fait part ce matin d'un plan pour nous tirer de ce mauvais pas, et je pense que cela pourrait fonctionner.

Trois paires d'yeux se braquent sur moi alors que Gary m'encourage :

– Eh bien Louisa, vas-y : nous t'écoutons.

Je tente de rassembler mes esprits avant de prendre la parole et de leur exposer mon idée. Je détaille chaque étape, afin que rien ne soit laissé au hasard. Ils me font parfois répéter certains points. Patiemment, j'explique. À la fin, Eleonore lance, pleine d'espoir :

– Je crois que oui… Ça pourrait marcher…

Je regarde les autres.

– Je le crois aussi. J'ai retourné ça dans tous les sens : c'est notre meilleure chance. Gary, Judith, vous êtes d'accord ?

Quatre heures plus tard, Leo et moi sommes de retour dans l'appartement de Judith. Nos trois comparses nous attendent.

– Vous avez trouvé ?

Leo brandit triomphalement un petit sac de papier.

– Ça n'a pas été facile. Nous avons écumé toutes les librairies papeteries de Chelsea, sans succès, mais une dame a fini par nous mettre sur la voie.

Je renverse le contenu du sac en papier sur la table. Un carnet en tombe, identique à celui dans lequel Sacha prenait ses notes à l'époque : relié, en cuir, rouge brique.

– Le fabriquant a cessé la production de ce produit voilà des années. Ils ont remplacé le cuir par de la moleskine, plus économique. Mais en nous rendant directement à l'usine, dont cette libraire de la 34e rue nous a indiqué l'adresse, nous avons pu accéder à leurs vieux stocks.

Gary s'exclame :

– C'est un miracle que ça ait marché !

Sacha/Eleonore rétorque :

– Hé, tu sous-estimes la force de persuasion que peuvent avoir deux jolies paires de gambettes auprès du contremaître d'une fabrique de papier !

Judith demande :

– Bon, et c'est quoi déjà, la suite ?

Je réexplique :

– Eleonore recopie soigneusement le texte de son journal de l'époque, mais en supprimant toute mention faite de Kanaïev et de Hasting.

Je regarde autour de moi.

– D'ailleurs, David n'est pas là ? C'est lui qui devait apporter l'original…

– Il ne devrait pas tarder à arriver…

Mon téléphone vibre dans ma poche. Ce doit être lui. Je sors l'appareil de ma poche.

Mince, c'est un SMS de Mary.

– Il arrive ?

Je secoue la tête.

– Je n'en sais rien. C'est juste une copine de fac.

J'ouvre le message.

[Énorme rebondissement dans l'affaire Anderson/Koening. Il faut ABSOLUMENT que je te parle. Où es-tu ? XOXO]

Désolée Anderson, mais tes affaires de cœur devront attendre.

Oh, vivement que David arrive ! J'ai tellement hâte qu'on mette mon plan à exécution et qu'on reprenne chacun le cours de nos vies.

Tu oublies un peu vite Hasting, Louisa.

Un frisson me parcourt. Non, je ne l'oublie pas. Mais il faut traiter un problème à la fois.

Enfin, la sonnette retentit. C'est David, avec le journal de son amie. Eleonore s'en empare.

– Judith, tu as un stylo ?
– Oui, bien sûr, tiens.

Je les interromps.

– Il va falloir plusieurs stylos. Du bleu, du noir, du feutre et du bic, de la plume… Histoire que ça ait l'air authentique et que ça n'éveille pas les soupçons de l'inspecteur Stinson.

David m'attire à lui et m'embrasse.

– Mon petit génie… Tu penses vraiment à tout !

Est-ce qu'Eleonore nous regarde ? Est-ce qu'elle voudrait être à ma place en cet instant ?

À 20 heures environ, Eleonore a terminé son travail de copiste. David s'empare du carnet.

– Bien, il va falloir lui donner une petite patine à présent.

Il froisse quelque peu les pages. Avec un chiffon et du café dilué, il jaunit les bords du papier. Il se sert d'un mouchoir détrempé pour gondoler et craqueler le cuir de la couverture.

– Je crois que nous sommes prêts. Je retrouve Stinson dans quatre-vingt-dix minutes au bar en face du commissariat.

Nous avons tous les traits tirés et les muscles engourdis d'avoir passé une grande partie de la journée enfermés dans cet appartement. Judith s'étire.

– Bon, que diriez-vous d'une tournée de Dirty Martini dans un bar prétentieux ? C'est moi qui invite.

Gary a l'air ravi de cette initiative.

– On pourrait aller au *Little Branch*, non ?

Judith prend l'air catastrophé.

– Avec cette tête ? Oh, tu n'y penses pas ! Il n'y a que de jeunes et jolies étudiantes là-bas.

Gary la chatouille au niveau des côtes.

– Tu me sembles bien plus jolie que n'importe quelle branchée de vingt et quelques années…

Tiens, tiens… Serait-ce du flirt que j'observe, entre Gary et Judith ?

– En tout cas, il est hors de question que je sorte dans cette tenue… Ce soir, j'ai envie de me lâcher, de danser, de fêter le retour de notre « Leo ». Qu'est-ce que vous en dites, les filles ? On va piocher dans ma penderie pour jouer les *fashion victims* extravagantes ?

Gary se laisse tomber sur le canapé et soupire, faussement exaspéré, à l'attention de David :

– Ah, les femmes !

16
ENVOL

– Non mais quand même, tu ne vas pas faire comme si ce n'était rien : ton mec a déjà fait la couverture de *GQ*. Deux fois !

Je suis avec Dan et Mary chez *Kimmel*, l'un des restaurants du campus, en train de tenter de me remettre de ma nuit agitée. Hier soir, nous sommes sortis décompresser, Judith, Gary, Sacha et moi en attendant que David termine son rendez-vous avec Stinson et, question lâcher prise, on peut dire qu'on a tout donné ! Oh, que c'était bon de voir Gary enfin heureux ! Et Judith : elle resplendissait littéralement de bonheur ! L'atmosphère entre eux deux était magnétique : Sacha et moi nous en sommes amusées. Ç'a été notre premier moment de complicité.

La voix de Dan m'arrache à mes souvenirs :

– Louisa, sincèrement : je tuerais pour avoir ne serait-ce

qu'une pige dans *GQ* ! Même un publi-rédactionnel ! Et lui, il a été pris en photo pour faire la *couverture* !

– J'ai compris, Dan…

– Non Lou, je ne pense pas que tu aies compris. Explique-lui, Mary.

– Lui expliquer quoi ?

Dan pousse un soupir exagéré :

– Louisa, tu sais ce à quoi pensent les filles du monde entier quand elles voient une photo de ton David Fulton ? Elles se disent : « Voilà un homme, un vrai, avec de l'allure et de la classe. » Tu sais ce qu'elles se disent, quand elles voient une photo de moi ?

– Non Dan ; sincèrement, je ne sais pas.

– « J'ai bien fait de le virer de mes contacts Facebook, ce gros naze. »

Mary pouffe. Dan joue les hommes offensés.

– Ça t'amuse, Anderson ?

– Tu noircis le tableau, Koening… Même si cette photo de toi qu'a publiée Gloria, où tu es déguisé en patineur artistique pour Halloween, m'a laissée assez circonspecte.

Dan se rengorge.

– Je suis adorable, dans ce costume. Ma mère l'a cousu avec amour : je te défends de le juger. Et puis, je n'étais qu'un enfant.

– Un enfant de dix-sept ans…

Mary ajoute, audacieuse :

– Très sexy, d'ailleurs, moulé dans sa petite combinaison…
– Tu es obscène, Anderson. Mon corps n'est pas qu'un objet offert à ton œil lubrique !

OK, OK, je vois le genre… Ça se lance des piques, ça se cherche… Je parie que ces deux grands nigauds ne savent même pas qu'ils vont finir dans le même lit en moins de temps qu'il en faut pour dire « David Fulton ». Je réponds tout de même à mon camarade :

– J'ai conscience de tout ça, Dan. La célébrité de David, son magnétisme, crois-moi, je m'en rends bien compte. Mais moi, je perçois bien d'autres choses encore. À mes yeux, il a cessé de n'être qu'une image de magazine. Il est devenu… l'homme que j'aime.
– « L'homme que j'aime » ! Quelle divine simplicité !

En riant, je lui lance une boule de mie de pain au visage. Touché ! J'ai réussi à atteindre l'un des carreaux de ses lunettes.

– Ne te moque pas de moi Dan ! Je suis sérieuse !
– Ah mais je ne me moque pas ! Au contraire, j'admire ton flegme et ton assurance. Sortir avec David Fulton et faire preuve de si peu de jalousie, c'est comme traîner dans le Bronx passé minuit avec un sac Hermès au bras !

– Oh, je t'assure que le cuir de David est bien plus chaud que toutes les maroquineries de chez Hermès…

Mary roule des yeux horrifiés :

– Louisa Mars ! Quel langage !

Dan repousse son assiette.

– Tant de bonheur, ça me coupe l'appétit.

Il se lève.

– D'ailleurs, j'ai cours, il faut que je file. Tu viens Mary ?
– Oh, mince, c'est vrai… J'ai un CM sur Eisenstein…

Elle se tourne vers Dan et lui tend quelques dollars :

– Tu peux régler pour moi ? Je te rejoins dehors, je dois d'abord passer aux toilettes.

Dan repousse l'argent de Mary d'un geste désinvolte.

– Laisse, poupée, c'est pour moi.

Mary glousse alors que Dan se dirige vers le comptoir. Sitôt qu'il est hors de portée de voix, Mary se penche vers moi et débite à toute allure.

– Toi, tu ne perds rien pour attendre ! Je n'ai pas pu te voir depuis la fête chez Sandro et j'ai *mille* choses à te raconter… Ce soir ?

Mince, ce soir je ne peux pas.

– Oh, Mary, je suis désolée mais je dîne avec David…

Elle a l'air un peu dépitée. Je tente de la réconforter.

– Je me rattraperai bientôt, promis. On pourrait se faire une journée filles au spa ce week-end ou la semaine prochaine ? Bain de vapeur, massage, soin du visage… J'ai affreusement besoin de décompresser.
– Oh, quelle excellente idée !
– Super ! Allez, file vite, tu vas être en retard en cours. Moi aussi d'ailleurs, il ne faut pas que je traîne. Je dois repasser à la chambre prendre des livres avant mon TD sur le roman postmoderne.

Je laisse Marie quitter la cafétéria et vais régler ma salade avant de traverser le campus jusqu'aux dortoirs. Je suis décidément fatiguée de ma soirée de la veille ! D'autant que David a fini par nous rejoindre pour trinquer avec nous et que j'ai *encore* découché !

J'arrive dans le couloir où se trouve ma chambre et aperçois au loin l'inspecteur Stinson. Saisie par la surprise et la panique, je suis prise d'un mouvement de recul.

Qu'est-ce qu'il fiche là ? Est-ce qu'il se doute de

quelque chose ?

J'essaye de me ressaisir. D'enfiler le même masque d'impassibilité que David.

Garde la tête bien droite et une expression neutre.

C'est peine perdue : j'ai les mains qui tremblent lorsqu'il me tend la sienne.

– Mademoiselle Mars, ravi de vous revoir. Je vous attendais justement. Je ne savais pas exactement à quelle heure vos cours finissaient…

– Inspecteur Stinson… Que… quelle surprise de vous trouver ici !

Je glisse ma clé dans la serrure.

– Je suis juste passée récupérer un livre. J'ai un cours dans trente minutes.

– Ne vous en faites pas, mademoiselle, je n'en ai pas pour longtemps.

J'ouvre la porte.

– Vous souhaitez entrer ?

– Je préférerais que nous marchions un peu, si ça ne vous dérange pas.

– Très bien. Le temps de prendre mes affaires…

Marcher un peu. Est-ce que ça veut dire qu'une voiture de flic m'attend à la sortie de NYU ? Que Stinson a décidé de m'arrêter devant toute la fac, aux yeux de tous, et de m'inculper pour obstruction à la justice ?

Je ressors de la chambre mon ouvrage à la main et referme la porte. Nous commençons à avancer. Stinson me demande :

– Le parc est bien par là si je ne m'abuse ?

Je réponds trop vite, avec un ton enjoué qui sonne faux.

– Tout à fait oui !

Il me regarde l'air suspicieux :

– Parfait. Je pense qu'un peu d'air vous fera du bien.

Nous avançons au milieu du parc. Stinson sort une cigarette de son paquet puis me le tend. Je décline.

– Je ne fume pas.
– Sage décision. La pin-up Betty Page avait coutume de dire que la seule chose vulgaire, chez une femme, c'est la cigarette.

Un peu brusque, je m'enquiers :

– Je suppose que vous ne vouliez pas me voir pour discuter des méfaits du tabac ?

Stinson semble décontenancé.

– Non… Non, en effet. Asseyons-nous un instant sur ce banc, voulez-vous ?

Docile, je m'installe à ses côtés. En soupirant, Stinson m'avoue :

– Je suis très embêté, mademoiselle. Très, très embêté. Voyez-vous, votre ami David Fulton est passé me voir hier. Nous nous sommes retrouvés le soir après mon service, dans un bar face au commissariat. Il voulait me remettre le journal intime de son amie décédée, la jeune Sacha Stewart. Il vous en a parlé je suppose ?

Incertaine de ce que je suis censée ou non savoir, j'acquiesce.

– Oui, il en a fait mention. Mais vous connaissez David… Il est plutôt du genre secret.

Stinson sourit.

– Oui, secret. Et difficile à cerner. Mais j'imagine que ce genre d'homme plaît aux femmes…
– Quel genre d'homme ?
– Plein de self-control. Mystérieux.

J'observe un instant de silence.

– Le souci, mademoiselle, c'est que la police est beaucoup

moins férue de ce genre de caractère. Nous apprécions plus volontiers la franchise et l'honnêteté.

Il se tourne vers moi.

– Celles dont vous avez fait preuve jusqu'à présent sont admirables. Il serait souhaitable que cela continue.

Bon sang, ses sous-entendus me mettent mal à l'aise. Est-ce qu'il sait quelque chose ? Est-ce qu'il s'apprête à me passer les menottes ? À me tendre un piège ?

– M. Fulton voulait me remettre ce carnet car, d'après ce qu'il m'avait dit au téléphone, cet objet permettait de faire le lien entre Sacha Stewart et Igor Kanaïev, donc entre Igor Kanaïev et l'attentat dont il a été la victime. Une aubaine pour le NYPD : depuis le temps que nous cherchons à faire tomber Kanaïev… Aussi, imaginez quelle a été ma surprise quand j'ai constaté que dans ce journal, il n'était fait nulle mention de notre suspect ! Avouez que c'est étonnant.

J'esquive du mieux que je peux.

– Vous en avez parlé à David ?

– Bien entendu. La première chose que j'ai faite, c'est l'appeler pour savoir si jamais il n'y avait pas eu méprise. Était-ce bien ce carnet qu'il voulait me remettre ? Il m'a affirmé que oui.

– En ce cas…

Stinson ne me laisse pas poursuivre.

– Voyez-vous, le plus étonnant, c'est qu'il m'a affirmé que durant notre conversation téléphonique, il n'avait jamais fait mention d'un lien entre Kanaïev et le carnet. Selon lui, il s'agirait de deux conversations distinctes que j'ai dû mélanger. Or, j'ai beau être à un an de la retraite, je suis loin d'être sénile.

L'inspecteur s'interrompt et semble réfléchir.

– Oui, je suis loin d'être sénile… Aussi, j'ai tout envisagé. Je me suis demandé, par exemple, si Kanaïev avait trouvé un moyen de faire pression sur David Fulton ? S'il avait réussi à le convaincre de substituer au véritable journal de Sacha Stewart un faux ? J'ai d'ailleurs fait examiner ce carnet à mes collègues du service graphologie : ils m'en ont affirmé l'authenticité.

Je pousse un soupir de soulagement. Stinson ne manque pas de le remarquer. Il ne dit rien mais m'observe lentement, attendant que je craque. Je garde mes lèvres scellées, tant et si bien qu'il semble renoncer à me faire parler.

– Oh, peut-être bien que je perds la tête, après tout… En tout cas, je l'espère. Car je suis assez perspicace, mademoiselle, pour savoir que David Fulton ne craint rien ni personne et que jamais Kanaïev n'aurait pu le faire chanter. À moins de vous menacer vous. Je me trompe ?

Oui inspecteur : il existe une autre personne en ce monde que David souhaite protéger. Et cette personne, c'est Sacha.

– Vous ne dites rien, mademoiselle. Peut-être d'ailleurs n'avez-vous rien à me dire. Pour le moment…

Stinson soupire et se relève.

– Mais peut-être que bientôt, vous aurez besoin d'un ami à qui parler. De quelqu'un pour vous protéger, vous, mais également David. Je peux être cette personne. Tous mes hommes peuvent veiller à ce qu'il ne vous arrive rien. Il suffit de me le demander. « Protéger et servir », voilà notre devise, dans les forces de l'ordre.

Il essaye de te faire peur. Il sait que David lui cache quelque chose et il espère te faire craquer en te terrorisant.

Il me tend la main. Je m'en empare et la serre avec assurance pour lui montrer que ses insinuations ne m'atteignent pas.

– J'espère avoir bientôt de vos nouvelles, mademoiselle. Vous avez ma carte de toute façon. N'hésitez pas à vous en servir, en cas d'urgence ou juste pour bavarder.

Je suis tétanisée mais fais mon maximum pour n'en rien laisser paraître. Sans me démonter, je le gratifie de ce que j'espère être l'un de mes plus beaux sourires.

– Votre sollicitude me touche, inspecteur. Je suis vraiment impressionnée par le travail remarquable que fait le NYPD pour protéger les citoyens, mêmes ceux qui sont étrangers dans ce pays.

Nous nous regardons dans les yeux. C'est un duel. Je refuse de lâcher sa main la première. Je veux lui montrer qu'il ne me fera pas craquer aussi facilement. Stinson jette un coup d'œil à sa droite, puis à sa gauche, avant de prendre congé.

– Passez une bonne fin de journée, mademoiselle, et transmettez mes amitiés à M. Fulton.

Après un après-midi placé sous le signe de l'inquiétude et de la fébrilité, je retrouve David chez *Bouley*, à Tribeca. Lorsque le maître d'hôtel me guide à travers la salle, je sens le regard des autres clients sur moi. David lui-même ne me lâche pas des yeux. Je pense que ma robe Valentino fait son petit effet. C'est heureux que le tissu moiré détourne l'attention de mon visage, que je sens défait par l'angoisse. D'ailleurs, je suis tellement stressée qu'à peine assise, je renverse du champagne sur ma petite cape noire. Le maître d'hôtel s'en empare aussitôt pour la faire porter au pressing. « Aux frais de la maison », bien entendu. Je me confonds en excuses et en vaines protestations : après tout, c'est ma faute. David me regarde, intrigué.

– Tout va bien ?

Des larmes de fatigue me piquent les yeux. Je suis à deux doigts de m'effondrer.

– Louisa, qu'est-ce qui se passe ?

David a l'air très inquiet.

– Parle-moi ! Je commence à m'inquiéter.

Il attrape mon poignet et le serre. Ce contact un peu brutal me ramène à la réalité : son corps, sa peau, sa présence.

Il est là. Rien ne peut aller mal tant qu'il est là.

– Oh, David…

Je lui raconte la visite de Stinson.

– C'était atroce, je t'assure. Je ne savais pas ce que je devais dire ni ce que je devais taire. Il n'arrêtait pas de faire des sous-entendus à propos des dangers que je courais à lui mentir. J'avais si peur !

David me demande :

– Mais tu n'as rien dit, n'est-ce pas ?
– Non, j'ai tenu bon. Pour toi…

David m'embrasse l'intérieur du poignet.

– Ma pauvre chérie… Je suis désolée de t'avoir fait vivre tant de stress. Mais c'est pour la bonne cause : Stinson ne peut rien prouver et, grâce à nous, Sacha est maintenant hors de danger.

– Mais qu'en est-il de toi ?

Les yeux de David s'écarquillent.

– Comment ça ?

– Eh bien… Sans doute Kanaïev ne fera aucun mal à Sacha s'il n'apprend pas sa présence à New York et s'il croit qu'elle respecte encore leur pacte. Mais comment va-t-il deviner que *tu* as renoncé à tes recherches ? Après tout, s'il a essayé de t'éliminer car tu te rapprochais trop de la piste mafieuse, sans doute va-t-il vouloir terminer son travail.

Les sourcils de David se froncent. Il baisse la voix pour qu'on ne nous entende pas.

– Je t'assure Louisa que j'ai… certaines garanties. Mais je ne peux rien te dire pour l'instant.

À ces mots, je me décompose. Serait-ce le retour des non-dits et des secrets ?

– Tu me caches encore des choses ? Après tout ce que nous avons traversé ?

David caresse ma joue puis mon bras, pour que je me radoucisse.

– Louisa, je ne te cache rien : je m'assure de ta sécurité. Si cela doit passer par le fait de te taire certaines informations, du moins pendant un temps, alors oui, je n'hésiterai pas.

Je m'écrie, désespérée :

– Alors cela ne cessera donc jamais !

– Louisa, ma chérie, regarde-moi. Absolument toutes les décisions que j'ai prises, ces dernières semaines, étaient pour toi et le bien de notre relation. Tu le sais ?

J'opine.

– Je te demande de me faire confiance une fois encore lorsque je te dis que je suis certain que tu es en sécurité. Rien ne peut t'arriver, tout est sous contrôle. Tu me crois ?

Je suis soudain épuisée, et la voix de David est si chaude, si douce… Oui, j'ai envie de le croire. Oui : je le crois. Bien sûr que je le crois.

– Louisa, tout ce que nous avons vécu jusque-là, toutes ces épreuves qui devaient aboutir à faire taire mes démons, je ne les ai traversées que pour une seule raison : pouvoir être avec toi et te rendre heureuse. Rien d'autre ne compte à mes yeux. Lorsque je te vois ainsi, exsangue…

Il secoue la tête, visiblement rongé par la culpabilité.

– Que dirais-tu de partir quelque temps ? Juste toi et moi,

loin de toute cette folie ? Je me consacrerai alors à toi et uniquement à toi.

Oh, ce serait si bon… Mais j'ai hélas mes cours à NYU ! Je le lui dis.

– Peut-être que tu pourrais rater une semaine à la fac ? Un peu de repos ne nuira pas à ton travail.
– On… On pourrait faire ça ?

David éclate de rire.

– On peut faire ce que tu veux, mon ange. Absolument tout ce que tu veux.

D'une petite voix, j'admets :

– Ça me plairait. Quelques jours loin de New York, seule avec toi.
– Aussitôt dit, aussitôt fait. Et je sais déjà où je vais t'emmener.

Mes yeux brillent soudain d'impatience.

– Où ça ?
– Ah, c'est une surprise… Je peux juste te promettre que le soleil sera au rendez-vous.

Au mot « surprise », un souvenir jaillit soudain.

– Au fait, tu voulais me dire quelque chose hier, dans la limousine, mais nous avons été interrompus. De quoi s'agissait-il ?

Il prend un air énigmatique.

– Oh, je pense que finalement, cette chose peut attendre nos vacances. Je préfère que nous discutions de tout cela en sirotant un Daiquiri au bord d'une piscine à débordement.

Me voilà intriguée et impatiente !

– C'est quelque chose… de bien ?

Il rit.

– Je l'espère !

D'un air énigmatique, il ajoute :

– C'est quelque chose qui a pour but de te faire plaisir en tout cas. Et de *me* faire plaisir. Une sorte de requête.

De plus en plus mystérieux, il ajoute :

– J'espère en tout cas que cette demande ne t'effrayera pas trop.

Une demande ? Quel genre de demande ? Ma respiration s'accélère. Dans ma tête, c'est l'euphorie totale. Je me mets soudain à rêver…

IV

À LA RECHERCHE DE LA VÉRITÉ

17
HACIENDA

Allongée sur le lit, je contemple le blanc vaporeux de la moustiquaire qui forme un cocon autour de moi. Lorsque j'étais enveloppée dans le sommeil, je pouvais entendre un cliquetis accompagner mes songes. Maintenant que je suis réveillée, j'arrive à identifier la source de ce bruit : il s'agit du clavier d'un ordinateur. Les doigts de David volettent sur les touches ; les mots semblent lui venir si vite ! Plus vite que ne peut aller ma pensée encore engourdie par les rêves. Cette sieste m'a fait du bien, mais je me sens cotonneuse.

Depuis notre arrivée au Mexique, je m'endors régulièrement aux heures les plus chaudes du jour. David avait raison : le stress de ces dernières semaines m'a épuisée. Dans le cadre idyllique de Manzanillo, mon corps récupère progressivement de la fatigue accumulée. La caresse du soleil sur ma peau et les mains de David sur moi me ramènent chaque jour un peu plus à la vie.

Je me lève et attrape une brochette de fruits dans le panier d'osier que le personnel de maison a déposé sur la table de nuit pendant que nous étions à la plage. J'entre dans la salle de bains pour me passer un peu d'eau sur le visage et relever mes cheveux. Le lin blanc de ma robe fait ressortir cette teinte dorée qu'a prise ma peau. Je constate que certaines de mes mèches sont teintées de reflets miel grâce au soleil du Pacifique. Je pose un peu de baume adoucissant sur mes lèvres, puis me dirige vers la terrasse de la chambre, où David s'est installé pour travailler.

La date de remise de son manuscrit approche à grands pas mais il a l'air serein. Son éditeur a été enthousiasmé par la première version du roman qu'il a lue, *La Disparition de Sacha S.* J'ignore totalement à quoi ressemblera le livre. Un polar ? Une histoire d'amour ? Tout ça à la fois ? Ce qui m'intrigue le plus, c'est la conclusion que David donnera au texte. Car si *La Disparition de Sacha S.* s'inspire de l'enfance de David, de sa relation avec Sacha durant l'adolescence puis de l'enquête qu'il a menée suite à la lettre de suicide laissée par la jeune fille, il ne peut absolument pas révéler au lecteur la vérité : que Sacha est en vie, que sa mort n'était qu'un simulacre destiné à la libérer des griffes de l'homme qui, durant des mois, a abusé d'elle : Marc Hasting.

Lorsque Sacha a ressurgi la semaine dernière, j'avoue que j'ai été inquiète. Je pensais qu'en découvrant que son premier amour était encore en vie, David se détournerait de moi. Je suis soulagée de constater qu'il n'en est rien.

Notre relation n'a jamais été si forte. Je me sens totalement en sécurité dans ses bras. Pourtant, j'avoue que je suis curieuse de lire son roman car, oui, cela m'aidera peut-être à mieux comprendre la relation qu'il entretient avec Sacha et, surtout, à saisir ce qu'il ressent aujourd'hui pour elle. Leur enfance a été si épouvantable qu'il reste quelque chose de puissant entre eux, comme un lien invisible qui parfois me blesse. Et même si j'ai conscience que ce lien est fraternel… Eh bien, pour être honnête, ça ne m'empêche pas de me sentir un peu exclue.

Depuis que j'ai rencontré David, je suis habitée par ce désir étrange : celui de l'avoir toujours connu. J'aimerais comprendre toutes ses douleurs et tous ses secrets. Je voudrais être celle qui l'a consolé à travers le temps. Sa vie a été tellement plus mouvementée que la mienne ! *Ses* vies, pourrait-on dire, car à seulement vingt-neuf ans, il en a déjà vécu mille. D'accord, celle qui est la sienne en ce moment m'est dédiée… Mais qu'en est-il des neuf cent quatre-vingt-dix-neuf autres qui l'ont précédée ?

Si ma meilleure amie Mary m'entendait ! Ce n'est pas du tout rationnel d'être jalouse du passé de quelqu'un, je le sais bien… Et puis que pourrais-je vouloir de plus ? C'est une question que je me pose, debout dans l'embrasure de la porte-fenêtre, alors que j'observe un David affairé à travailler et qu'à l'horizon se déploient le sable doré et la mer indigo de Manzanillo. Du bout de la langue, je fais glisser un morceau de fraise le long du pic en bois que je tiens dans la main. Le jus du fruit explose dans ma bouche, les petits grains croquent sous mes dents. Je m'approche subrepticement de David pour lui donner un baiser, un baiser au goût de fraise.

Ce dernier a dû m'entendre approcher car il se retourne brusquement pour me surprendre. Il me fait basculer sur ses genoux. Je pousse un petit cri émerveillé alors que nos bouches fiévreuses se pressent l'une contre l'autre.

– Bien dormi, mon ange ?

– Oh, David… Divinement. Mais il faut dire que la matinée a été éreintante…

Je lui fais un clin d'œil.

– Manger, bronzer, faire l'amour… J'avais besoin de ça pour me remettre de mes émotions.

Lorsque nous avons grimpé dans le jet de David, j'étais exsangue. Depuis septembre, les embûches n'ont pas arrêté de se mettre sur notre route. D'abord, il y a eu John Doe, le célèbre blogueur et chroniqueur mondain, qui a, pendant un temps, fait de moi sa cible privilégiée… Ensuite, il y a eu la découverte de l'identité de l'agresseur de Sacha, Marc Hasting, à qui Gary, le meilleur ami de David et frère de Sacha, a voulu régler son compte… Puis enfin, le retour de Sacha, couronné par la fuite de Marc Hasting qui s'est une fois de plus soustrait à la justice. Quand je pense que ce monstre court toujours, j'en ai des frissons ! Pourvu qu'il ne s'en prenne à personne d'autre !

Le souci, c'est qu'on ne peut rien faire pour l'instant pour l'arrêter. Lorsque Sacha a quitté New York, c'était en promettant à celui qui l'a aidée de disparaître et de ne jamais revenir. Ce dernier, Igor Kanaïev, est un membre de la mafia : il fera tout pour qu'on ne remonte pas jusqu'à lui. Or, donner Hasting à la police, c'est permettre aux forces de l'ordre d'élucider leur enquête concernant Sacha et de remonter jusqu'à Kanaïev... Cet homme a déjà essayé d'éliminer David une fois en envoyant un colis piégé à son appartement : il est prêt à tout.

Être loin de ce climat menaçant me fait du bien, c'est certain, mais je sais qu'à un moment il faudra rentrer, même si David me rassure.

– Rien ne presse. La maison est louée pour le mois et je peux affréter le jet à tout moment : on partira quand tu le décideras.

Sauf que j'ai ma vie à New York ! Je ne parle pas seulement de mes cours à NYU, mais aussi de mes amis, Mary et Dan en tête. Pour l'instant, ça va : je rédige aux côtés de David les devoirs que je suis censée rendre à mes professeurs avant les *midterms*, les partiels de mi-semestre. En tant qu'étudiante étrangère, il m'est plus facile de demander une dispense d'assiduité auprès du doyen et de m'absenter : de nombreux camarades le font lorsqu'ils ont des problèmes dans leur famille ou des formalités administratives à régler d'urgence dans leur pays d'origine. Oh, je sais ce qu'a coutume de me répondre David à ce sujet : « Ta santé et ta protection passent avant tout, Louisa. Et puis, ce n'est pas comme si tu négligeais tes études. »

C'est vrai que pour l'instant, ma plus mauvaise note de l'année a été un A-. À NYU, il suffit de lire attentivement la bibliographie que vous remettent les professeurs en début de semestre pour vous maintenir à flot, ce que je peux tout aussi bien faire sur la plage. Oh, après tout, je devrais me laisser aller ! D'autant que David m'a entraînée au Mexique en me disant avoir une surprise pour moi. Or, depuis notre arrivée il y a trois jours, ladite surprise n'a toujours pas pointé le bout de son nez.

Je vais m'appuyer sur la rambarde de la terrasse. Je regarde à mes pieds le jardin. Des plantes miraculeuses poussent, anarchiques : lauriers-roses, cactus en fleurs. Le jardinier nettoie la piscine à débordement. J'entends au loin la gouvernante de la maison donner l'ordre qu'on fasse les chambres. David me demande :

– Que regardes-tu, Louisa ?
– L'horizon. Ce bel horizon que tu m'offres chaque jour.

Il me sourit, comprenant que je ne parle pas *seulement* de la vue depuis l'hacienda.

– Je voulais te proposer que nous fassions un tour aux écuries. Je crois que Stella, la jument blanche que tu aimes tant, a été ferrée hier. Nous pourrions peut-être aller nous balader sur la plage au soleil couchant ?

– Oh, ce serait merveilleux !

– Que vas-tu faire d’ici là ?

– Piquer une tête je pense, puis avancer dans ma lecture de David Foster Wallace. Il fait partie des auteurs que j’ai choisis pour mon dossier de littérature comparée.

David a un haussement de sourcils comique.

– Quel sérieux ! Je suis admiratif.

– … dit le type qui est en train de finir son nouveau chef-d’œuvre…

– Ça, nous n’en savons rien encore.

J’attrape un exemplaire du *Herald Tribune* qui traîne sur la table et commence à lire à voix haute :

– « ***C’est dans une librairie du Village, quartier éminemment littéraire s’il en est, que David Fulton présentera dans moins d’un mois son nouvel ouvrage,*** **La Disparition de Sacha S.** ***Rien n’a fuité de ce livre mystérieux au titre envoûtant, mais l’agent de David Fulton, Judith Campbell, en parle comme du “nouveau*** **Dahlia Noir”.** ***Hollywood aurait déjà manifesté son intérêt pour les droits de ce roman…*** »

Je m’interromps :

– Aurai-je du souci à me faire quand toutes les starlettes voudront obtenir coûte que coûte le rôle de Sacha ?

David me lance un sourire énigmatique.

– Je ne pense pas, Louisa. Je ne pense vraiment pas…

Pourquoi tant de mystères ? Je ne peux m'empêcher de lui demander :

– Pourrais-tu au moins me faire lire un chapitre ?

David s'approche de moi et m'enlace.

– Chérie, tu sais bien que je suis un perfectionniste… De plus, ton avis importe plus à mes yeux que celui de quiconque. Je voudrais vraiment te présenter la version finale. J'aimerais être certain que je n'aurais à rougir d'aucun mot face à toi.

Je l'embrasse sur la pommette en soupirant :

– Ah ! Ces artistes !

David joue avec les petits cheveux qui s'échappent de mon chignon noué à la va-vite.

– Je pense que tu mérites une récompense pour ta compréhension. Tu te souviens de la surprise dont je t'avais parlé ?

À l'intérieur de moi, une petite fille réjouie se met à battre des mains.

Il lit dans mes pensées ou quoi ?

– Bien sûr que je m'en souviens !
– Eh bien, je pense qu'il est temps pour moi de te l'offrir…

Il regarde autour de nous.

– Mais pas maintenant. Ce soir ?

Oh là là ! Me connaissant, je vais passer le reste de la journée à me demander de quoi il s'agit. C'est fichu pour la lecture de David Foster Wallace, je ne vois pas comment je pourrais me concentrer sur les longues phrases sinueuses de l'auteur. Mon esprit est totalement accaparé par la perspective réjouissante de cette soirée.

Me voilà perdue dans mes spéculations. Si ça se trouve, David m'a menti : il compte en réalité me permettre de découvrir son manuscrit avant la sortie du livre. Ça expliquerait pourquoi il a attendu si longtemps pour m'offrir son cadeau… Bon sang mais c'est… bien sûr ! La voilà ma surprise ! Il fallait juste qu'il finisse de l'écrire !

– Qu'y a-t-il, Louisa ? Tu as l'air totalement perdue dans tes pensées.
– Je pensais à ce soir. Pour être honnête, j'essayais de deviner quelle pouvait bien être cette fameuse surprise…

David sourit :

– Impatiente, miss Mars ?
– Curieuse, comme toujours.

– La curiosité n'est-elle pas un vilain défaut ?
– C'est aussi une preuve d'intelligence, d'après certains.
– Ton intelligence n'a pas besoin d'être prouvée, crois-moi : elle est déjà largement admise. Alors que ta patience…

Je passe mes bras autour de son cou.

– Serait-ce un reproche déguisé ?

David enserre ma taille et plaque son bassin contre le mien.

– Pas le moins du monde ! J'adore ta nature impétueuse. Surtout quand elle ne me laisse pas d'autre choix que de te distraire en attendant qu'il soit l'heure de ton cadeau.
– Et comment comptes-tu t'y prendre ?

David m'embrasse, me pressant toujours plus fort contre lui, avec une ardeur qui ne laisse aucun doute possible concernant ses intentions…

Stella me porte au galop, martelant le sable et l'écume de ses sabots argentés. Je la monte à cru, mes mains accrochées à sa crinière. Je peux sentir l'étalon de David derrière moi, lancé lui aussi à vive allure. Le ciel se pare de nuances améthyste à mesure que le soleil orange s'évanouit dans la mer.

Je ris à gorge déployée tandis que le vent fouette mon visage. Jamais je ne me suis sentie aussi libre. Le cheval de David dépasse le mien : nous accélérons pour le rattraper.

Arrivée à son niveau, nous ralentissons tous les deux.

– Tu es une cavalière extraordinaire.

– Enfant, une de mes camarades de classe possédait des chevaux. C'était la fille d'un riche industriel, on s'entendait très bien. J'allais souvent chez elle passer mes mercredis après-midi. Je l'aidais avec la grammaire et les maths, elle m'apprenait à monter.

Il n'y a pas un seul bruit urbain autour de nous, juste le doux clapotis des vagues qui viennent lécher les sabots de nos montures. Le soleil n'est plus qu'un croissant rouge en train de disparaître, l'obscurité ne va pas tarder à être totale, et même si la lune énorme diffuse une puissante lumière, il est sans doute temps de rentrer.

Je m'apprête à proposer à David de faire demi-tour lorsque j'aperçois, au loin, au bout de la plage, diverses auréoles de lumière orangée, comme des foyers d'incendie. Je montre cette direction à David.

– Qu'est-ce que c'est que ça à ton avis ?

Il esquisse un demi-sourire, sans me regarder.

– Ma surprise pour toi, Louisa. Suis-moi.

Nous trottons encore sur huit cents mètres, et peu à peu la source de lumière se précise : il s'agit de cinq flambeaux plantés dans le sable, dessinant un large cercle. Au milieu, j'entraperçois une forme. Plus je m'approche, plus ses contours deviennent nets. Il s'agit d'une table dressée pour deux. Je pousse un cri émerveillé. David me demande :

– Ça te plaît ?

– Oh David… C'est pour nous ?

– Je me suis dit qu'il fallait profiter au maximum de ce cadre idyllique.

Un majordome s'approche pour nous souhaiter, en espagnol, la bienvenue. David descend de sa monture puis s'approche de la mienne. Il me fait signe de me laisser glisser dans ses bras : je m'exécute.

– Mais… Qu'allons-nous manger ? Il n'y a rien autour !

David rit de la pointe d'anxiété que trahit ma voix.

– Cette petite chevauchée t'a mise en appétit, à ce que je vois ! Tant mieux, ça fait plaisir à entendre.

Il me prend par la main en nous entrons dans ce cercle de lumière formé par les flambeaux.

– J'ai embauché un chef. Il a installé sa cuisine derrière ces rochers que tu vois là. Sa spécialité est la cuisson au feu de bois. Je me suis dit qu'un dîner façon Robinson Crusoé ne serait pas pour te déplaire. Oh, bien sûr, ce sera un peu plus raffiné… Homard, champagne… Et si tu te sens l'âme aventureuse, requin grillé.

Du requin? J'ignorais même qu'on mangeait cet animal.

– Ce poisson a un goût proche du bœuf. C'est délicieux quand c'est très relevé, tu verras.

Le majordome tire ma chaise pour que je prenne place. David me fait les honneurs en retirant du seau la bouteille de champagne qui nous attendait. Le bouchon saute, la mousse déborde. Il remplit ma flûte.

– Je propose un toast : au paradis sur terre…
– Au paradis !
– … et à la déesse qui partage ma vie.

Je souris, ravie. Nos verres, en se touchant, tintent de ce doux bruit du cristal. David a l'air si heureux.

– Ce silence, Louisa… C'est spectaculaire.

En m'embrassant tendrement, de ses lèvres charnues parfumées de champagne, il susurre :

– Je suis si heureux d'en profiter avec toi.

Il s'assied à son tour.

– Je crois que moi aussi, j'avais besoin de fuir Manhattan, et pas seulement pour le travail. Ces dernières semaines ont été éprouvantes. J'ai beau avoir le goût du risque, un peu de repos de temps à autre n'est pas pour me déplaire.

C'est vrai que le retour de Sacha, aussi joyeux soit-il, a dû être pour lui un véritable choc. Et c'est sans compter les révélations qu'Emilio a faites à David sur ses parents.

– Tu sais Louisa, plus le temps passe, plus je réfléchis à ce que mon oncle m'a dit. Sur le fait que la voiture de mon père a été trafiquée, causant sa mort ainsi que celle de ma mère dans ce tragique accident. C'est bizarre car c'est un aveu d'une extrême violence… Et pourtant, j'ai l'impression que cela m'aide à faire mon deuil. Avant qu'Emilio m'avoue la vérité, j'avais occulté que j'étais un Schiari. J'étais orphelin, un point c'est tout. Je n'avais ni famille ni appui en ce monde. Un homme sans origines…

David a soudain l'air très ému.

– Je peux enfin accepter mon héritage. Sans toi, je n'y serais pas arrivé et je ne sais pas comment te remercier.

C'est à mon tour d'être très émue. Je glisse ma main dans la sienne et nos doigts s'entrelacent.

– Oh ! Mais David… Je n'ai rien fait. C'est toi, et toi seul, qui as trouvé le courage de parler à ton oncle.
– Tu n'en as peut-être pas conscience mais c'est ce que j'éprouve pour toi qui m'en a donné le courage. Rien que pour ça, je te serai éternellement reconnaissant.

Il prend un air énigmatique.

– J'ai beaucoup réfléchi à un moyen de te prouver ma gratitude et… t'exprimer ce que je ressens pour toi. Parce qu'il est important à mes yeux que tu le comprennes. Et soudain, ça m'a frappé, comme une évidence.

Il fait un signe au serveur, qui s'approche de nous et lui remet un objet que je prends d'abord pour une petite mallette. David s'en saisit et la pose sur la table. Maintenant que je vois mieux, je constate qu'il s'agit d'un écrin de format carré, recouvert de velours noir. Un très gros écrin. Que peut-il bien contenir ?

– Ceci dormait dans le coffre de ma banque depuis des années. J'avais presque oublié son existence. Mais les récents événements l'ont rappelé à mon bon souvenir.

Il pousse l'objet sur la table, dans ma direction.

– Ouvre, c'est pour toi.

Mon souffle est suspendu. Dieu, je ne sais pas ce que ce coffret contient mais je sens que c'est extravagant ! Mon pouce glisse sur le magnifique velours noir jusqu'à un fermoir en or véritable qui fait entendre son cliquetis. Le cœur battant, j'ouvre ce magnifique écrin tapissé d'un tissu soyeux couleur lilas. Quand je comprends enfin ce que je contemple, je manque de défaillir.

– David ! C'est trop ! Bien trop…

Je n'arrive pas à trouver les mots pour exprimer ce que je ressens. Sous mes yeux, réfléchissant la lumière des flambeaux, se trouve une parure de diamants. Et quand je dis « diamants », je parle de cailloux énormes, tels que je pensais qu'il n'en existait que dans les films ! Un collier composé de grosses gouttes translucides d'une valeur inestimable, un bracelet formé de cinq rangées de pierres précieuses, des boucles d'oreilles sublimes, longs pendants miroitants, et une broche absolument spectaculaire ! Je n'arrive pas à en croire mes yeux !

– Rien n'est « trop » pour toi, Louisa.

Il se lève et vient se poster derrière moi. Il se penche et son bras frôle mon bras nu alors qu'il s'empare du collier qu'il me passe autour du cou. Je sens ses doigts agiles manipuler le fermoir dans ma nuque. Il pose une de ses mains sur mon épaule. Sa peau est brûlante. Je voudrais embrasser cette main, ou l'autre encore, occupée à saisir cette fois le bracelet. Avec délicatesse mais fermeté, David saisit mon poignet pour y placer le bracelet de diamants. Son geste est tellement viril et assuré que j'ai l'impression de me faire menotter. Avec des menottes de luxe, vingt-quatre carats.

Ce cadeau est si somptueux ! Je ne suis pas certaine de pouvoir l'accepter. Je m'apprête à protester de nouveau quand David, me contemplant d'un air attendri, me dit :

– Ces bijoux appartenaient à ma mère, et à sa mère avant elle. Cela fait cinq générations que les femmes de ma famille se les transmettent.

Je reste sans voix.

– Ils sont magnifiques sur toi. C'est lorsque les diamants sont portés qu'on voit réellement leur beauté. Ils ne s'illuminent que grâce à l'éclat de la femme qui les arbore. Je ne pense pas les avoir déjà vus scintiller si fort.

Je ne suis toujours pas remise de ce qu'il vient de me dire. Ce sont là les diamants des baronnes de Schiari ?!

– Tu… Tu veux dire que tu m'offres des bijoux qui sont… qui sont dans ta famille depuis des… des générations ? Oh ! David, je ne peux pas accepter !

Je commence à ôter le collier et le bracelet.

– C'est trop, beaucoup trop. Tu vas regretter ton geste, je le sais…

David saisit de nouveau mon poignet, cette fois avec autorité.

– Regretter quoi ? Ma mère n'a pas eu de fille pour perpétuer cette tradition. Si elle avait été en vie, elle aurait voulu que tu aies ces bijoux.
– Mais… Mais pas maintenant ! C'est trop tôt ! Que se

passera-t-il si jamais tu te lasses de moi ? Qui connaît les sentiments que tu me porteras dans quatre semaines, dans quatre mois ?

David a l'air blessé.

– C'est justement pour ça que je voulais t'offrir ces diamants, Louisa. Pour que tu cesses de douter de moi à ce point. Crois-tu que j'ignore ce que je désire ? Je suis un homme habitué à obtenir tout ce qu'il veut, Louisa : crois-moi, ça me rend… lucide.

Ma voix se déchire.

– Je rêverais d'accepter David, mais j'aurais l'impression d'abuser de toi !

Je range le collier et le bracelet. C'est à cet instant que je constate que l'emplacement de la parure réservé à la bague de la baronne de Schiari est vide. David surprend mon regard.

– Je suis moins inconséquent avec ces bijoux que tu ne sembles le penser, Louisa. Je t'offre cette parure mais garde la bague pour l'instant. J'espère bien un jour te la remettre, mais j'espère alors que ce sera dans un autre contexte. Un contexte où tu n'hésiteras pas avant de dire « oui ».

Je n'ai jamais envisagé la possibilité qu'un jour, David me demande… Non, je n'ai jamais osé y songer. Devenir

Madame Fulton ? Ce serait bien trop grand, bien trop beau. Je ne suis pas d'un naturel naïf : je sais que les contes de fées n'existent pas. Même si j'ai conscience qu'aux yeux de David, je représente bien plus qu'une simple passade, je n'arrive pas à croire ce que ses propos suggèrent. Qu'il pourrait me demander de devenir sa femme.

Rien que l'idée me donne le vertige. Passer notre vie ensemble… C'est mon souhait le plus cher, bien entendu. Si je suis bien trop émue pour le lui dire, je peux au moins le lui montrer.

La main tremblante, je m'empare de nouveau du collier.

– Pourrais-tu m'aider à l'attacher s'il te plaît ?

David comprend instantanément que j'accepte finalement son cadeau. Son sourire se fait radieux alors qu'il s'exécute.

– David, je… je ne sais pas quoi dire. Je n'ai jamais été aussi touchée par un cadeau… Je ne suis pas habituée à être aussi gâtée. Et je ne parle pas seulement de la valeur matérielle de ces diamants… Ce symbole, c'est si bouleversant… Je crois que c'est pour ça que j'ai un peu paniqué. Tu ne m'en veux pas ?

David embrasse mon cou.

– Non, je comprends je crois. Mais je suis heureux que tu aies changé d'avis.

L'instant est si parfait que je n'ose ajouter :

Le jour où tu m'offriras cette bague, je dirai « oui ». Sans hésiter.

Au matin, je me lève avant David, qui dort encore à poings fermés, sans doute épuisé par la nuit que nous avons passée. Une nuit si belle que nous n'avons pu résister à la tentation de prendre un bain de minuit. Et bien entendu, les choses entre nous se sont rapidement corsées…

Je souris à ce souvenir et descends au salon. Là, je demande en espagnol à la gouvernante de préparer un petit déjeuner à servir au patio. Je m'installe à la table de jardin. Un employé de maison accourt avec mon thé et des journaux américains. J'ouvre le *New York Times*.

Soudain, mon sang se fige.

Il faut que je réveille David immédiatement.

Chancelante, je me précipite à l'étage, entendant à peine la gouvernante qui m'interpelle :

– Tout va bien, *signora* ?

Je me précipite dans la chambre et secoue David.

Oh mon Dieu ! je vais me trouver mal.

Il ouvre les yeux, effrayé.

– Louisa, qu'est-ce qui se passe ?

Il me prend dans ses bras et m'attire contre son torse chaud. Je n'arrive pas à articuler le moindre mot et me contente de brandir le journal, hébétée. David comprend où je veux en venir et s'empare du *Times*. Il commence à parcourir la page qui a provoqué chez moi une telle panique et trouve enfin l'entrefilet que je voulais lui montrer.

– C'est pas vrai !!!

Il lit et relit :

« Le corps d'un homme a été repêché cette nuit dans l'Hudson. Le défunt a été identifié : il s'agit de Marc Hasting, un New-Yorkais de 42 ans. Une enquête a été ouverte pour tenter d'élucider les causes de sa mort. Quiconque aurait des informations à fournir est prié de se présenter à la police. »

– Louisa, fais tes valises : nous rentrons à New York.

Nos regards se croisent. On peut y lire la même interrogation, le même doute.

Et si Gary avait craqué ?

18
SOUPÇONS

Le jet a atterri voilà seulement une heure, mais nous sommes déjà au milieu du salon de David avec Gary.

– Tu te rends compte de ce que tu as fait ? Je ne parle pas seulement du pétrin dans lequel tu t'es fourré mais… Gary, il s'agit d'un *meurtre* !

Gary répond à son ami d'enfance :

– Je t'en prie David, crois-moi… Je ne suis pour rien dans cette affaire et je n'ai aucune idée de qui aurait pu commettre un tel acte.

David le foudroie du regard :

– Si ce n'est pas toi, c'est sans doute Sacha la coupable ? Ou, mieux encore, Judith ?

David détourne le regard, l'air écœuré. Je suis moi-même si choquée que j'ai du mal à regarder Gary en face lorsqu'il me prend à partie.

– Je t'en prie Louisa, tu dois me croire. Tu dois convaincre David : je n'ai pas touché un cheveu de Hasting. Je ne l'ai même pas pisté, bon sang !

D'une petite voix fragile qui se veut apaisante, je réponds :

– J'aimerais te croire Gary, j'aimerais vraiment. Mais tu comprends que les apparences sont contre toi. Il y a une semaine encore, tu tenais cet homme en joue, fermement décidé à l'abattre…

– Oui mais j'ai renoncé !

La détresse dans sa voix me déchire. Je pense un instant à Judith : si Gary a commis une telle atrocité, elle va être brisée. Elle l'aime tant !

Gary continue son plaidoyer :

– Ma *sœur jumelle* m'a demandé de ne pas m'en prendre à Hasting pour sa *propre* sécurité ! Pensez-vous que j'aurais pu la mettre dans le pétrin à ce point ?

Gary se met lui aussi à faire les cent pas.

– Je ne m'en suis pris à Hasting que parce qu'il m'avait volé Sacha. Maintenant qu'elle est de retour… Mon but a toujours été de la protéger, vous le savez aussi bien que moi. Est-ce que je prendrais le risque de lancer la mafia à ses trousses juste pour assouvir mon désir de vengeance ?

L'argument de Gary est sensé. Pourtant, je ne peux m'empêcher de penser à son naturel sanguin et impulsif. Tout le contraire de David, qui garde une grande maîtrise de lui-même et des situations. Ces hommes sont le jour et la nuit. Mais David peut aussi être d'une profonde intransigeance.

– David, peut-être devrions-nous écouter Gary ?

Mon amant se tourne vers moi.

– Et pour quoi faire ? Pour qu'il rejette la faute sur le dos de quelqu'un d'autre ?

Gary se sert un verre, l'air abasourdi.

– Tu n'as donc plus aucune confiance en moi David, c'est ça ? Tu me prends pour un lâche qui nie ses responsabilités ?

Le visage de David se déchire. Gary est comme un frère pour lui, et peu de gens ont un sens aussi aigu de la loyauté que David Fulton.

– Je voudrais te croire Gary mais… mais tu ne me donnes rien. Bientôt, la police viendra nous trouver et si tu leur dis la même chose qu'à moi, à savoir que tu n'es au courant de rien, eux ne vont pas te lâcher.

Gary blêmit :

– Tu penses qu'eux aussi vont me suspecter ?

David prend un ton exaspéré :

– Gary, il s'agit du meurtre de l'homme qui a été soupçonné d'abuser de ta sœur jumelle ! J'ai parlé de lui avec Stinson ! Ils vont *tous les deux* nous suspecter. Seulement, moi, j'ai un alibi inattaquable : je n'étais même pas aux États-Unis !

David hésite un instant.

– Je devrais sans doute appeler mon avocat et le mettre au courant de la situation.

Gary s'écrie :

– Ne fais surtout pas ça !

Gary s'approche de David, suppliant :

– Je t'assure que je suis innocent et je peux le prouver mais… pas là, pas comme ça.

Je m'éclaircis la voix :

– Le prouver, dis-tu ?

Gary se tourne vers moi, les yeux emplis de gratitude. Il

sent que je suis prête à entendre sa version des faits.

– Oui, Louisa : la nuit où Hasting a été tué, je n'étais pas seul. Pour tout te dire, j'étais avec une femme. Nous sommes restés ensemble bien après l'heure à laquelle la police a repêché le corps de Hasting dans l'Hudson.

Je m'exclame :

– Mais tout est pour le mieux alors ! Si cette femme peut témoigner en ta faveur, il y a peu de chances que la police t'inculpe. Ainsi, personne ne sera forcé de parler du retour de Sacha.

Le visage de Gary se ferme soudain.

– Je ne peux pas demander à cette femme de témoigner pour moi…

David a un sourire ironique.

– Laisse-moi deviner : il s'agit d'une femme mariée ? Ou encore mieux : d'une mystérieuse inconnue dont tu n'as pas pris le numéro de téléphone ?

Gary tente de nouveau de convaincre son ami.

– Je t'assure que si tu savais de qui il s'agit, tu comprendrais que je ne veuille pas la mêler à ça. Mais je te dis la vérité, David : j'étais bien accompagné la nuit où

Hasting a été tué. Il *faut* que tu me croies.

Gary a l'air si sincère ! Mais dans ce jeu de miroir où chacun s'est révélé à l'opposé de ce qu'il affirmait être, peut-on le croire lorsqu'il affirme avoir passé la nuit avec une femme mystère dont il ne peut rien dire ?

Une nouvelle fois, j'ai une pensée pour Judith. Si Gary dit vrai, s'il y a effectivement dans sa vie une nouvelle femme, mon amie va être dévastée. Peut-être que c'est pour ne pas la blesser qu'il refuse d'utiliser son alibi ? Elle est tellement amoureuse de lui ! Cela fait pourtant près de quinze ans qu'ils sont séparés mais, de son propre aveu, elle n'arrive pas à se remettre de leur rupture. Elle est pourtant l'une des femmes les plus courtisées de New York : tous ceux qui la croisent (acteurs célèbres, sportifs, hommes politiques) succombent à son charme. Rien n'y fait.

Oh, certes, on l'a parfois vue au bras d'un de ces hommes… Certains se sont accrochés et sont même parvenus à rester dans sa vie quelque temps. Mais elle n'arrive absolument pas à oublier Gary. D'une certaine façon, elle l'attend. Comment la blâmer ? Après tout, quand on rencontre l'âme sœur… impossible de continuer après une telle perte.

J'entends souvent dire que le temps guérit tout. Ceux qui affirment cela n'ont jamais aimé. Pas comme Judith aime Gary, ou comme moi j'aime David. Si ce dernier me quittait… Je frissonne rien qu'à cette idée. Je ne sais absolument pas ce que je deviendrais sans lui.

J'essaye de chasser cette sombre pensée alors que je me rends à mon rendez-vous avec Mary. J'ai senti que David avait besoin d'un peu de calme, après sa confrontation avec Gary.

– Je dois réfléchir à tout ça, Louisa. Trouver une solution pour protéger Gary de la police sans dévoiler les secrets de Sacha.

Sa voix montre qu'il est très touché.

– Gary est mon ami depuis quinze ans. Je l'aime plus que ma propre famille, mais je ne sais pas quoi faire. Même s'il échappe à la police, je ne suis pas certain que ce soit bon de le laisser s'en sortir comme ça. Seigneur ! Après tout, on parle d'un meurtre, perpétré de sang-froid !

Moi-même d'un naturel confiant, j'ai vu l'état de rage dans lequel était Gary lorsqu'il a mis la main sur Hasting. Je sais de quoi il est capable. Et cette histoire de femme dont il ne peut dévoiler l'identité… j'avoue que vu la gravité de la situation, c'est difficile à croire.

Je pousse la porte de Bloomingdale's pour rejoindre ma colocataire, qui m'attend au bar à ongles. J'ai un peu négligé Mary ces derniers temps et j'espère qu'elle ne m'en tient pas rigueur. Mais je ne le pense pas, vu tout ce qui s'est produit de neuf dans sa vie. En premier lieu, sa relation avec Dan : ce dernier s'est enfin décidé. Ils se sont vus plus fréquemment après la soirée de Sandro et, de fil en aiguille… Les voilà maintenant ensemble, enthousiastes et heureux d'après ce que me raconte Mary, hésitant entre deux nuances de corail.

– Je t'assure, il est tellement attentionné ! Jamais je ne me serais attendue à ça de sa part. Tous les soirs, nous nous voyons pour un ciné ou un resto. Chaque midi, il m'appelle pendant ma pause déjeuner pour savoir comment je vais. Qui aurait su prédire que cet intello de Daniel Koening savait s'y prendre avec les filles ?

Je suis si contente pour elle !

– C'est formidable, Mary. Vous méritez d'être heureux ensemble, vraiment.
– Oui, enfin, il y a quand même une ombre au tableau…

En optant pour le « rouge sulfureux », je lève un sourcil. Mary rougit et me murmure, dans un souffle :

– Nous n'avons toujours pas… Tu sais…
– Non, je ne sais pas… ?
– Ben tu vois… fait la… la « chose ».

Nous prenons place sur deux tabourets et les manucures commencent à limer, polir, blanchir, hydrater, tremper.

Si Mary n'est même pas capable de prononcer le mot, comment pourrait-elle passer à l'acte ? « Sexe » : ce n'est quand même pas si compliqué !

– Mais enfin Mary, ça fait au moins dix jours que vous sortez ensemble ! Qu'est-ce qui se passe ? Tu as peur de franchir le cap ?

Ma camarade vire au cramoisi. Avec une petite voix plaintive, elle m'avoue :

– Ça ne vient pas de moi, Loulou : c'est lui qui ne se décide pas…

Je pousse un grand « Quoi ? » interloqué.

– Je suis complètement perdue. Dans l'Illinois où j'ai grandi, les garçons sont tous obsédés. Ils tentent à la moindre occasion de te peloter à l'arrière de leur pick-up. Au début, j'ai trouvé ça super que Dan se comporte en gentleman. Mais maintenant, ça m'inquiète un peu.

En effet, ce que me raconte Mary est étonnant. Parce que dix jours sans coucher ensemble, en début de relation, ça peut se comprendre… Mais pas quand on se voit *tous* les jours et qu'on vit dans des studios quasi mitoyens ! En plus, je n'étais pas là et Dan le savait : rien ne l'empêchait de passer la nuit dans notre chambre.

– Peut-être qu'il n'a jamais… Enfin, peut-être qu'il est vierge ?
– Le pire c'est qu'il ne l'est pas ! Je le sais de source sûre.
– Tu lui as posé la question ?
– Non, mais tu vois qui est Belinda Matthews, j'imagine ?

Je fais une petite grimace. Je vois très bien, oui : une Californienne à la voix nasillarde qui pose toujours des questions stupides.

– Eh bien, elle se vante de l'avoir « fait » avec Dan l'hiver dernier. Et pas qu'une fois !

Les manucures passent la deuxième couche de vernis. Je ne dis rien. Mary s'inquiète de mon silence.

– Oh mon Dieu ! Louisa, c'est si mauvais signe que ça ?

Je réfléchis à ma réponse.

– Écoute, c'est vrai qu'entre David et moi, les choses ont été plutôt intenses de ce côté-là dès le début. Mais ça ne veut rien dire : David est plus âgé, il avait beaucoup d'expérience avec les femmes et il était réputé pour être un coureur.

Mary n'a pas l'air convaincue par mon explication.

– Lou, tu me l'as toi-même dit il y a quelques semaines de ça : on n'attrape pas les mouches avec du vinaigre. Le souci, c'est que Dan n'a pas l'air pressé de goûter mon miel…

Je pouffe :

– Mary Anderson, quel sens de la métaphore ! Très classe !

Elle rit aussi.

– OK, la comparaison n'est pas très subtile, mais tu vois ce que je veux dire, non ? On sait bien que la dimension physique compte, dans une relation. Entre Dan et moi, c'est comme si les choses étaient pareilles qu'avant, sauf que maintenant il me tient la main lorsqu'on se balade. Moi, je voudrais passer à la vitesse supérieure, lui montrer qu'on peut être intimes d'une autre façon…

Comme je comprends sa frustration ! Si David ne manifestait pas de manière aussi explicite la passion qu'il ressent pour moi, je crois que j'en souffrirais beaucoup. Soudain, une angoisse me traverse : serait-il possible que la flamme du désir s'éteigne un jour entre nous ? Je chasse cette pensée négative et dis :

– Anderson, tu veux mettre Dan Koening dans ton lit ? Bien : dans ce cas, passons à l'attaque.

À peine notre *top coat* a-t-il eu le temps de sécher que nous nous retrouvons à l'étage lingerie de Bloomingdale's. Mary examine des dessous pastel en coton. Je l'attrape par la main et l'entraîne :

– Ce n'est pas ici que tu vas trouver de quoi faire de toi une femme comblée, Anderson.

Nous arrivons au corner de la marque Agent Provocateur.

– Voilà ce qu'il te faut : moins de vinaigre, plus de miel.

Devant nous se déploient corsets et froufrous qui font le succès de la marque la plus chic et coquine qui soit. Mary s'approche d'un magnifique bustier en dentelle et satin. Elle s'empare de l'étiquette et pousse un sifflement :

– Six cent vingt-cinq dollars ! Louisa, je ne pourrais jamais me permettre ça !

Je sors ma carte de crédit, celle que David m'a remise lorsque je me suis installée à NYU : « Pour que tu puisses te faire plaisir avec tes nouveaux amis. J'ai largement les moyens, et la vie d'étudiante peut-être si difficile… »

Eh bien, voilà le moment de nous faire plaisir ! J'appelle une vendeuse qui accourt et examine nos mensurations. 85-60-80 pour Mary, le classique 90-60-90 pour moi.

– Mademoiselle cherche quelque chose de romantique et de sexy : des couleurs poudrées mais des matières transparentes et des coupes audacieuses. Quant à moi…

Je réfléchis.

– Je voudrais quelque chose d'un peu décadent. Quelque chose qui évoque le Paris des Années folles, vous voyez l'idée ?

La vendeuse acquiesce pendant que nous prenons chacune place en cabine.
– On se revoit au bout du tunnel, Anderson.

Mary glousse. C'est vrai que les essayages de lingerie sont toujours une torture : on met des heures à nouer un corset et plus longtemps encore à s'en défaire. La petite voix timide de Mary me parvient de sa cabine :

– Louisa…
– Oui ?
– Merci. Pour tout ce que tu fais pour moi : merci infiniment. Tu es vraiment une bonne amie.

Il est maintenant 18 heures et Mary a filé se préparer pour son rendez-vous du soir, qui pourrait bien être LE grand soir. Moi aussi je me suis faite belle, avec ma manucure « rouge sulfureux » et mes dessous violet et noir. Sous ma robe, j'ai l'air d'une des danseuses exotiques du film *Moulin Rouge*…

J'envoie un SMS laconique à David :

[Retrouve-moi au *Plaza*, j'ai envie d'un cocktail.]

Puis je fonce l'attendre au *Rose Club*, le bar du mythique hôtel. Avec un plan bien ficelé en tête et, dans ma petite pochette de cuir, la clef de la suite royale. David me rejoint bientôt, radieux, ce qui m'étonne : il était si sombre cet après-midi ! Il m'embrasse et me demande :

– Tout va bien, mon ange ?
– C'est à toi que je devrais poser la question : tu n'es pas trop secoué par cette histoire avec Gary ?

Une fois de plus, David me gratifie d'un sourire énigmatique.

– Non, je suis serein désormais. J'aurais dû t'écouter lorsque nous étions avec lui, Louisa : après ton départ, j'ai compris une chose qui m'a convaincu de son innocence.

Ma curiosité est piquée.

– Ah bon ? De quoi s'agit-il ?
– Mon amour, je ne peux encore rien te dire. Il faut que j'en parle avec lui avant. Mais je t'assure que dès que ma théorie sera confirmée, je t'en ferai part. D'ici là, détendons-nous : je crois qu'une fois de plus, tout va aller pour le mieux.

David examine la carte.

– Qu'est-ce qui te ferait plaisir ?
– Un Gatsby, je crois. Je me sens très *French Riviera*, ce soir.

À travers le cuir de ma pochette, je peux sentir la clef électronique d'une chambre ouverte sur le septième ciel. Mon objectif est clair : séduire cet homme et l'entraîner là-haut pour lui faire passer une nuit inoubliable. Je croise les jambes, me penche vers lui et souris.

David, qui sent bien que je mijote quelque chose, me demande :
– Ah bon, et pourquoi cette humeur solaire, Louisa ?
– Figure-toi que c'est à cause de mon après-midi avec

Mary. Nous avons eu nos ongles faits avant de nous lancer dans quelques emplettes qui me laissent rêveuse.

– Tu as utilisé la carte que je t'ai donnée, au moins ?

J'acquiesce.

– Tant mieux. Et tu t'es acheté de jolies choses ?

– Oh, oui !

– Mais pourtant… c'est une robe que je connais depuis longtemps que tu portes là.

– Eh bien… C'est que je n'ai pas investi dans des robes mais dans de la lingerie.

Le sourire de David se fait… intrigué.

– Ah bon ? De la jolie lingerie, donc ?

– Oui, mais totalement scandaleuse.

Je sens son corps se tendre à cette évocation.

– Comment ça, scandaleuse ?

– Tu sais bien : impudique. Un peu obscène.

L'impassible David Fulton se trouve pris au piège dans ce bar de grand hôtel où il peine à garder le contrôle : son excitation peut se deviner dans ses yeux, dans sa gestuelle.

– Tu as prévu de me la montrer, cette lingerie obscène ?

– Bien entendu : je ne l'ai achetée que pour que tu me l'arraches.

Je mordille ma lèvre de façon provocante.

– Nous pourrions rentrer pour que j'exauce ton souhait Louisa, tu sais.

Je minaude :

– J'ai *vraiment* envie d'un cocktail d'abord.

Le serveur vient nous voir. Je lui demande deux Gatsby de mon sourire le plus enjôleur. Il s'éloigne.

– Qu'y a-t-il, David ? Je ne te sens pas concentré. C'est cette histoire de shopping qui te chiffonne ? Je peux te dire ce que j'ai acheté, si tu veux.

David est au supplice. La température entre nous ne cesse de monter : il devrait mettre fin à ce petit jeu pour rester décent, il le sait, mais il ne peut se retenir.

– Je serais ravi de savoir ce que tu as trouvé et qui te met de si radieuse humeur en effet.

– Tout d'abord, un corset très serré. Je le porte justement en ce moment. Il est ravissant mais assez peu pratique. Il se ferme avec des lacets violets, il faut des heures pour les dénouer. Tu perdrais patience, je t'assure : tout ce temps perdu à tenter de libérer ma poitrine comprimée… Tu es plutôt un homme direct. Tu ne crois pas que ça t'agacerait ?

– Si, très certainement. Mais je pourrais sans doute prendre des ciseaux ?

– Oui, ce serait une solution. D'autant que si ce corset met merveilleusement bien en valeur ma taille, il est affreusement serré. Tiens, rien que d'en parler, j'ai une folle envie de m'en libérer.

David s'enfonce dans son fauteuil en souriant.

– Mais il est ravissant, je t'assure : il s'accroche à de jolies jarretelles d'un beau violet sombre. Je peux te les montrer si tu veux. Là, discrètement, pendant que personne ne regarde : il me suffit de relever ma jupe. Oh, juste un peu.

David passe une main sur son visage et rejette la tête en arrière en riant.

– Tu es vraiment très douée, dans le rôle de l'ingénue.

Je plante mes yeux dans les siens :

– Je t'assure, David Fulton, que je n'ai rien d'une ingénue. Absolument rien.

Il baisse le volume de sa voix pour prononcer mon prénom :

– Louisa…

Je décroise mes jambes et allonge la droite. Je remonte un peu ma robe afin qu'elle dévoile un peu plus ma cuisse.

– Tu vois comme les attaches sont ravissantes ?

David est perdu dans la contemplation du morceau de chair nue que l'on peut entrevoir au-dessus de mon bas couture.

– En effet, très jolies.

Je ramène ma jambe à moi, puis, dans un mouvement aussi imperceptible que lent, j'ouvre un peu mon genou, juste le temps que David réalise : je ne porte pas de culotte. Mon sexe nu est offert à son regard. Il frémit. Je croise de nouveau mes gambettes.

– Louisa, est-ce que… Est-ce que j'ai bien vu ?
– De quoi ? Oh, tu parles de la culotte ? Oui, je l'ai laissée là-haut, dans la chambre que j'ai réservée pour la nuit…

David rit. Je sens que mon numéro le fait craquer. En même temps, une nuance dure dans son regard me dit que je ne perds rien pour attendre.

– Tu es une sacrée allumeuse.

Je lui souris, puis m'empare du cocktail que le garçon, revenu, me tend. Je lève discrètement mon verre et le porte à mes lèvres. Mais David interrompt mon geste en me parlant d'une voix neutre et sans appel :

– Pose ce verre, Louisa.

Je lui lance une œillade faussement étonnée.

– Pourquoi ça, David ?

J'obéis cependant.

– Parce que nous allons monter immédiatement dans cette chambre que tu as réservée et que je vais te prendre sauvagement. Tu crois que tu peux t'amuser à m'exciter comme ça ?

David se penche vers moi et parle à voix basse :

– Je te l'ai dit au Mexique, Louisa : je suis habitué à obtenir tout ce que je veux sans que rien ne me résiste. Et ce que je veux, au moment où je te parle, c'est te faire l'amour, t'entendre gémir et me supplier de te faire jouir.

Ouh là ! Voilà que je suis prise à mon propre piège. J'avais oublié comme David pouvait m'exciter d'une simple parole. En plus, me trouver là, au milieu d'inconnus, sans rien sous ma robe… Sentir son désir… Ça m'affole complètement. Mon souffle s'accélère, suffisamment pour qu'il le remarque.

– Oui, je vais te faire supplier…

C'est bien parti : je suis déjà à deux doigts de lui dire de monter immédiatement dans la suite royale. Moi qui croyais maîtriser la situation pour une fois…

David ajoute :

– Mais finalement, pourquoi se presser ? Nous avons tout notre temps.

Il trempe ses lèvres dans son verre et me gratifie d'un sourire provocateur. Il sait bien l'effet qu'il a eu sur moi avec ses mots, et maintenant il me laisse frustrée. S'il y a dix minutes encore, je jouais au chat avec lui, me voici maintenant une souris prise entre ses griffes. Mais j'ai appris, auprès de David, à ne jamais baisser les bras…

Je m'enfonce un peu plus dans mon fauteuil et décroise mes jambes avec une lenteur exaspérante. Je ramène ensuite à moi l'une de mes cuisses, ce qui a pour effet de remonter dangereusement ma jupe. David frémit. J'attrape mon verre et, du bout de la langue, joue imperceptiblement avec la paille avant d'avaler de petites gorgées. Je pousse un soupir d'extase.

– À quoi penses-tu, Louisa ?
– À toi, à ton corps. À ce que j'ai envie que tu me fasses.

Et sur ces mots, j'écarte légèrement les cuisses.

– Tu vas me rendre fou…
– C'est bien mon intention.

Je me redresse et contourne lentement la table basse entre nous. Je prends appui sur les accoudoirs de son fauteuil et me penche à son oreille pour lui murmurer :

– Que faut-il que je fasse pour que tu montes avec moi

dans cette chambre ? Que je te supplie ?

Il ne répond rien mais sa respiration s'accélère. Elle se fait légèrement rauque. Je m'apprête à porter le coup de grâce :

– Tu as gagné…

C'est le moment.

– Je t'en supplie, prends-moi. Arrache mes vêtements et prends-moi…

David m'attrape par le poignet. Il plonge ses yeux noirs dans les miens, ses yeux opaques derrières lesquels je devine mille pensées inavouables. Une onde de chaleur nous parcourt. Il jette deux billets de vingt dollars sur la table et m'ordonne :

– Conduis-moi.

Nous avançons vers les ascenseurs, masquant à grand-peine notre excitation. Dès que les portes se referment sur nous, nous ne pouvons nous empêcher de nous jeter l'un sur l'autre. Pendant que David m'embrasse, j'appuie au hasard sur un bouton, espérant atteindre celui du dernier étage. L'ascenseur commence à grimper alors que David me soulève. J'enroule mes jambes autour de ses hanches, il me plaque contre le mur. Sa langue caresse la mienne de manière impérieuse pendant que ses mains me tiennent fermement. Contre lui, j'ondule, et lorsque les portes de l'ascenseur s'ouvrent, il nous est difficile de séparer nos deux corps en feu.

Nous avançons en silence dans le couloir désert de l'hôtel. Maladroitement, je sors le pass électronique de mon petit sac à main. Un clic se fait entendre ; je baisse la poignée. J'avance, David à ma suite. Mais à peine la porte s'est-elle refermée sur nous que ses mains m'empoignent. Sans me laisser la possibilité de me retourner, il me plaque contre le mur. Son buste appuie sur mon dos alors qu'il relève ma robe et caresse du plat de la main mes fesses nues. Puis il la passe le long de mes hanches et vient la plaquer entre mes cuisses. Il me murmure :

– Tu es très excitée, à ce que je vois…

Il se décolle un instant de moi, instant pendant lequel je prends appui de la main droite sur le mur du couloir qui ouvre sur la chambre. Ma tête est légèrement penchée vers l'avant. Je reconnais le bruit caractéristique d'une ceinture qui se défait. D'un mouvement du genou, David m'écarte les jambes. Sa main droite vient se poser sur la mienne alors qu'il me pénètre soudain.

– C'est ça que tu veux, Louisa ?

Je gémis :

– Oui… oh oui…

Mon approbation l'encourage à s'enfoncer plus profondément encore. Il commence à bouger, des mouvements secs et nerveux, pendant que mes hanches roulent vers lui, l'invitant à encore plus d'ardeur. C'est alors que David attrape le dos de ma robe et tire dessus. J'entends le craquement du tissu qui m'affole complètement. Je me mets à gémir comme une possédée. Le tissu glisse et découvre mon dos, mes épaules, que David mordille en se retirant. Haletante, je me décolle du mur et viens me plaquer contre son buste. David m'aide à m'extraire du lambeau qui me sert désormais de robe et qui tombe à mes pieds. David me retourne et me plaque au mur. Il se met à défaire le lacet de mon corset.

– Cesse de te tortiller comme ça.

Plus facile à dire qu'à faire ! J'ai une sensation atroce de manque entre les cuisses. Oh, je voudrais tant qu'il revienne en moi… Il le sent. Il pose un doigt sur mon sexe trempé.

– Tu as envie que je te fasse jouir, Louisa ?

Il enfonce son doigt dans mon intimité.

– Tu veux que je te satisfasse comme ça ?

Je secoue la tête et l'attire contre moi.
– Ton sexe… C'est ton sexe que je veux.

J'en profite pour enlever sa veste puis déboutonner sa chemise. Je découvre ses pectoraux puissants, ses tablettes de chocolat que mon doigt parcourt. Je n'en reviens toujours pas: cet Apollon est à moi, rien qu'à moi… David libère ma poitrine de ce corset et tous deux, nous nous laissons glisser vers le sol sur l'épaisse moquette. Il se libère de ses derniers vêtements, puis recommence à me faire l'amour tout en maintenant fermement mes poignets au sol. Mes jambes s'enroulent autour de ses reins. Alors que David va fouiller au plus profond de moi, je pousse de longs gémissements, incapable de retenir la sensation déchirante qui s'empare de mon bas-ventre et qui brûle tout mon corps. Son membre me remplit et fait de moi son esclave. De tout son poids, il m'immobilise: je ne peux pas bouger, juste le recevoir… Je crie, je geins alors qu'il cherche ma bouche et y dépose des baisers ardents. Je tente de répondre à ses mouvements: je n'y parviens pas. Je suis sa prisonnière. Captive de mon plaisir et de son bon vouloir… Et je ne peux rien faire pour repousser l'orgasme déchirant qui s'empare de moi, qui fait trembler l'ensemble de mon corps…

Tout mon être se relâche, soulagé. Je m'enveloppe dans mon sentiment de satisfaction, mais pour une minute à peine, car la langue de David vient se poser sur mon sexe pour réveiller mes ardeurs. D'abord douce, pour laisser à mon corps le temps de se remettre de ses émotions, puis puissante, avide. Les doigts de David entrent en moi et commencent à me donner du plaisir.

Incroyable: j'ai déjà à nouveau envie de lui.

Il sourit, satisfait de me voir à sa merci, complètement anéantie par l'envie que j'ai de prolonger mon extase. Il me demande:

– Mets-toi à quatre pattes.

Je m'exécute, la croupe offerte, prête à le recevoir. Quand il s'enfonce, c'est si bon que je pourrais perdre connaissance. J'ondoie en rythme, épousant chacun de ses mouvements tout en gémissant mon plaisir. Il me tient par l'épaule et la hanche.

– Ça te plaît, mon ange ?

Ce mot doux prend une teinte étrange au milieu de la sauvagerie de ces ébats que j'ai provoqués.

– En tout cas Louisa, moi, tu me plais beaucoup.

Son buste s'allonge et recouvre mon dos jusqu'à ce que sa bouche atteigne mon oreille où il susurre :

– Je suis fou de toi.

Mon appétit redouble alors que sa main vient se poser sur mon clitoris et me stimule.

Bon sang, c'est impossible : je ne peux pas jouir une deuxième fois en si peu de temps !

Pourtant, c'est bien ce qui semble s'annoncer. Je tente de repousser le moment critique mais c'est une torture. Je veux l'attendre, que nos corps connaissent l'extase au même moment. Mes hanches roulent et l'invitent.

– Ce mouvement que tu fais me rend dingue, Louisa.

Tant mieux : c'est bien ce que je cherche à faire.

– Tu me procures un plaisir insensé quand tu bouges comme ça.

Encouragée, je continue de plus belle à ramener mes hanches vers lui.

– Je ne peux plus me passer de toi, mon amour. Aucune femme ne m'a jamais fait cet effet. Je ne peux pas vivre sans toi.

Je suis étourdie par ces mots d'abandon qui me confèrent un pouvoir grisant. Qui aurait cru que j'étais capable de terrasser un géant comme David Fulton ?

Et qui aurait cru que j'en tirerais autant de plaisir ?

David prend son temps. Ses mouvements, intenses, lents, me laissent affamée.

– Après le numéro que tu m'as fait en bas, tu mérites d'être frustrée.
Ce que nous sommes en train de faire ne correspond pas exactement à ma définition de la frustration…

Il retire sa main de mon sexe, et cet arrêt brutal… c'est comme si le vide que cela créait en moi me laissait totalement nue. Je prends conscience de chaque centimètre carré de ma peau. les zones qui sont contentées, celles qui au contraire rugissent leur désir d'être caressées. Je suis dans un intervalle où tout mon corps attend. C'est à cet instant que David s'empare de mes cheveux et commence à tirer ma tête en arrière.

Ooooh, c'est trop bon.

Cette fois, je ne peux plus me contrôler. Sa verge me comble et me fait exploser : je jouis en mille spasmes violents, mille secousses.

– Je ne t'ai pas donné la permission de jouir maintenant, Louisa.

Mais il est déjà trop tard : la tête me tourne, le souffle me manque. David, en tirant mes cheveux, me fait un peu mal, mais cette douleur est exquise. Je me creuse un peu plus et me referme sur lui. Je sens que lui aussi vient… Ça y est, il se cabre à son tour, s'étirant au plus profond de moi. Je sens la décharge électrique qui parcourt son corps, ce qui ne fait que renforcer la force de ma jouissance. Nous gémissons de concert avant de retomber inertes sur le sol. D'un geste, je me dégage et me love dans ses bras. David joue avec mes cheveux. Soudain, je me redresse et plonge mes yeux dans les siens, avant de glisser avec malice :

– Nous ne pouvons nous arrêter en si bon chemin, David : après tout, nous n'avons pas encore atteint le lit…

Il rit.

– Tu es décidément insatiable ! Très bien alors : puisqu'il nous faut atteindre ce fameux lit…

Et il fond sur moi en mille baisers exquis.

19
GALA

David et moi nous réveillons dans la suite du *Plaza*. Nos corps emmêlés vibrent encore au rythme de notre nuit torride. Les mots brûlants de David me reviennent en mémoire :

« Je ne peux plus me passer de toi mon amour. Aucune femme ne m'a jamais fait cet effet. Je ne peux pas vivre sans toi. »

Serait-ce possible que David soit à moi, irrémédiablement ? Que plus rien ne puisse jamais se dresser entre nous ? Je n'arrive pas à croire à mon bonheur. Pourtant, l'homme que j'aime est là, allongé à mes côtés. Il dépose sur mes joues, mon front et mes lèvres de tendres baisers. Ses bras m'enlacent et me serrent. Je me presse contre lui. Je suis si heureuse !

– Louisa, j'ai une faim de loup ! Que dirais-tu d'appeler le room service et de nous faire livrer un copieux petit déjeuner ?

Pendant ce temps, je vais faire un tour à la réception et voir s'il est possible d'aller au spa avant midi. J'en profiterai pour demander au concierge de te faire monter une robe afin de remplacer celle-là…

Il désigne ma tenue d'hier, qui a été déchirée au cours de notre… oui, bon, enfin bref : effectivement, il me faut quelque chose à me mettre sur le dos pour quitter l'hôtel avec dignité.

– Givenchy, ça te va ?

Je pousse un petit cri d'approbation et décroche le téléphone mural :

– Bonjour, ici la suite royale. Nous voudrions commander un petit déjeuner. Tout d'abord, des œufs brouillés. Aux truffes ? Très bien, oui. Thé plutôt que café. Lapsang Souchong ? Ce sera parfait. Ainsi que deux bagels au saumon et de la brioche… Vous avez des citrons pressés ? Bien. Deux également, oui. Je vous remercie.

Lorsqu'il remonte, le chariot est déjà là, couvert de porcelaine de Chine et de mets délicieux.

– Je nous ai réservé un massage pour dans une demi-heure.

Il m'embrasse dans le cou. Son odeur naturellement boisée me fait frissonner.

Je suis heureuse de passer ce début de journée en sa compagnie car ce soir, je serai coincée à la bibliothèque universitaire pour travailler. Un emploi du temps qui ne doit rien au hasard : un gala de charité est organisé en faveur des orphelins de New York, une des causes pour lesquelles David est l'un des plus généreux donateurs. Judith a elle aussi été invitée, Gary sera son cavalier. Comme c'est une bonne occasion pour le club des quatre de se réunir et de peut-être se ressouder, j'ai préféré m'effacer, prétextant un devoir urgent à rendre. J'ai suggéré à David d'emmener Sacha à ma place : une excellente manière de les laisser régler leurs problèmes entre eux. De plus, cela prouve à David ma confiance. C'est dommage : ç'aurait été l'occasion rêvée de porter ma parure de diamants… Enfin, d'autres fêtes viendront.

Pour l'instant, nous descendons au spa de l'hôtel. Nous entrons ensemble dans le sauna en attendant que les masseuses viennent nous chercher. À travers la vapeur, je sens les mains avides de David me chercher.

– David ! Pas ici…

Mais j'avoue que j'adorerais me laisser tenter. Faire glisser ma serviette, m'installer à califourchon sur lui… Il n'améliore d'ailleurs pas mon état en me susurrant :

– La nuit entière ne m'a pas suffi, il m'en faut plus.

Cet homme est un étalon infatigable ! Hélas l'équipe des masseurs vient nous interrompre :

– Monsieur Fulton, mademoiselle Mars, par ici je vous prie.

Je soupire. Tant pis, ce sera pour plus tard !

J'ai quitté la bibliothèque de NYU à 22 heures pour regagner ma chambre. Mary n'était pas là et, en me réveillant ce matin, j'ai constaté que son lit n'avait pas été défait : elle a visiblement découché. Nos achats auraient-ils porté leurs fruits pour elle aussi ? Je l'espère ! Cette idée me met d'excellente humeur.

Je noue à la va-vite un chignon et lance la bouilloire de la chambrette. Je choisis un sachet de thé au citron et à la menthe poivrée. J'ouvre mon ordinateur et me connecte à gmail quand soudain une alerte Google vient m'avertir que mon nom a été évoqué sur le Web. Un mauvais pressentiment s'empare de moi.

Je clique sur le lien et mes craintes se confirment puisque je suis redirigée vers le blog de John Doe. Cela faisait pourtant près de trois semaines que je n'avais pas été sa cible : je pensais que j'étais passée de mode et cela me convenait très bien ! Mais non, il semblerait que l'échotier le plus cruel et le plus en vue de New York ait décidé de revenir à la charge. Voyons voir quelles méchancetés il aura déversées ce coup-ci…

Au tout début, rien ne me choque : il s'agit juste d'une photographie de David avec Sacha, posant côte à côte sur le tapis rouge du gala de charité. Sacha arbore une robe de taffetas orange vif et semble heureuse : elle rit aux éclats, ce qui lui va bien. David est tout bonnement renversant, avec son smoking impeccablement coupé qui tombe parfaitement sur son corps d'athlète. Il porte ses lunettes de soleil, ce qui lui donne cet air mystérieux qui affole les femmes. Je souris, mais mon sourire se fige alors que mes yeux décryptent la légende de cette photo :

« Exit, Louisa Mars ? Le séduisant milliardaire s'affiche avec sa nouvelle conquête. »

Je ressens un vif pincement au cœur. Oh, bien sûr, je sais que je n'ai pas à m'inquiéter : je suis tout à fait certaine des sentiments que David me porte… Mais notre amour est si beau que j'aimerais le crier au monde entier ! Or, maintenant, le monde entier croit que j'ai été reléguée aux oubliettes. Ou du moins, une bonne partie de Manhattan le croit. C'est vexant ! Je respire par le ventre, avale une gorgée de mon thé. Que faire ? Je ne vais tout de même pas appeler David pour geindre à ce propos. Sans compter qu'il a dû rentrer tard et que la *deadline* de son éditeur approche. Bon, première étape : filer à la douche. Deuxième étape : aller en cours. Troisième étape : essayer de coincer Anderson dans les couloirs pour savoir si elle a enfin conclu. Ensuite… Eh bien, j'improviserai. Je trouverai bien un moyen de museler John Doe.

Il est 17 h 30 lorsque mon dernier cours magistral prend fin. La journée a été maussade : Mary est restée introuvable, même à l'heure du déjeuner. En plus, deux petites pestes des beaux quartiers sont venues me trouver, un sourire acide aux lèvres, pour savoir si c'était vrai que David Fulton m'avait plaquée. Décidément, John Doe joue avec mes nerfs… J'ai un petit mouvement d'humeur en pensant à tout ce que j'ai fait pour David, pour Sacha, pour la bande de manière générale : je me sens au final un peu lésée. Ouh là ! Ce n'est pas bon du tout ! Je devrais sans doute me vider la tête pour arrêter de ruminer cet incident, qui n'est pas grand-chose au regard de ce que nous avons vécu ces derniers temps. Faire quelque chose de léger, tiens. Léger et amusant. Quelle occupation pourrais-je bien trouver ?

J'ai soudain une idée de génie : Sandro ! Ça fait un siècle que nous ne nous sommes vus ! Avec lui, je passe toujours de bons moments. Il sait me remonter le moral comme personne, et il est important que je reprenne du poil de la bête si je veux soutenir David dans les épreuves qu'il traverse en ce moment. Je passe donc un coup de fil au cousin de David.

– Allô Sandro ?

– Louisa ! Quelle joie de t'entendre ! Comment vas-tu ?

– Globalement bien, à part peut-être un peu de surmenage. J'ai justement envie de me vider la tête ce soir : est-ce que ça te dirait que l'on se voit ?

– Avec plaisir ! Je n'avais rien de prévu. Qu'est-ce qui te tente ? Resto extravagant, club décadent, rave dans une usine désaffectée ?

– Pour tout te dire, je pensais plutôt à un cinoche…

Il pousse un petit soupir.

– Les étudiants de NYU, vous êtes désespérants ! Tout dans les livres et rien dans la fête… OK, OK, un ciné, mais je choisis le film. J'ai une super idée !

En effet, Sandro a trouvé le film parfait. Il m'a emmenée voir *Sabrina* dans un vieux cinéma du Village. La copie, d'époque, était tout abîmée mais ça m'a fait du bien de voir cette comédie romantique sur une jeune fille ordinaire déterminée à devenir une femme du monde pour que l'homme qu'elle aime la remarque. Audrey Hepburn y est comme toujours divine et le film me laisse rêveuse alors que Sandro et moi sirotons des Manhattan au comptoir d'un bar.

– Je déteste cet endroit, Louisa. C'est abominable !
– Ah bon ? Qu'est-ce qui te déplaît ?

Je regarde autour de moi, étonnée.

– Rien n'y est assez… *cher*. Regarde-moi ça : sept dollars pour un cocktail ! Pas étonnant que l'alcoolisme chez les jeunes progresse et que les commerces mettent la clef sous la porte les uns après les autres… Ce lieu et ceux qui lui ressemblent sont responsables de la faillite de cette nation !

Je ris en lui mettant une tape sur le bras.

– Tu es un infernal petit snobinard. Parlons d'autre chose que de tes points de vue de dépravé sur le déclin de l'Empire américain.

– Très bien, de quoi veux-tu que nous parlions ?

– Hum… Dis-moi par exemple quel est le personnage interprété par Hepburn qui te fait le plus craquer, tous films confondus.

Sandro rit.

– Oh, très chère, il y a quelques mois encore, je t'aurais répondu : celui de Holly Golightly dans *Diamants sur canapé*, parce que j'ai un faible pour les filles fraîches qui font trop la fête, mais force est de constater que mes goûts en matière de femmes ont évolué. Aussi, je te répondrais sans hésiter : Jo Stockton dans *Drôle de frimousse*.

– Ah, tiens, encore un de ces films que je n'ai pas vus !

– Ça te plairait pourtant. C'est l'histoire d'une petite libraire accro à la littérature qu'un photographe de mode décide de transformer en star du mannequinat. Tout à fait toi, Louisa Mars !

Je rougis en comprenant maintenant le sous-entendu caché de Sandro sur l'évolution de ses « goûts en matière de femmes ». Sandro a toujours été d'un naturel séducteur et mille fois j'ai fait semblant de m'offenser de ses compliments. Mais depuis la dernière soirée que nous avons passée ensemble chez Emilio, j'ai cru remarquer un certain éclat chez lui quand il me regarde… Un éclat dont j'ai peur de deviner ce qu'il signifie…

Parce que c'est avec le même genre d'étoiles dans les yeux que je regarde son cousin.

Sandro s'étonne que je ne le gronde pas :

– Normalement, quand je réussis à te faire rougir, tu me donnes toujours une tape ou tu me houspilles au moins un peu.

Taquin, il ajoute :

– Qu'est-ce qui ne va pas ? Tu n'es pas malade au moins j'espère ?

Je lui souris et me détends :

– Non, je te rassure, tout va bien : c'est juste que j'ai oublié mes gants de boxe à NYU.

Il me sourit à son tour :

– Tant mieux, me voilà rassuré.

Le seul souci, c'est qu'en prononçant cette phrase, il recoiffe machinalement une de mes mèches et pour le coup, je trouve ce geste bien trop familier. Je ne sais pas comment réagir : j'adore Sandro mais tout chez lui semble indiquer qu'il a un sacré béguin pour moi et je ne veux surtout pas le faire souffrir. Ni semer la zizanie entre lui et David, d'ailleurs. Je décide de m'éclipser.

– Seigneur mais tu as vu l'heure ! Déjà 21 heures et nous n'avons encore rien mangé !

– Tu veux qu'on aille dîner ? Je connais un super endroit pas loin d'ici.

– Non, non c'est bon : je vais juste prendre un bagel et le manger sur la route. J'ai cours aux aurores demain.

Un pieux mensonge.

– OK, mais je te dépose en taxi au moins.

– Tu rigoles ? La fac est à peine à quinze minutes de marche ! Pense à l'écologie enfin !

Il rit :

– Où avais-je la tête ? Mon empreinte carbone !

Nous nous faisons la bise et dès que Sandro est monté dans sa voiture, je dégaine mon téléphone. J'ai soudain affreusement envie de voir David. L'attitude de Sandro à mon égard me fait me sentir coupable. C'est idiot je sais, mais je ne peux pas m'en empêcher.

– C'est moi… On peut se voir ? Tu m'as affreusement manqué aujourd'hui, j'aimerais passer la nuit avec toi.

J'entre dans le penthouse et pousse un cri qui mêle joie et surprise :

– David Fulton *aux fourneaux* ?

– Comme tu m'as dit que tu n'avais pas encore mangé à cause de ta séance de cinéma, je me suis dit que c'était enfin l'occasion de te montrer mes talents de cuisinier.

– Mais ça sent divinement bon ! Qu'est-ce que c'est ?

– Oh, l'odeur ? Ce n'est que la magie des oignons revenus dans l'huile d'olive : ça mettrait n'importe qui en appétit. Mais ce que je te prépare, c'est un risotto aux gambas. Spécialité de ma grand-mère !

Je regarde l'intérieur de la casserole et pousse un sifflement admiratif.

– J'ignorais que tu cuisinais…

– Je ne connais que peu de recettes mais je maîtrise chacune à la perfection. Aussi, je pense pouvoir t'impressionner pendant encore six, mettons sept dîners. Ensuite, il nous faudra malheureusement retourner au restaurant ou risquer de sévères carences alimentaires.

Je ris. Comment ai-je pu me sentir maussade toute la journée à cause de ce fichu John Doe alors que je suis *objectivement* la femme la plus chanceuse du monde ? C'est grotesque.

– Sers-nous du vin mon cœur et raconte-moi ta journée. Tes cours, le film… je veux tout savoir.

Enjouée, je nous sers un verre d'un primitivo qui sent la forêt et la terre humide.

– D'accord David, mais avant, il y a une chose dont je voudrais te parler…

Je lui raconte le post de John Doe, l'étrange effet qu'il a eu sur moi, le pincement de jalousie qu'il a causé. David m'écoute attentivement avant de me demander :

– Tu sais que tu peux avoir confiance en moi, n'est-ce pas ?

J'acquiesce avec toute la conviction du monde.

Mais puis-je avoir confiance en Sacha ?

Quelque chose chez elle me dérange. Son retour est trop brutal, trop inexplicable pour que j'arrive à cerner ce qui la motive. Après tout, qui nous dit que ce n'est pas elle qui a liquidé Hasting ? Elle est finalement la personne qui avait le plus de raisons de lui en vouloir. Mais je ne veux pas partager ces doutes avec David car son humeur est bien trop bonne pour être gâchée. D'ailleurs, il est loin de s'imaginer que je pense à tout ça puisqu'il continue à pester contre John Doe.

– Je ne comprends vraiment pas ce que te veut ce type. Avant que tu entres dans ma vie, il ne parlait presque jamais de moi sur son blog. C'est vraiment de l'acharnement et de la méchanceté gratuite.

David sort deux assiettes :

– Tiens, en parlant de méchanceté gratuite… Devine qui

était également au gala hier ? Chloe Armant. Oh, pardon, je sais que tu l'aimes bien, mais je ne la sens pas cette fille…

Soudain, David se fige.

– Louisa, je pense à une chose : tu as remarqué que chaque fois que John Doe s'en prenait à toi, c'était suite à des soirées auxquelles Chloe avait également assisté ?

Mes yeux s'écarquillent :

– Mais… mais oui ! Je n'y avais pas pensé mais c'est vrai ! La boîte de jazz, la fête en l'honneur d'Emilio… Tu penses que c'est elle qui renseigne le blogueur ?

Ce serait affreusement blessant mais à la fois… tellement logique ! Après tout, Chloe est dingue de Sandro et je me tiens visiblement en travers de son chemin.

David secoue la tête :

– Non, ça n'a aucun sens. Vous êtes plutôt copines. Quelles raisons aurait-elle de faire quelque chose d'aussi mesquin ?

Malheureusement, je ne peux pas expliquer à David les griefs que nourrit Chloe à mon égard. Il va falloir que je me débrouille pour connaître la vérité sans semer la discorde entre les deux cousins. Donc sans l'aide de David.

– Oui, tu as raison David : ce doit être une coïncidence…

20
DOUBLE JEU

Au matin, je suis tranquillement en train de vaquer à mes occupations au penthouse quand David reçoit un coup de fil de Gary.

– David, ça y est : l'inspecteur Stinson est passé me cuisiner sur le meurtre de Hasting. Je pense qu'il me soupçonne. Il va falloir trouver un moyen de me disculper sans incriminer Sacha et sans que Kanaïev apprenne que la police pense que je suis responsable. Pour Kanaïev et son entourage, nous sommes censés ne pas nous douter de la culpabilité de Hasting : rappelle-toi que c'est parce que nous nous approchions trop de la vérité qu'il a tenté de te tuer la dernière fois.

Les deux amis raccrochent : mieux vaut parler de tout ça de vive voix.

Mais quand Gary arrive, c'est malheureusement en compagnie de sa sœur. Ce qui, vu la photo mise en ligne la veille, n'est pas pour me ravir. Heureusement, David, soucieux de m'épargner depuis que Stinson m'a interrogée à NYU, s'empresse de me dire :

– Je gère cette affaire, Louisa. Tu devrais penser un peu à toi, sortir avec Mary…

Une idée me vient soudain.

– Je crois que je vais plutôt appeler Chloe. Je suis certaine qu'elle a des invitations pour une vente privée quelconque et j'ai des envies de shopping…

J'ai surtout envie de sonder Chloe, de voir si elle pourrait m'en vouloir au point de fournir à John Doe des informations erronées à mon sujet. Manque de pot, Sacha surprend notre conversation et s'exclame soudain :

– Du shopping ! Oh, j'en rêve… Je dois rentrer à San Francisco dans une semaine et je n'ai toujours pas eu l'occasion de voir les boutiques de New York… Quel dommage, j'espérais m'en inspirer pour mon propre magasin. Repérer les petits créateurs sympas, les nouvelles tendances…

David, préférant sans doute éloigner Sacha pour parler d'homme à homme avec Gary, saute sur l'occasion :

– Tu devrais accompagner Louisa. Sa copine Chloé est

une véritable fashionista même si c'est Louisa la reine de l'élégance à Manhattan.

Voilà une couronne dont je me serais bien passée, surtout si cela signifie passer le reste de la journée entre l'ex de mon amoureux et l'amoureuse de mon prétendant… Me voilà dans de beaux draps ! Sacha, par contre, a l'air enchantée :

– Oh, ce serait super ! Tu es d'accord, Louisa ?

De mauvaise grâce, je marmonne que ça me va. Sacha s'empare de ses affaires. Juste avant qu'on entre dans l'ascenseur, David nous interpelle :

– Les filles, n'oubliez pas : une fois dehors, aux yeux du monde, Sacha devient « Eleonore », la cousine de Judith.

Nous voilà donc entre filles, bras dessus bras dessous, en train d'arpenter la 5e avenue, Chloe avec ses longs cheveux noirs, Sacha avec sa crinière blond pâle et moi avec ma chevelure aux reflets auburn. Toutes trois perchés sur nos stilettos, accueillies tel le messie lorsque nous entrons chez Gucci, Jimmy Choo ou Bergdorf, nous avons fière allure. Je suis certaine que toutes les filles que nous croisons nous envient. Si elles savaient que je suis en réalité encadrée de mes deux pires ennemies potentielles ! Deux ennemies mortellement sexy et qui en plus ont le bon goût de s'entendre comme larrons en foire. Pour ce qui est de sonder Chloe, c'est fichu pour aujourd'hui. Nous savourons une énième coupe de champagne dans un *showroom* privé quand soudain, l'après-midi vire carrément au cauchemar :

– Attends, ne me dis pas que tu es créatrice, Eleonore ! C'est complètement fou !

– Créatrice, c'est un bien grand mot… Mais oui, j'ai ma petite griffe et ça ne marche pas trop mal.

– C'est absolument incroyable ! J'adorerais voir ce que tu fais. Je pourrais sans doute te présenter à des copines qui bossent dans la presse mode ? Histoire de te filer un petit coup de pouce…

– Oh, c'est adorable, merci Chloe.

– Dis-moi, toi qui es de la partie, est-ce que tu pourrais me recommander l'un de tes collègues ? Quelqu'un qui serait disponible pour travailler à plein temps durant les six prochains mois ? C'est pour mon amie Maria, qui cherche un ou une assistante afin de l'aider à boucler sa prochaine collection.

– Ton « amie Maria » ? Ne me dis pas que tu parles de Maria Valtunez ? *La* Maria Valtunez ? !

– Comment as-tu deviné ??

– Chloe ! Tout le monde n'a que ce nom à la bouche depuis la dernière Fashion week ! Sa maison est en train de prendre une ampleur stupéfiante !

Eleonore-Sacha semble hésiter un instant.

– Moi je… je serais disponible, je pense.

Chloe et moi, pour des raisons différentes et sur des tons différents, nous exclamons en chœur :

– Tu es SÉRIEUSE ??

Sacha l'est tout à fait.

– Ça me ferait plaisir de rester encore quelque temps à New York. Histoire de passer plus de temps avec ma famille… Ma « cousine » Judith… Et comme j'ai une associée à Frisco, c'est possible : je peux lui confier la boutique pendant ce temps.

Cet après-midi shopping, c'était décidément l'idée du siècle. Félicitations, Louisa !

Chloe a l'air enchantée.

– Tu sais quoi ? J'appelle Maria tout de suite et je lui propose de nous rejoindre pour boire un verre. Je suis certaine que ça va coller entre vous.

Quarante-cinq minutes plus tard, nous voilà donc au bar du *Carlyle* en train d'attendre Maria. Arrive une femme d'environ trente-cinq ans, séduisante, svelte et élégante. Ses cheveux châtains sont coupés au carré et coiffés à la mode des années 1950. Sa peau est brune, ses yeux dorés. Elle possède une large bouche aux lèvres un peu pâles d'où jaillissent des dents étincelantes dès qu'elle rit – ce qu'elle fait souvent. Maria Valtunez est indéniablement charmante, d'ailleurs Sacha et elle semblent accrocher tout de suite.

– C'est pour moi un honneur de vous rencontrer. La robe de mariée que vous avez conçue pour le mariage de l'actrice

Courtney Lee… Une merveille, j'ai failli en pleurer !

– Pleurer à un mariage, c'est une terrible chose, mais je suis flattée du compliment que vous m'adressez.

J'avoue que, même moi, je suis impressionnée par Maria Valtunez. On la présente un peu comme la nouvelle Coco Chanel. Son charisme est indéniable et sa voix grave, marquée par un léger accent argentin, possède un timbre envoûtant. Maria, penchée sur sa tablette numérique, fait défiler le book en ligne d'« Eleonore Clark ». Elle commente les finitions, le choix original des matières, souligne l'audace de certaines coupes. Elle relève bien çà et là quelques maladresses, mais elle réussit à se montrer critique sans être vexante. En tout cas, Sacha n'a pas l'air de prendre mal ses commentaires, bien au contraire. Elle est même aux petits soins avec la styliste ! Elle boit littéralement ses paroles… Sans doute est-elle déterminée à tout faire pour avoir le poste. Elle commande pour elle le meilleur vin, lui fait mille compliments sur son travail, sur sa tenue… Ses yeux pétillent. Ils pétillent comme quand…

… *comme quand je regarde David.*

Est-ce pour cela que ses yeux brillent ? Parce qu'elle a trouvé un prétexte pour rester à New York et passer du temps avec David ? Si ça se trouve, ses sentiments pour lui ont ressurgi cette dernière semaine. En restant dans les parages, elle espère peut-être secrètement le récupérer. Ça expliquerait cet éclat sur son visage, qui devient carrément radiation quand Maria lui annonce :

– Bien, pour moi c'est entendu, Eleonore. Passez demain à mon atelier afin que nous réglions les formalités administratives, mais je suis heureuse de vous annoncer que nous démarrerons dans dix jours une collaboration que j'espère fructueuse.

Sacha pousse un cri de joie et Chloe lève son verre.

– Aux nouvelles amitiés !

Je vide ma coupe d'un trait.

21
TRAHISON

Hier, après avoir laissé les filles, je suis rentrée au penthouse. J'étais un peu nauséeuse, extrêmement tendue. Mais dès que les bras puissants de David m'ont entourée, tout s'est envolé. Je peux douter de tout dans l'univers impitoyable de Manhattan, mais certainement pas de l'amour et de la droiture de cet homme extraordinaire. Si *lui* m'a choisie entre toutes les femmes, je n'ai pas le droit de douter de moi.

David s'approche par-derrière et m'enlace alors que je suis en train de finir de me préparer. J'observe son image. Son front concentré, son regard éclatant d'intelligence, son nez parfaitement droit, sa bouche… Sa bouche que j'ai tant envie d'embrasser, encore et encore…

– Tu es si belle, Louisa. Tellement belle que parfois, ça me blesse de te regarder.

En rougissant, je rajuste mon chemisier et m'assure que ma jupe crayon tombe bien droit. Mes cheveux dessinent de jolies ondulations autour de mon visage. Je remets un peu de gloss.

– Tu es parfaite.

J'ai rendez-vous avec Judith pour prendre un café à Central Park, marcher, nous oxygéner un peu. Elle avait envie de me voir pour me parler, sans doute de Gary… À ce propos, David s'est montré très rassurant quand je suis rentrée hier.

– J'ai maintenant la certitude qu'il est innocent, pour des raisons que je ne peux pas encore te révéler, Louisa. Et par ailleurs, avec Stinson, j'ai la situation bien en main.

C'est agréable de se laisser porter, de pouvoir se reposer entièrement sur quelqu'un. Je n'ai qu'à me consacrer à mes affaires… Parmi lesquelles, j'avoue, mes doutes concernant l'honnêteté de Sacha. Je ne pense pas que cette dernière essaye de nuire à ses amis, mais j'ai la ferme conviction qu'elle ne s'est pas montrée totalement honnête avec nous tous.

Peut-être que je pourrais profiter de ces quelques heures avec Judith pour lui confier mes doutes ? Après tout, j'ai entièrement confiance en elle, et elle fait partie des gens qui connaissent le mieux Sacha. Si quelque chose cloche, elle est l'une des personnes les mieux placées pour le sentir.

J'attrape mon petit manteau, mon nouveau sac à main, et traverse le salon en direction de l'ascenseur. David jaillit du fauteuil où il travaille et me barre le passage en riant.

– Pas si vite, jolie môme… Tu ne crois tout de même pas que je vais te laisser filer comme ça ?

Je me débats, rose de plaisir.

– David Fulton, vous allez me décoiffer et me mettre en retard !

Ses mains qui enserrent ma taille m'affolent. Il m'immobilise sans effort et me laisse à la merci de ses baisers. Oh, je voudrais tout annuler, du coup ! Rester avec lui, devenir sa prisonnière… Je l'aime tant ! Je voudrais trouver le courage de le lui dire mais dès que j'essaye, mon cœur bat la chamade et je flanche. Il m'impressionne encore tellement ! J'ai toujours manqué de confiance en moi, cependant je ne suis pas quelqu'un qui se laisse facilement subjuguer. Or, avec sa beauté démoniaque, son odeur enivrante, son sex-appeal, il parvient à me faire perdre tous mes moyens. C'est ridicule : nous vivons quasiment ensemble et ces trois petits mots restent bloqués dans ma gorge. J'attends sans doute qu'il les prononce en premier… Pourtant, les boucles en diamant qui pendent à mes oreilles en attestent : oui, nous nous aimons, bien au-delà de notre passion physique indéniable. David imagine certainement que nous resterons ensemble longtemps, pour m'avoir fait un tel cadeau. Peut-être même toute la vie ? Je devrais trouver le courage de sauter le pas…

Il relâche son étreinte alors que l'envie et la peur tourbillonnent dans mon ventre. Une fois de plus, j'ai laissé passer l'occasion de lui dire ce que je ressens.

Dégonflée.

J'arrive au parc en trottinant, légèrement en retard. Judith m'attend sur un banc et bondit en me voyant. Elle se précipite vers moi et me serre contre elle.

La pauvre ! Elle a dû apprendre pour Hasting et elle doit être bouleversée d'imaginer que Gary risque fort d'être soupçonné.

Lorsqu'elle desserre son étreinte, j'examine son visage : il est absolument radieux.

Que lui arrive-t-il ?

– Oh ! Louisa, je suis si contente de te voir. Tiens, je t'ai pris un *latte* en t'attendant. Marchons un peu si tu es d'accord.
– Oh, merci Judith !

J'attrape le *latte* encore chaud et nous nous mettons à avancer parmi les joggeurs, les enfants en rollers, les cyclistes et les touristes.

– Comment vas-tu, Louisa ? Avec le retour de Sacha, j'ai l'impression que ça fait longtemps que nous ne nous sommes pas parlé, toi et moi. Il s'est passé tant de choses…

Je lui livrerai mes angoisses plus tard. Pour l'heure, il est important que je m'intéresse à elle. Elle a été rudement éprouvée par ce qui s'est passé récemment, et mon petit doigt me dit que ce n'est qu'un début. Pourtant, j'admire sa force, son courage, sa tenue. Si elle est inquiète ou fatiguée, elle n'en laisse rien paraître.

Tu dois beaucoup à cette femme. Sans elle, jamais tu n'aurais eu les clefs pour décrypter les secrets du cœur de David Fulton.

– Je vais bien, Judith, c'est adorable de t'en inquiéter. Les cours à NYU me passionnent, mes camarades sont formidables, David est un ange avec moi…

Je lui donne un coup de coude.

– … et ça, c'est un peu grâce à toi. Tu es ma bonne fée.

Elle pousse un petit gloussement. Ce que je viens de dire lui fait plaisir. Je l'interroge à mon tour.

– *Toi*, comment vas-tu ? Ça n'a pas dû être simple ces derniers jours.

Elle s'immobilise soudain, un sourire béat aux lèvres.

– Il y a eu des moments compliqués, oui, mais le ciel

s'éclaircit enfin. De ce que je comprends, David ne t'a encore rien dit ?

Je suis perplexe.

Qu'est-ce qui leur arrive, à tous ? Nous sommes censés naviguer en pleine tempête et les voilà aux anges !

– Dit *quoi*, exactement ?

Elle m'attrape la main et lâche, comme pour elle-même :

– Oui, visiblement, il a réussi à tenir sa langue. Je n'étais pas certaine qu'il y parvienne… Je suis heureuse qu'il ait réussi à le faire.

Elle m'entraîne vers un banc.

– Louisa, j'ai une grande nouvelle à t'annoncer.

Elle inspire comme si elle prenait son élan.

– Gary et moi allons nous marier.
– QUOI ???

Mon exclamation résonne dans tout le parc. Je n'y comprends rien mais je ne peux retenir ma joie : je prends Judith dans mes bras et la serre contre mon cœur.

– Lou, Lou… Tu m'étouffes.

Elle rit en se dégageant.

– Dis donc, quelle force tu as dans tes petits bras !

Je souris bêtement en parlant à toute allure tant l'émotion me submerge.

– Mais c'est à n'y rien comprendre ! Il y a trois jours encore, Gary disait avoir passé la nuit avec une mystérieuse inconnue dont il ne pouvait révéler l'identité malgré le meurtre de Hasting ! C'était donc toi ?

Elle me fait un clin d'œil.

– Tout juste. Il ne voulait rien dire car il avait déjà fait sa demande et j'y réfléchissais encore… Il attendait ma réponse avant de dévoiler ou non notre relation.
– Mais quand est-ce que vous vous êtes remis ensemble, tous les deux ?

Elle sourit d'un air malicieux.

– Ça fait quelque temps maintenant… Tu te souviens du soir où David nous a réunis chez moi pour nous annoncer qu'il t'avait raconté notre secret ? Gary était bouleversé, il est parti en claquant la porte et je l'ai suivi pour le calmer.

J'opine : je m'en souviens tout à fait.

– Lorsque j'ai réussi à le rattraper, il était dans un sale

état. Il regrettait chaque mot qu'il t'avait dit, ainsi que son énervement contre David. Il semblait effondré, son visage était décomposé. Je ne comprenais pas ce qui se passait. Il a fini par m'avouer qu'il était jaloux de voir que David avait réussi à surmonter ses démons quand lui…

Je termine sa phrase :

– … quand lui était encore englué dans le passé.

Elle serre ma main.

– Exactement, Louisa. Nous avons parlé longuement, cette nuit-là. Je suis allée chez lui. Là, il m'a avoué qu'il n'avait jamais cessé de m'aimer mais qu'il se sentait incapable de me rendre heureuse, que le drame qui s'était produit avec sa sœur le rongeait et le rendait toxique. C'est là que nous avons… que nous avons recommencé à nous voir, en cachette.

– Mais pourquoi n'avoir rien dit ? Pourquoi tant de mystères ? Ce n'est pas comme si vous n'étiez pas faits l'un pour l'autre !

Elle soupire :

– Au début, c'était de son fait, et je ne te cache pas que ça m'a beaucoup blessée. J'avais l'impression de le retrouver tout en ayant le sentiment d'être dans une impasse. Il disait qu'il ne pouvait pas reprendre une vie normale avant d'avoir fait le deuil de sa sœur.

Je comprends Gary, d'une certaine manière. Judith continue son récit :

– Mais quand Sacha est revenue… D'un coup, il a totalement changé. Il a voulu officialiser notre amour. Sauf que cette fois, c'est moi qui avais peur. Il m'avait tant fait souffrir ! Alors quand il m'a demandé de l'épouser, j'ai paniqué. C'était la nuit où Marc Hasting a été assassiné. Je lui ai dit que je ne pouvais pas lui donner de réponse : ça l'a anéanti. Je crois qu'il s'est senti humilié, c'est pour ça qu'il n'a pas pu vous dire qu'il était avec moi. Que nous étions amants.

Elle se corrige :

– Que nous n'étions qu'amants, alors qu'il désirait plus.
– Et alors, qu'est-ce qui t'a fait changer d'avis ?

Son visage s'illumine.

– Toi.
– Moi ? Mais nous ne nous sommes même pas vues pendant tout ce temps !
– Oui mais figure-toi que j'ai repensé à cette fois où je t'avais fait venir dans un café de Soho pour te parler de David. Pour te dire de ne pas perdre courage.

Sa voix tremble un peu :

– Tu ne le sais peut-être pas mais depuis ce jour, je me sens… très proche de toi. Concernée par ce qui t'arrive.

Protectrice, un peu. Nous avons près de dix ans d'écart, mais je t'ai toujours admirée. Et puis, j'aime à me dire que je me retrouve un peu en toi. Nous avons la même passion pour la littérature, le même aplomb…

Elle ajoute en riant :

– Finalement, nous aurions pu être sœurs.

Cette petite phrase lancée l'air de rien me touche infiniment.

– Dans les jours qui ont suivi mon refus, je suis restée enfermée chez moi sans parler à quiconque. Je n'ai même pas appris que Hasting avait été retrouvé mort, je ne l'ai su que lorsque Gary m'a rejointe au gala de charité. Avant cette échéance, je voulais réfléchir au calme. J'ai pensé à toi, à David, aux conseils que je t'avais donnés. Quel genre de grande sœur serais-je si je n'étais pas capable d'appliquer mes propres principes ?

Des larmes me piquent les yeux. Il y a peu de choses en ce monde plus émouvantes à mes yeux que l'amour que David et moi nous portons mais, sur la deuxième place du podium, il y a cette amitié née entre deux femmes que tout prédestinait à être rivales. Une amitié forte et indestructible, faite de respect et de bienveillance.

– Judith, je suis bouleversée par ce que tu me dis là. Si tu savais comme moi aussi je t'admire ! Comme une petite sœur…

Je renifle et elle aussi. Une larme de joie coule sur ma joue, que Judith essuie. Elle me demande.

– J'en déduis donc que tu es d'accord ?
– D'accord pour quoi ?
– Pour être ma demoiselle d'honneur.

C'en est trop, cette proposition ouvre grand les vannes. Les larmes sortent à gros bouillons. Je suis tellement touchée par cette demande !

– C'est pour ça que je voulais t'annoncer le mariage de vive voix. J'ai déjà demandé à Sacha d'être à mes côtés ce jour-là, mais je veux aussi t'avoir près de moi lorsque je dirai « oui ».
– Oh, Judith… Je serais honorée !

Judith est moi nous sommes séparées en début d'après-midi, après avoir évoqué de nombreux détails. Fleurs, robe, église… Nous avons rêvassé ensemble, comme deux petites filles devant un livre de contes de fées. Je suis si touchée de pouvoir l'aider à organiser cet événement, de pouvoir faire en sorte que le plus beau jour de sa vie ressemble à son rêve d'enfant !

Bon, bien entendu, ce n'était pas du tout le moment d'amener Sacha sur le tapis, j'ai donc tenu ma langue. Je crois qu'il faut que je me résolve à venir seule à bout de mes doutes. Après tout, j'ai déjà prouvé par le passé que je sais mener une enquête : si Sacha cache quelque chose, je dois d'abord le découvrir avant d'alerter ses amis. Ce n'est pas le moment de lancer une guerre au sein du clan alors que celui-ci vient à peine de se ressouder !

Je comprends mieux la bonne humeur de David hier soir et ce matin : non seulement son meilleur ami Gary est blanchi, mais en plus il est enfin prêt à vivre sa vie auprès de la femme qu'il aime. J'espère vraiment que Sacha ne nous cache rien qui puisse menacer cette harmonie.

Mais si c'est le cas, je ne tarderai pas à le savoir.

J'ai remis mon costume de Louisa Super Inspectrice : jean, sweat à capuche, trench élimé. J'attends devant les ateliers de Maria Valtunez que Sacha sorte de l'immeuble : elle avait rendez-vous pour signer son contrat de travail.

À mon avis, le meilleur moyen de m'assurer que Sacha est *clean*, c'est de la suivre et de s'assurer qu'elle ne fait rien de louche : c'est donc ce que j'ai prévu de faire de mon après-midi. Enfin, Sacha sort. Chouette, un peu d'action !

Je me mets à la suivre avec prudence depuis le trottoir d'en face. Elle arrête un taxi : je fais de même. Il faut dire que je suis devenue experte à ce jeu-là.

– Chauffeur, cent dollars si vous arrivez à suivre cette voiture sans vous faire repérer.

Au début, je m'enfonce dans mon fauteuil, certaine que

cette course me mènera probablement à l'appartement de Judith ou de Gary… Mais quelle n'est pas ma surprise lorsque la voiture prend l'embranchement du pont de Brooklyn !

Oh oh ! je connais cette route…

Je n'arrive pas à en croire mes yeux, mais nous sommes bien en train de nous diriger vers Brighton beach. Voilà qu'une crainte immense me submerge alors que mes soupçons semblent se confirmer. Car personnellement, si je cherchais à éviter un mafieux russe, Brighton beach est le dernier endroit où je me rendrais. Pour une raison que j'ignore totalement, Sacha est en train de se jeter tout droit dans la gueule du loup. Enfin, sa voiture s'arrête. Je demande à mon chauffeur :

– Continuez jusqu'à l'angle de la rue et laissez-moi là, je vous prie.

Je surveille les mouvements de cette énigmatique blonde par le pare-brise arrière : elle entre dans un café. Je sors de ma voiture et m'approche. Heureusement, il y a là une terrasse. Même si ce n'est plus vraiment de saison, je n'ai pas le choix : je vais devoir attendre dehors pour voir à qui parle la jumelle de Gary.

Je file au kiosque acheter un journal afin de m'abriter derrière, puis commande un thé. Les minutes me semblent des heures. Je suis figée derrière mon exemplaire du *Herald Tribune*. Enfin, la porte du café s'ouvre. Je me ratatine et tends l'oreille : je reconnais la voix de Sacha. Avec qui peut-elle bien parler ? Il faudrait que je puisse jeter un coup d'œil discret, mais j'ai tellement peur d'être découverte ! Je commence à tendre le cou pour voir par-dessus le journal… Cet effort est inutile : j'entends soudain la voix de l'interlocuteur de Sacha. Une voix puissante, marquée par un fort accent russe.

– Je compte sur toi, Eleonore. Ne me déçois pas.

Qui peut bien être cet homme ? Je ne le comprends que lorsque Sacha lui répond. Et soudain mon sang se fige quand je l'entends prononcer :

– Faites-moi confiance, monsieur Kanaïev.

À suivre

À paraître prochainement

Extrait

ORDONNE-MOI !

VOLUME 3

1

L'HISTOIRE SECRÈTE DE SACHA S.

Je reste pétrifiée sur ma chaise alors que Sacha et l'homme s'éloignent chacun de leur côté. La voix de l'amie d'enfance de David continue de résonner dans mon esprit :

« Comptez sur moi, monsieur Kanaïev. »

Ainsi donc, voici le fameux Igor Kanaïev ! L'homme qui a tenté de tuer David en envoyant un colis piégé chez lui ! Je frissonne et me souviens d'un coup que c'est aussi le mafieux qui a fourni à Sacha de faux papiers et une nou-

velle identité pour qu'elle puisse se construire une vie à San Francisco, loin des griffes de Marc Hasting. D'après elle, un homme qui ne devait en aucun cas apprendre qu'elle était revenue à New York. Un dangereux criminel dont elle semblait avoir une peur bleue bien qu'il l'ait sauvée par le passé. Tout cela n'était donc qu'une comédie ? Mais dans quel but ? Qu'est-ce que cette femme nous cache encore ?

Qu'est-ce qu'elle mijote en frayant avec la mafia ?

Je réalise soudain que David est certainement en danger. Il fait confiance à Sacha alors qu'elle complote avec Kanaïev : peut-être sont-ils de mèche pour s'en prendre de nouveau à lui ? Cette idée me donne un haut-le-cœur. Il faut à tout prix que je le prévienne.

Je me lève de la terrasse où j'étais assise et m'engouffre dans une petite rue transversale pour être certaine de ne tomber ni sur Igor Kanaïev, qui a longé le café, ni sur Sacha, qui est partie en direction de la station de métro. J'aperçois un taxi : je me jette littéralement sous ses roues pour qu'il s'arrête. Je monte tandis que le chauffeur me donne des noms d'oiseau : je n'en ai rien à faire, je n'ai pas le temps pour ça.

– Roulez. En direction de Manhattan.

Le conducteur semble surpris par mon ton autoritaire. Il reste un moment interdit.

– Vous êtes sourd ? Roulez, j'ai dit !

Fébrile, je sors le téléphone de mon sac et appelle David.

– Salut mon ange, quoi de neuf ?
– David, où es-tu ?
– Chez moi, pourquoi ?
– Ne bouge pas. Ne bouge surtout pas, n'ouvre à personne, même à tes amis, même au facteur ou au personnel de l'immeuble. Attends-moi, j'arrive dans une trentaine de minutes.
– Mais enfin, Louisa, qu'est-ce qui se passe ?
– Je te raconterai tout à mon arrivée. Je t'en supplie, fais-moi confiance.

David me rassure : il suivra mes instructions mais il a l'air vraiment déboussolé. Il ne doit pas comprendre ma panique. Je raccroche et ordonne au chauffeur d'accélérer. Ce dernier devine que je ne suis pas d'humeur à être contrariée.

Je déboule dans le hall de l'immeuble et me précipite vers les ascenseurs. J'appuie sur tous les boutons. Je m'impatiente et tape du pied alors que les voyants indiquent que les appareils sont occupés.

– Allez, allez… !

Finalement, l'un d'entre eux s'ouvre devant moi. Je

grimpe vers le penthouse.

Lorsque je pénètre dans le salon, David m'attend, les bras ouverts.

– Mon ange, que t'arrive-t-il ? Ta voix au téléphone m'a inquiété.

À mesure qu'il avance vers moi, son visage se décompose.

– Louisa, qu'est-ce qui se passe ? Tu es pâle comme la mort.

Au moment où il m'entoure de ses bras, je me sens prête à défaillir. Comment lui raconter ce que j'ai vu ? Et qu'ai-je vu exactement ? Après tout, je ne sais rien de ce que Sacha et Kanaïev se sont dit. Je ne sais rien de leur relation. Juste que Sacha nous a menti. Que l'amie à qui David a consacré les quinze dernières années de sa vie lui cache encore des choses, traîne avec ceux qui veulent l'assassiner, le manipule sûrement. Comment va-t-il réagir ? À peine a-t-il eu l'impression d'en finir avec les fantômes du passé que ceux-ci ressurgissent. Est-ce que ça ne va pas le briser ? Le pousser à se refermer sur lui-même ?

David m'entraîne vers le canapé.

– Assieds-toi, mon cœur. Tiens, un coussin… Installe-toi confortablement. Je vais te préparer un thé, j'arrive tout de suite.

David revient avec une tasse en porcelaine de chine fumante posée sur une délicate soucoupe qu'il me tend.

– Fais attention, c'est très chaud…

Malgré son anxiété, je sens qu'il fait attention de ne pas me brusquer avec les questions qui se bousculent sûrement dans sa tête. Pourtant, il doit être vraiment inquiet ! Progressivement, alors qu'il me caresse la main, je me calme et reprends mes esprits.

– David, il faut que je t'avoue quelque chose. J'espère que tu ne m'en voudras pas…
– T'en vouloir de quoi ? Parle-moi s'il te plaît, Louisa : je commence à sérieusement angoisser.

Sa voix est altérée par la peur.

– Je vais tout te raconter, mais promets-moi de ne pas m'interrompre. Même si tu m'en veux, même si tu es en colère. Promets-moi.

Hésitant, David acquiesce.

– Tout ce que tu voudras, Louisa. À condition que tu sois parfaitement honnête avec moi.

J'opine du chef en prenant une grande inspiration.
– David… Depuis que Sacha est revenue, j'ai de nombreux doutes concernant son histoire. Je sais

que c'est ton amie, je sais aussi que c'est ton premier amour... J'ai sérieusement envisagé, crois-moi, que mon manque de confiance en elle pouvait être motivé par une certaine jalousie de ma part. J'étais décidée à lui donner une chance. Mais j'ai rapidement pris conscience que certains éléments de ce qu'elle nous a raconté ne collaient pas.

J'avale une gorgée du thé brûlant et m'éclaircis la gorge. J'essaye de me souvenir de ce qui m'a mis la puce à l'oreille.

– Te souviens-tu, David, quand Sacha nous a dit qu'il ne fallait surtout pas que Kanaïev apprenne son retour à New York ? Les raisons qu'elle nous a données étaient imparables... Évidemment, si Kanaïev apprenait qu'elle avait trahi leur pacte, il allait tenter de s'en prendre à elle. Mais une chose a commencé à me chiffonner : pourquoi Kanaïev, qui avait déjà tenté de t'éliminer, qui avait probablement Gary et Judith dans son collimateur, vous aurait soudain laissés vous tranquilles ? Comment aurait-il su que vous aviez décidé d'arrêter votre enquête s'il ne pouvait découvrir que vous l'aviez menée à terme en retrouvant Sacha ? Cette dernière semblait pourtant ne pas s'en inquiéter outre mesure... J'y ai longtemps pensé. Ce n'était qu'un soupçon, une ombre, mais ça ne cessait de me poursuivre...

Je regarde David, qui semble ne pas comprendre où je veux en venir.

– J'avais décidé de ne pas t'embêter avec ça avant d'être sûre. Je voulais d'abord m'en ouvrir à Judith et recueillir son avis là-dessus… Après tout, elle connaissait bien Sacha : elle était une des mieux placées pour me dire si quelque chose dans le comportement de son amie lui semblait étrange, voire suspect. Mais lorsque j'ai vu Judith, qu'elle m'a annoncé son mariage avec Gary, qu'elle m'a demandé d'être sa demoiselle d'honneur conjointement à Sacha… je n'ai pas eu le cœur de l'embêter avec ça.

De mes deux mains fines et fragiles, j'attrape les mains puissantes, carrées et pourtant douces de David. Je plonge mon regard dans ses grands yeux noirs bordés de longs cils. Je reste un instant interdite devant sa beauté, comme si je le découvrais pour la première fois. Quelque chose dans son visage me saisit. Je réalise alors comme il a changé, depuis quelques semaines. Quelque chose dans ses traits, dans ses expressions, dans la manière dont il pose son regard sur les gens, s'est adouci et ouvert. Il a presque l'air plus jeune, plus candide. Ce n'est plus le multimilliardaire intransigeant que j'ai rencontré cet été à Paris : c'est un homme de bientôt trente ans prêt à embrasser le monde, à aimer et surtout à se laisser aimer. Et pourtant, je m'apprête à lui briser le cœur en lui apprenant qu'il a été dupé par l'une de ses proches.

– David… j'ai suivi Sacha. Je suis désolée, mais mes doutes ne me laissaient pas en paix. Il fallait que j'en aie le cœur net.

Je cherche les bons mots, ceux qui le blesseront le moins possible.

– David, il faut que tu saches une chose : jamais je ne te trahirai. Je te dirai toujours la vérité sur moi. Tu n'auras jamais à douter de rien me concernant. Je serai toujours là pour toi.

Mais la solennité de mon ton ne fait qu'accroître son inquiétude :

– Louisa, s'est-il passé quelque chose de grave ? Qu'as-tu appris sur Sacha ?

– J'ai la preuve qu'elle nous ment, David. Depuis le premier jour. Je l'ai quittée il y a mois d'une heure, alors qu'elle était à Brighton beach. Elle discutait avec un homme dans un café. Et cet homme, c'était…

David blêmit car soudain il comprend.

– C'était Igor Kanaïev, David.

Il se redresse.

– Comment peux-tu en être aussi certaine, Louisa ?

– Parce qu'elle l'a appelé ainsi, devant moi ! Ils se tenaient à un mètre à peine de ma table ! J'étais cachée derrière un journal pour que Sacha ne me reconnaisse pas. Il l'appelait « Eleonore ». Il lui a dit : « Ne me déçois pas » et elle a répondu : « Comptez sur moi, monsieur

Kanaïev. » Il n'y a aucun doute possible quant à l'identité de son interlocuteur.

David, qui s'était mis à faire les cent pas, se laisse soudain tomber sur le canapé.

– C'est à n'y rien comprendre, Louisa. Je connais Sacha : il n'y a aucune malveillance en elle. Si elle nous a trahis, si elle s'est acoquinée avec la mafia et nous l'a caché, c'est qu'elle y a été forcée !

Je l'enlace avec douceur pour l'apaiser.

– Certainement, David. Je sais que Sacha vous aime, tous les trois : je l'ai lu dans ses yeux. Mais quelles qu'aient été ses motivations, elle nous a caché des choses…

David ne me laisse pas finir ma phrase.

– … et ces choses nous mettent peut-être tous en danger. Je comprends, Louisa. Tu devais m'en parler et maintenant, il est de mon devoir de confronter Sacha, de la faire parler pour découvrir dans quel pétrin elle nous a tous fourrés avec ses mensonges. Seulement…

Il appuie ses mains sur ses tempes. Son regard se trouble.

– Et si elle avait changé, Louisa ? Et si la personne que j'ai voulu retrouver et sauver pendant toutes ces années

était devenue un monstre ?

Je ne sais pas quoi lui répondre. Il n'y a absolument rien à ajouter. Car bien entendu, je me pose moi aussi cette question. Et la réponse me terrifie d'avance.

Si cette femme a trahi David, il ne s'en remettra pas et je le perdrai. Je le perdrai à jamais.

À paraître prochainement
dans toutes les bonnes librairies !

Déjà parus dans la même collection

À lui, corps et âme – volumes 1 et 2, Olivia Dean
Cent facettes de Mr Diamonds – volumes 1 et 2, Emma Green
Toi + moi – volume 1 : L'un contre l'autre, Emma Green
Toi + moi – volume 2 : Envers et contre tout, Emma Green
Toi + moi – volume 3 : Seuls contre tous, Emma Green
Tout pour lui – volumes 1 et 2, Megan Harold
Mr Fire et moi – volumes 1 et 2, Lucy K. Jones
Mords-moi ! Sienna Lloyd
Possédée, Lisa Swann
Ordonne-moi ! – volume 1, Chloe Wilkox
Aime-moi. Corps et âme, Kate B. Jacobson
Je te veux – volume 1, Heather L. Powell
Je te veux. Pour toujours – volume 2, Heather L. Powell
Soumets-moi ! Si tu l'oses… – volume 1, Nina Marx
Soumets-moi ! Plus encore… – volume 2, Nina Marx
Désire-moi ! – volumes 1 et 2, Hannah Taylor
Tes ordres sont mes désirs – volume 1, Phoebe P. Campbell
Déshabillez-moi ! – volume 1, June Moore
Étreinte – volume 1, June Moore
Toute à toi, Anna Chastel
Call me Baby – volume 1, Emma M. Green

À paraître

Envoûte-moi – volume 1, Lucy K. Jones (mars 2015)
Déshabillez-moi ! – volume 2, June Moore (mars 2015)
Tes ordres sont mes désirs – volume 2,
Phoebe P. Campbell (mars 2015)
Mon mariage, mon milliardaire et moi,
Mina Shepard (avril 2015)
Étreinte – volume 2, June Moore (avril 2015)
Soumets-moi ! Sans limites… – volume 3, Nina Marx
(avril 2015)
Sex Friends, Eva M. Bennett (mai 2015)
Call me Baby – volume 2, Emma M. Green (mai 2015)
Ordonne-moi ! – volume 3, Chloe Wilkox (mai 2015)

Rejoignez-nous sur Facebook Éditions A Addictives
et sur Twitter @ed_addictives
pour des news exclusives, des bonus et plein d'autres surprises !

Auteure : Chloe Wilkox

Edisource

100, rue Petit 75019 Paris

Imprimé par FINIDR – Lipova cp. 1965 – 73701 Cesky Tesin, République tchèque

Dépôt légal : février 2015 – Achevé d'imprimer : janvier 2015

ISBN : 978-2-37126-016-0

N° Sofédis : S556522